ELIZABETH GLENN

A l'ombre des saules

HARLEQUIN

Cet ouvrage a été publié en langue anglaise
sous le titre :
WHAT LOVE ENDURES

53, avenue Victor-Hugo, Paris XVIe. Tél. 500.65.00
ISBN 2-280-07059-6
ISSN 0750-6864

Aussi précieux
que le métal prestigieux
qui lui a donné son nom,
les livres de la Série d'Or
confèrent à leurs lectrices
un raffinement
tout à fait particulier.

Pourquoi cet éclat mystérieux
pare-t-il leurs regards ?
Pourquoi cet air rêveur,
ce léger sourire sur leurs lèvres ?

Pourquoi ?
La réponse à ce secret
se trouve dans
la Série d'Or...

1

Dr MARCUS Bradford Temple... La jeune femme fixa longuement la note de service, incrédule. Non, il ne pouvait s'agir du même. Et pourtant...

Pourtant, la coïncidence serait par trop extraordinaire. Pouvait-il exister deux psychiatres portant exactement le même nom, le nom de l'homme qu'elle avait adoré des années durant ?

Elle ferma les paupières, et s'efforça de retrouver l'image d'un étudiant de haute taille aux yeux d'un bleu inouï, qui frappait par son attitude arrogante. Il se consacrait alors corps et âme à sa vocation de futur médecin. Malgré son physique séduisant, son visage sérieux et intelligent, il avait quelque chose d'inaccessible, de mystérieux.

Le temps n'avait pas effacé ce souvenir. Jenny avait l'impression de l'avoir vu la veille, et non... mon Dieu, dix-sept, vraiment, dix-sept ans auparavant ? De toute évidence, elle avait tenté en vain de le chasser à tout jamais de sa mémoire, puisqu'il resurgissait ainsi, sans prévenir !

Contrariée, elle étudia de nouveau la circulaire, les sourcils froncés. Si seulement ce Dr Marcus Temple n'était pas celui de sa jeunesse ! Il avait hanté si totalement son imagination impressionnable d'adolescente ! Il lui avait fallu tant d'efforts pour se débarrasser de son influence. S'il revenait, il ne pourrait que bouleverser son existence bien réglée.

Fol espoir ! C'était lui, indubitablement. La note de service relatait brièvement sa formation, et des souvenirs oubliés rejaillirent dans l'esprit de la jeune femme.

Elle carra ses épaules menues contre le dossier de sa chaise et contempla, presque avec nostalgie son bureau encombré, les murs ornés de son diplôme universitaire de psychologue, de photos de famille encadrées, de petites aquarelles qu'elle-même avait exécutées. En six ans de travail, combien d'heures avait-elle passées dans cette accueillante petite pièce, à aider des personnes perturbées à reprendre goût à la vie, à résoudre leurs problèmes affectifs ?

Et à présent, *lui,* allait faire irruption dans le centre de thérapie mentale et y faire la loi !

Elle sortit en claquant la porte et parcourut à longues enjambées le couloir recouvert de moquette vieil or. Elle fit irruption directement dans l'office de soins, et fut incapable de répondre au sourire de la jolie infirmière rondelette installée devant la table, occupée à compléter le dossier d'un patient.

— Quelle prétention ! clama-t-elle sans préambule. D'ailleurs, il suffit de voir son patronyme. Regarde donc cela !

Elle poussa la circulaire sous le nez de son amie et s'exclama :

— « Marcus Bradford Temple ! » Quelle idée d'affubler un enfant d'un prénom aussi pompeux ! Et je parie qu'il lui convient à merveille !

Nullement surprise par une telle explosion, Patty Stokes étudia la feuille de papier ; puis elle considéra sa collègue, dont les grands yeux noisette étincelaient de rage sous ses cheveux châtain doré.

— En toute bonne foi, cela ne me paraît guère plus snob que « Jennifer Caroline Dahlgren », riposta Patty. Je me suis souvent demandé comment tes parents avaient pu donner un nom aussi impressionnant à un bébé qui ne devait pas peser plus de deux kilos à la naissance, vu ton gabarit actuel.

— Je frisais les trois kilos ! protesta-t-elle. Et je ne comprends pas en quoi Jennifer Caroline Dahlgren te déplaît. Je porte les prénoms de mes deux tantes préférées. Du reste, aussi loin que je me souvienne, tout le monde m'a toujours appelée Jenny.

— Dieu merci ! taquina Patty. Mais peut-être ton Dr Temple a-t-il également un diminutif ?

— Sûrement pas, nia catégoriquement Jenny. Il est trop formel et sévère, crois-en mon intuition. Et puis, il n'est pas *mon* Dr Temple. Ecoute cela...

Elle tint la note de service à deux mains et lut à haute voix :

— « Le Conseil d'administration du centre de thérapie mentale de Santa Anna a l'honneur de vous faire part de la nomination du distingué Dr Marcus Bradford Temple, membre certifié du Comité National de Psychiatrie et de Neurologie, et siégeant au bureau de l'Association Américaine de Psychiatrie, au poste d'attaché psychiatrique de notre institution. Le Dr Temple nous arrive, précédé des chaleureuses recommandations de ses collègues de l'Ecole de Médecine de l'universite de Los Angeles en Californie, où il enseignait avant de s'établir en clientèle privée, il y a trois ans. Le Dr Temple est diplômé de l'université de Tulane et de l'Ecole de médecine de l'université George Washington, et on lui doit de nombreux articles dans le *Journal de l'Association Américaine de Psychiatrie,* sur le diagnostic et le traitement de la schizophrénie. Ses qualités de clinicien sont largement reconnues... »

Jenny interrompit sa lecture et arbora un air dégoûté.

— On dirait une espèce de prodige, marmonna-t-elle.

— Il est effectivement jeune, pour avoir réussi une carrière pareille. D'après Walter, il n'aurait que trente-six ans.

— Ah oui ? Et notre cher directeur administratif aurait-il également précisé la nature des récentes activités de notre illustre sauveur ? Il a dû se reposer sur ses lauriers ! Ecoute ceci...

Elle parcourut des yeux la note rédigée par Walter Drummond, et reprit :

— « Notre nouvel attaché est actuellement en période de repos bien mérité et reprendra ses activités à la date du premier mai, lorsqu'il se joindra à nous. Je sais que je peux compter sur chacun de vous pour lui réserver un chaleureux accueil. » Ce psychothérapeute hors pair doit avoir quelques imperfections, s'il a besoin d'un congé de longue durée après quelques années d'exercice. Sans doute n'a-t-il pas très bien résolu ses problèmes personnels...

— D'après les rumeurs, il se remet d'un assez grave accident.

Jenny s'assit avec dépit sur un coin du bureau, sourcils froncés, et se mordilla la lèvre.

— Ah, Patty ! Comme tu es raisonnable et posée ! s'exclama-t-elle. Pourquoi faut-il toujours que tu trouves des circonstances atténuantes à tout le monde ? C'est un trait de ton caractère qui m'enchante, d'habitude, mais en l'occurrence...

— En l'occurrence, tu fais preuve d'une injustice flagrante, coupa fermement l'infirmière. Quoi qu'il fasse, tu te représenteras ce pauvre Dr Marcus Bradford Temple comme un monstre redoutable, et je sais très bien pourquoi.

Elle se leva et entoura amicalement d'un bras les frêles épaules de la jeune femme.

— Il ne sert à rien de déprécier le Dr Temple, admonesta-t-elle avec douceur. Cela ne ramènera jamais le Dr Dahlgren. Il faudra bien remplacer un jour ton oncle.

— Oh, mais ce n'est pas… commença-t-elle.

Jenny s'interrompit. A quoi bon se défendre et expliquer que dans son enfance, elle s'était follement éprise du Dr Temple ? Tout le monde serait rapidement au courant. Quelle horreur ! Il fallait à tout prix éviter cela.

Patty posait sur elle un regard empreint de sagesse, se méprenant totalement sur son silence tourmenté.

— Mais si, affirma-t-elle d'un ton avisé.

Son idée était logique. Le grand-oncle de Jenny, le Dr Robert Dahlgren, avait été non seulement un des trois médecins exerçant à Santa Anna, mais l'attaché psychiatrique du centre de thérapie mentale depuis sa création, dix ans plus tôt, jusqu'à sa mort, à l'âge de soixante-dix-huit ans. C'était à cause de lui que Jenny avait étudié la psychologie pour venir travailler à ses côtés, retrouvant la petite ville où elle avait tant aimé passer ses vacances, enfant. Elle n'était du reste pas seule à vénérer son oncle Bob. Tous les collaborateurs du vieil homme avaient été consternés par sa disparition.

C'était grâce à lui que cette commune du Texas avait admis la nécessité d'ouvrir une institution d'aide psychiatrique. A grands renforts de diplomatie, Robert Dahlgren avait convaincu les propriétaires d'un vieil immeuble de bureaux d'en faire don à la municipalité. Puis il avait consacré un nombre d'heures incalculables à remettre les lieux en état, ou à persuader ses quelques deux mille concitoyens de l'y aider et d'offrir les matériaux nécessaires. Grâce à la participation généreuse de la population, le bâtiment de briques de plain-pied fut bientôt transformé. Un plombier de Santa Anna installa gracieusement la robinetterie des sanitaires et de la minuscule cuisine. Un tapissier avait posé une moquette superbe dans chaque pièce, et un marchand de meubles avait fourni les bureaux et les chaises du personnel. La femme du plombier, paysagiste amateur, avait su métamorphoser le cadre extérieur en y plantant judicieusement arbustes et rosiers. Depuis lors, l'endroit avait toujours conservé le même air propre et soigné, car les habitants de Santa Anna continuaient de s'intéresser à *leur* centre.

Jamais Santa Anna ne vit funérailles plus fastes que celles du Dr Robert Dahlgren, offertes en tribut à ses années de dévouement désintéressé. Et effectivement, Jenny se serait farouchement opposée à toute mesure risquant de minimiser le souvenir qu'avait laissé son oncle.

Néanmoins, il était décédé un an auparavant, et Jenny aspirait autant que ses collègues à l'arrivée d'une personnalité médicale capable de reprendre la succession. On avait fait appel à des psychiatres consultants dans toute la région, même à Dallas et Austin, mais aucun d'entre eux n'avait pleinement satisfait le petit groupe expérimenté de psychologues, d'infirmières, et de travailleurs sociaux.

— Nous avons besoin d'un spécialiste disponible, qui habite relativement près du centre, avaient-ils déclaré unanimement à Walter. Il nous faut une présence régulière. Les patients veulent avoir affaire à la même personne lorsqu'ils reviennent pour leurs ordonnances. Même nous, nous avons peine à nous rappeler qui assurera la consultation tel ou tel jour ! Et chaque médecin a ses petites manies, ses préférences auxquelles nous devons chaque fois nous habituer...

Le directeur avait fait son possible. Depuis neuf mois

il cherchait diligemment un attaché correspondant aux vœux de l'équipe, mais il était difficile de trouver un psychiatre compétent prêt à s'exiler dans cette ville trop petite pour lui assurer une clientèle lucrative. Bref, il affrontait une tâche impossible.

C'est pourquoi la nouvelle de la nomination du Dr Temple stupéfiait tout le monde. Il était très connu dans le milieu de la psychiatrie. Jenny avait lu avec un intérêt indéniable ses articles sur la schizophrénie. Par l'intermédiaire de son oncle, elle avait suivi de loin en loin la carrière prometteuse du Dr Temple, dans le monde universitaire et la recherche d'abord, puis en psychothérapie privée, à Beverly Hills.

Sa réussite même le rendait suspect. Pourquoi donc un psychiatre réputé renoncerait-il aux avantages d'une riche clientèle californienne pour se contenter des revenus modestes qu'il recevrait à Santa Anna ? Les spécialistes de Los Angeles pratiquaient sans ciller des prix trois fois supérieurs à ceux du Texas, d'après les journaux.

En outre, dans une ville aussi peuplée que Los Angeles, on pouvait se permettre de choisir ses patients, et de traiter seulement ceux affectés de troubles mineurs d'ordre névrotique plutôt que psychotique. Au contraire, au centre de thérapie mentale, les trois quarts environ des malades étaient des chroniques gravement atteints ; le traitement visait essentiellement à les maintenir aussi longtemps que possible hors de l'hôpital.

A Beverly Hills, on ne voyait chaque client qu'une heure par semaine pour une psychothérapie de luxe, en envoyant tous les cas à problème à un collègue exerçant en cadre hospitalier. Jamais on ne serait dérangé en pleine nuit par le coup de téléphone d'une personne désespérée. Dans ce quartier cossu de Los Angeles, les activités d'un médecin se résumeraient aux cocktails, à une vie facile dans une vaste demeure tenue par des domestiques, aux rencontres avec les célébrités du cinéma, et aux entretiens avec les agents de change pour mieux réinvestir sa fortune.

En venant au Texas, le Dr Temple renonçait à trop d'avantages substantiels. Cela devait cacher quelque chose de louche, décida Jenny en secouant la tête.

— Ecoute, Patty. Le Dr Temple doit avoir des motivations obscures et inavouables pour venir se perdre ici. J'ignore de quoi il retourne. Mais il ne peut être simplement le personnage génial et sans taches que nous présente cet avis.

— Tu es prompte à dramatiser ! riposta l'infirmière en riant. Quoi qu'il en soit, as-tu jamais connu un génie sans taches ?

— Nous n'avons que faire d'un génie ! Il nous faut un psychiatre que ne rebute pas une tâche ardue et ingrate !

— Amen ! convint Patty avec un air résigné.

— Amen ! conclut également Walter Drummond, le lendemain.

Jenny venait de lui exposer vigoureusement son opinion au sujet du nouvel attaché. Ils roulaient tous deux sur la route nationale à la sortie de Santa Anna, dans le véhicule vétuste et bruyant du centre. A onze heures, Walter avait arraché la jeune femme à son bureau pour l'inviter à déjeuner.

— Impossible, Walter, avait-elle protesté. J'ai rendez-vous dans quelques minutes avec un nouveau patient, le petit-fils de Mme Peterson. Il vient de s'installer en ville.

— Tout est arrangé. Jim le verra à ta place.

— Peut-être, mais le groupe de psychothérapie débute à midi trente.

— Phil l'animera sans toi, pour aujourd'hui.

— Mais, Walter...

Avec un large sourire il l'avait entraînée vers la vieille Ford rouillée en lançant :

— Tu ne sais même pas encore ce que je te propose, et déjà tu t'y opposes.

A court d'arguments, elle préféra lui taire la véritable raison qui lui faisait généralement éviter les tête-à-tête avec lui. Il lui était éminemment sympathique en tant que directeur et camarade, mais elle ne partageait aucunement son désir manifeste d'approfondir leurs relations. Il leur arrivait assez souvent de prendre ensemble un repas, en compagnie d'autres membres du personnel ; mais elle avait repoussé ses avances depuis leur premier rendez-vous. Ce soir-là, il avait exprimé le souhait de la voir davantage, et elle s'était vue contrainte d'anéantir ses espoirs avec douceur mais fermeté.

Mais aujourd'hui, exceptionnellement, elle pouvait bien accepter une invitation probablement innocente.

Sur la route, elle aborda le sujet du Dr Temple, qui ne cessait de la préoccuper depuis la veille.

— J'espère que tu n'auras pas à regretter d'avoir engagé définitivement un attaché sans même une période d'essai. Nous risquons fort de nous heurter aux mêmes problèmes qu'avec les consultants de l'année passée.

Walter s'esclaffa bruyamment.

— Tu plaisantes, n'est-ce pas ?

Elle ne daigna pas même sourire.

— Voyons, Jenny, n'as-tu pas lu ma note de service ? Nous avons une chance inouïe d'obtenir la collaboration de ce psychiatre renommé !

— Justement, n'allons-nous pas devoir payer régulièrement l'immense faveur que nous accorde ce haut personnage ? Franchement, je n'apprécie guère les célébrités imbues de leur personne.

— En toute honnêteté, j'ai goûté un plaisir sans bornes à te voir remettre à leur place certains de nos spécialistes prétentieux, avoua-t-il avec humour. Mais à mon avis, nous supporterons de gaieté de cœur l'orgueil du Dr Temple en contrepartie des résultats fantastiques qu'il ne saurait manquer d'obtenir.

— Hum... Quoiqu'une brillante réussite en Californie ne présage en rien de son succès avec nos clients, allégua-t-elle. Il lui faudra une approche totalement différente. Peut-être n'a-t-il aucune idée de ce qui l'attend.

— Il dit avoir étudié sous la tutelle de ton oncle, dans le passé. Le centre n'existait pas encore, à l'époque, mais il doit savoir à quel type de population il aura affaire.

— Quoi qu'il en soit, il n'est pas mon oncle, contra-t-elle. Il ne peut simplement prendre sa suite et nous demander d'être ravis.

Walt la scruta brièvement de ses yeux gris, pensif. Son visage ouvert affichait une perplexité peu coutumière. Ses cheveux châtain, peignés en arrière, faisaient ressortir son front haut et son nez sans grâce. Sa bouche d'ordinaire souriante avait pris un pli inquiet.

— Jenny, crains-tu que ce médecin essaie d'usurper la place de ton oncle, et nous fasse oublier tout ce que nous lui devons ?

— Peut-être, admit-elle prudemment.

Après quelques minutes de réflexion, il secoua la tête.

— Je pense que ta peur ne se justifie nullement. En revanche, je redoute l'attitude de l'équipe. Par loyauté envers Bob Dahlgren, nous risquons de rejeter arbitrairement Mark sans lui donner le temps de faire ses preuves.

« Ah ! », nota-t-elle intérieurement. « L'illustre Dr Temple possède donc effectivement un diminutif. »

— Oh, je ne crois pas... commença-t-elle.

— Détrompe-toi, Jenny ! coupa-t-il. Lorsque j'ai débuté au centre, avant toute chose j'ai remarqué l'étonnante solidarité qui liait les anciens. Et surtout, ajouta-t-il d'un air espiègle, tous soutiennent inconditionnellement une certaine psychologue aux yeux noisette qui ressemble à un lutin de douze ans, mais dont le cœur démesuré et la sagesse avisée font une professionnelle hors pair. Personne n'hésitera à condamner le Dr Temple par affection pour toi, j'en suis sûr.

Elle médita quelques instants en silence.

— Mais il y a Patty, protesta-t-elle. Elle du moins se réjouit de son arrivée.

— Ah oui, Patty ! Elle est dotée d'une générosité peu commune, et n'est arrivée au centre que quelques mois avant moi. Elle n'a donc pas autant de...

Il chercha une façon de s'exprimer avec tact.

— De préjugés, suggéra Jenny avec un sourire mutin.

— Eh bien oui, concéda-t-il. Nous avons tous nos idées préconçues, plus ou moins rigides selon les cas.

« Il est gentil », songea-t-elle, touchée. Mais sa phrase suivante la fit instantanément changer d'avis.

— C'est pourquoi je t'emmène chez lui aujourd'hui.

Elle tourna la tête d'un mouvement vif, et fixa son compagnon, bouche bée.

— Chez... Chez le Dr Temple ?

— Qui d'autre ? Vois-tu, je veux te convertir à sa cause — dans l'intérêt du centre, naturellement. Quel meilleur moyen que de te le faire connaître ?

Dans un effort méritoire pour dominer sa colère, Jenny compta jusqu'à dix puis rétorqua d'une voix contrôlée :

— C'est un coup en traître, Walter ! M'avoir entraînée sous un fallacieux prétexte !

— J'avais seulement mentionné un déjeuner...

— Mais tu as omis une légère précision, non ?

— Omission à laquelle je viens de remédier, riposta-t-il avec bonne humeur.

Il prit un virage à droite, quittant la nationale pour un chemin bien entretenu. La voiture franchit un portail et traversa des prairies où paissaient des moutons et des vaches Hereford. Les terres avaient l'aspect broussailleux et desséché qui caractérisait l'ouest du Texas, quoique la végétation fût plus riche que dans les régions occidentales extrêmes. Ici croissaient de nombreux arbres, prosopis en majorité, mais également des chênes et des pacaniers. Les dénivellations successives du terrain atténuaient l'impression d'infini de ces vastes espaces ouverts.

L'aspect sauvage et pourtant accueillant du lieu plut immédiatement à Jenny. Cherchant à réprimer son émotion, elle secoua la tête comme pour la dissiper.

— Où sommes-nous, exactement ? s'enquit-elle d'un ton bref.

— Au ranch du Dr Temple.

Elle remarqua un réservoir à droite du chemin, près d'un moulin à vent. Une vache tachetée et son veau buvaient paresseusement l'eau du bassin artificiel. Au loin, une maison et quelques bâtiments de ferme étaient blottis à l'ombre d'un bosquet.

— J'ignorais que le Dr Temple fût propriétaire terrien à Santa Anna, commenta-t-elle acidement.

Walter ne répondit pas, et un silence tendu s'installa entre eux.

— Cette visite est-elle une surprise pour lui aussi ? questionna-t-elle enfin.

— Non. C'est du reste lui qui l'a suggérée. Je lui ai expliqué comment fonctionnait le centre, et nous en avons déduit que tu étais le personnage-clé pour favoriser son intégration, étant donné tes liens avec le Dr Dahlgren.

Comme ils se rapprochaient, Jenny étudia la demeure. Il s'agissait d'une hacienda à la mexicaine, aux murs de stuc blanc et chapeautée d'un toit de tuiles rouges. Une haute enceinte fermée par une grille en fer forgé dissimulait presque l'habitation basse, dont un seul pignon élevé indiquait un faîtage en clocher.

Des arbres fruitiers en fleurs et des mimosas dépassaient de la muraille extérieure, promettant un jardin ombragé et odorant. Une vaste grange, plusieurs hangars et remises étaient groupés à une centaine de mètres de la maison. On voyait s'affairer des ouvriers agricoles dans les enclos, et le bruit des appareils de tonte des moutons parvenait indistinctement jusqu'à la voiture.

— Au moins tu es honnête en ce qui concerne mon rôle dans cette comédie, marmonna Jenny. Je suis donc ici pour être conquise, n'est-ce pas ?

Walter l'étudia attentivement après avoir coupé le moteur.

— J'espère sincèrement que Mark te plaira. S'il n'était pas notre nouvel attaché, tu envisagerais certainement ses qualités avec plus d'objectivité.

Il sortit du véhicule, et Jenny ne l'imita pas tout de suite. Une peur croissante s'était substituée à son irritation. Son cœur battait plus vite à l'idée de revoir Marcus Temple après tant d'années. « Du calme », s'admonesta-t-elle sévèrement. Dans cet état, elle risquait de se mettre à trembler ou à bredouiller de façon incohérente.

Avec une ostensible réticence, elle suivit Walter à travers l'enceinte, et parcourut une allée dallée qui traversait la cour verdoyante. Les épaisses frondaisons des arbustes masquaient partiellement le bleu étincelant du ciel texan. Des buissons de bougainvillées formaient une tache rouge vif çà et là.

Walter souleva deux fois le lourd heurtoir sur la porte de chêne massif, et tous deux attendirent en silence.

« Ainsi, il me croit incapable de me montrer impartiale », médita-t-elle en attisant vainement sa colère. « Il va voir ! Je serai d'une justice irréprochable ! » En entendant un bruit de pas à l'intérieur, elle releva la tête d'un air de défi mais ses joues roses trahissaient son émotion.

La domestique en uniforme fut gratifiée du sourire éblouissant qu'avait préparé Jenny, et que démentissait l'éclat furieux de ses yeux sombres. Mais les traits de la jeune femme se figèrent lorsqu'elle pénétra dans l'entrée carrelée de tommettes. L'employée mena les visiteurs sous un porche à colonnades puis dans le vaste salon.

Cette pièce aurait fait le bonheur d'un décorateur, avec ses contrastes marqués de couleurs et son espace dépouillé. Le plafond et les murs blancs tranchaient avec le noir des poutres et de l'âtre, lui-même rehaussé par le manteau de cheminée de briques rouges. L'ensemble était dominé par une combinaison de noir et d'écarlate. Le soleil de midi n'atteignait guère la salle, où régnait une agréable fraîcheur.

— Veuillez vous asseoir, pria la domestique. Le Dr Temple ne va pas tarder.

Ils s'installèrent côte à côte sur le long canapé. Jenny, s'efforçant toujours de se montrer aimable, admira un tableau accroché en face d'eux.

— Quelle belle reproduction de Picasso !

Walter n'eut pas le temps de répondre. Une voix grave, presque hargneuse, leur parvint de leur droite.

— Ce n'est pas une reproduction.

Le ton méprisant rejetait sans appel l'ignorante, incapable de reconnaître un original.

Jenny se tourna vers l'arrivant, un sourire contraint aux lèvres qui se figea lorsque la silhouette surgit de l'ombre. Avec stupéfaction, elle vit un homme massif, au visage anguleux auréolé de cheveux d'un noir presque bleu. Une vilaine cicatrice zébrait une de ses joues, et ses sourcils touffus se rejoignaient au-dessus des yeux enfoncés. Il était vêtu sans recherche d'un veston de tweed et d'une chemise brune.

L'image d'un séduisant psychiatre plein de vitalité, au corps souple et athlétique, s'évanouit dans l'esprit de Jenny. Des visions catastrophiques des prochains mois au centre assaillirent sa féconde imagination. Face à ce médecin à l'allure menaçante, tous les patients, très fragiles psychiquement seraient terrorisés par son apparence patibulaire... Le temps avait cruellement marqué le Dr Temple, constata-t-elle. Mais, résolue à se montrer juste, elle se leva et tendit la main.

— Je suis heureuse de vous voir, docteur Temple.

Derrière elle Walter, également debout, réprimait difficilement son fou rire.

Le colosse discourtois négligea la main tendue, et fit volte-face pour quitter la pièce.

— Le Dr Temple est occupé. Il arrivera quand il sera prêt, lança-t-il par-dessus son épaule.

— Eh bien ! s'exclama Jenny, irritée par l'hilarité de Walter. La moindre des politesses eût été de me préparer à ce... ce... qui est-il donc ?

— Comment l'aurais-je pu ? Je ne l'ai jamais vu moi-même. Ce doit être le chauffeur de Mark. Il était absent lors de ma dernière visite. Il s'appelle Grif, si je ne m'abuse, et la bonne, Raquel.

— Bridget, rectifia une nouvelle voix.

Celle-ci était calme, grave et bien timbrée. Jenny ne put se contraindre à esquisser même l'ombre d'un sourire, à présent. Elle pivota lentement, redoutant d'affronter l'homme entré derrière eux.

2

CETTE fois, elle reconnut le Dr Temple — de fait, les souvenirs affluèrent brusquement à sa mémoire, l'étourdissant quelque peu. Nonchalamment appuyé à une des colonnes blanches encadrant l'entrée, il l'observait avec une expression qu'elle ne pouvait qualifier que de diabolique. Son épaisse chevelure brune bouclée lui prêtait une allure irrésistiblement romantique. Son visage avait conservé sa minceur presque émaciée. En revanche, son teint pâle sembla surprenant à Jenny, pour un Californien accoutumé à la vie facile de la côte ouest. La moustache ornant sa lèvre supérieure accentuait son apparence d'aventurier d'un autre siècle. En fait, jugea la jeune femme, il était beau comme un pirate avec sa chemise de coton noir au col ouvert, et son jodhpur beige rentré dans ses hautes bottes de cheval.

Un élément bizarre s'ajoutait à son physique incontestablement remarquable ; une étrange immobilité du côté droit déséquilibrait légèrement sa silhouette.

— Mais bien sûr, Bridget, rectifia Walter, sans relever le regard intense qu'échangeaient ses compagnons. Comment allez-vous, Mark ?

Le silence se prolongea, tandis que le psychiatre considérait encore Jenny avec une fixité quasi hypnotique. Il se redressa et s'avança vers elle — elle aurait pu le toucher, si elle avait osé, pour s'assurer de sa réalité. L'étudiant de jadis avait mûri. Il mesurait plus de un mètre quatre-vingt, possédait une carrure impressionnante et de longues jambes athlétiques. Et ses yeux... Ils n'avaient pas changé. Jamais elle n'avait oublié leur couleur bleue si profonde et unique.

— Très bien, merci, répliqua-t-il sans cesser de fixer Jenny.

Il détailla longuement ses cheveux bouclés châtain doré qui encadraient son visage aux traits fins. Puis il nota avec admiration son teint de pêche, ses sourcils nets et arqués, ses prunelles de velours sombre ombrées de longs cils soyeux. Son petit nez droit, sa bouche adorablement charnue, son menton déterminé, n'échappèrent pas à cette inspection. Avec une lenteur délibérée, il contempla ensuite son corps svelte, mis en valeur par un tailleur léger de toile kaki. Cet examen donnait à Jenny l'impression d'être lentement déshabillée.

« Quelle audace », songea-t-elle, ulcérée et mécontente de se sentir rougir. Se ressaisissant avec peine, elle déclara avec autorité :

— Bonjour, docteur Temple. Je suis Jenny Dahlgren.

Elle tendit spontanément la main, et regretta aussitôt son geste. Fallait-il la retirer ? Elle envisageait même de fuir purement et simplement, lorsque son hôte, visiblement amusé par sa consternation, échangea une poignée de main avec elle. Il s'attarda plus longtemps qu'il n'était nécessaire, et esquissa un sourire narquois.

— En effet, c'est bien vous, confirma-t-il ironiquement. Vous vous êtes métamorphosée.

Bien des années auparavant, elle avait rêvé de ces retrouvailles, imaginant la scène. Mark s'extasiait sur sa beauté, l'enlaçait tendrement, et la gratifiait d'un baiser passionné…

L'enlacer… Mais son côté droit restait si parfaitement rigide… Ses doigts recroquevillés trahissaient une paralysie du membre, légèrement atrophié. Qu'avait-il pu se passer ? Distraitement, Jenny renchérit d'une voix absente :

— Cela fait bien longtemps, en effet.

— Vous vous connaissez donc, tous les deux ? questionna Walter, enchanté. Pourquoi m'avoir caché cela ?

— Il y avait si peu de chose à révéler, commenta le psychiatre d'un ton détaché.

Il fit signe à ses invités de se rasseoir. Avec une grâce féline, il traversa la pièce et s'installa sur l'accoudoir d'un fauteuil.

— Les apéritifs sont-ils prêts, Bridget ?

La bonne, qui se tenait discrètement à la porte, acquiesça.

— Je les apporte, Monsieur.

Elle servit les *piñas coladas,* boisson crémeuse et sucrée à base de rhum et de lait de noix de coco. Jenny s'apprêtait à refuser, mais se ravisa après avoir échangé un bref coup d'œil avec Walter. Ce manège n'échappa pas au Dr Temple, qui en parut singulièrement amusé.

« Il doit me croire sous la coupe de Walter », songea la jeune femme, irritée.

— Lors de notre dernier entretien, vous avez exprimé le souhait d'en savoir davantage sur le centre de thérapie, rappela Walter. Cela vous intéresse toujours ?

— Absolument. Dans quelle aventure me suis-je lancé, exactement ?

Penché en avant, Walter entreprit volontiers d'exposer le fonctionnement de l'institution. Jenny sourit. Il était toujours dans son élément lorsqu'il s'agissait de son travail.

— Le personnel est assez restreint, remarqua-t-il. Deux psychologues, un travailleur social, une infirmière à plein temps et une à mi-temps. Les trois derniers vous assisteront au cours de vos consultations, trois après-midi par semaine. Vous devriez être agréablement surpris de l'efficacité de ce système. Vos collaborateurs auront sélectionné les éventuels patients posant des problèmes de traitement, pour s'assurer qu'ils ont effectivement besoin de vous voir. Ainsi vous pourrez traiter un maximum de personnes en une période limitée, puisque nos crédits ne nous permettent de faire appel à vous que pour vingt heures hebdomadaires.

« Les loisirs qu'il vous restera seront consacrés aux questions administratives, aux réunions de synthèse pour passer en revue les cas difficiles, à des séances de formation permanente des autres cliniciens... et à diverses activités assez imprévisibles. »

Cette imprécision fit hausser les sourcils à Mark, mais il n'interrompit pas Walter, qui enchaîna :

— Les horaires théoriques sont de huit heures trente à dix-sept heures, du lundi au vendredi, mais ils ne sont pas strictement respectés. Nous compterons sur vous chaque jour à partir de treize heures. Ceux qui animent les groupes de psychothérapie en soirée sont censés raccourcir les autres journées en conséquence, de sorte à accomplir leur semaine réglementaire. Hélas...

Il lança un regard réprobateur à Jenny, qui ouvrit de grands yeux innocents.

— Mes employés ont une tendance notoire à outrepasser largement leur contrat. Je ne m'en plains pas vraiment, admit-il avec regret. C'est seulement grâce à leur dévouement que le centre a pu surmonter des périodes particulièrement difficiles sur le plan financier.

— Cette pratique risque néanmoins de précipiter

l'épuisement des soignants, nota Mark Temple. Ils peuvent définitivement perdre goût à leur métier.

— Cela me préoccuperait davantage s'ils ne s'entraidaient pas, reconnut Walter.

Il adressa à Jenny un sourire chaleureux.

— Ils veillent attentivement les uns sur les autres. Si par exemple Jenny trouve à Patty Stokes une mine fatiguée, elle la persuade de prendre quelques jours de repos, loin des patients et de leurs tracas. Patty remplit le même rôle auprès de Jenny, de Phil, ou de Jim. Ils se remplacent mutuellement, dans de tels cas. Quant au respect, ils en témoignent à ceux qui en sont dignes. Ne croyez pas que votre titre de psychiatre vous y donne droit automatiquement ! ajouta-t-il en riant. Mon équipe a son caractère, et c'est bien ainsi.

— Mmmm, marmonna Mark, songeur. Vous semblez très... épris de vos employés, Walter.

Il considéra simultanément Jenny qui rougit aussitôt. Apparemment, le directeur ne saisit pas l'insinuation, car il confirma avec enthousiasme :

— Tout à fait, oui. Je suis en admiration devant eux, et la qualité de leur travail, en dépit de nos faibles moyens. J'ai moi-même accompli des études commerciales, et les gens qui savent traiter la maladie mentale m'impressionnent terriblement. A part les deux secrétaires, je suis le seul non clinicien de tout le personnel.

— Avec Elwood, intervint Jenny.

— Elwood, bien sûr. Elwood Sloane est notre gardien. Il est affecté d'un léger déficit intellectuel, mais remplit adéquatement son poste et a pu ainsi subvenir à ses propres besoins et quitter ses parents. Jenny et ses collègues lui prodiguent des conseils en cas de besoin, mais il se débrouille assez bien, en général.

Jenny tourna imperceptiblement la tête de sorte à pouvoir observer le Dr Temple sans paraître le dévisager, et laissa vagabonder ses pensées. Il se remettait d'un accident, avait mentionné Patty. Avait-il ainsi perdu l'usage de son bras droit ? L'étudiant de ses souvenirs n'avait eu aucun handicap de ce genre, elle en était certaine. Ses gestes de la main gauche dénotaient une maladresse à peine visible ; sans doute ne s'en servait-il ainsi que depuis peu. En prenant son verre sur le guéridon voisin, il faillit le renverser, mais évita instantanément l'incident. Jenny qui avait suivi son geste dut laisser échapper un gémissement étouffé, car Mark l'étudia brièvement.

— Je ne suis pas très habile, observa-t-il d'un air détaché avant de poursuivre la conversation avec Walter.

Au cours d'un silence, il la scruta de nouveau.

— J'avoue être surpris de découvrir en vous une psychologue chevronnée, Miss Dalhgren.

Cette remarque la déconcerta. Elle se redressa, un peu méfiante.

— Pourquoi donc ?

— N'êtes-vous pas un peu jeune pour avoir pratiqué votre métier pendant... combien, six ans ?

— Bientôt sept. J'ai vingt-huit ans, monsieur Temple.

Zut, elle se mettait sur la défensive... Surtout, ne pas se laisser décontenancer aussi facilement !

— Vingt-huit ! Vous ressemblez davantage à une adolescente à peine sortie du collège, riposta-t-il.

Furieuse, Jenny s'apprêtait à répliquer lorsque Walter intercéda en sa faveur.

— Je vous assure, Mark, vous vous féliciterez de pouvoir faire appel à Jenny, en cas de difficulté. Elle sait garder la tête froide. Peut-être vous paraît-elle jeune et naïve mais elle est experte en son domaine.

— A ce point-là ? s'étonna le Dr Temple, ouvertement dubitatif.

— Plus que cela ! affirma le directeur avec emphase.

Je paierais cher pour en trouver d'autres comme elle. Ma tâche en serait considérablement simplifiée.

« Merci, Walter ! », songea-t-elle avec reconnaissance. Mais quel effet avaient produit ces louanges sur Marcus Temple ?

— Alors, il ne nous reste plus qu'à remercier le Ciel de nous l'avoir envoyée, railla-t-il. Parlez-moi donc de votre travail, Miss Dahlgren.

Elle réprima son irritation, et se força à conserver un ton léger.

— Comme bon nombre de psychologues, j'effectue le premier entretien avec les nouveaux patients, afin de recueillir l'histoire de leurs troubles ; je revois ceux qui nous reviennent à la suite d'une hospitalisation ou d'une interruption du traitement, pour remettre à jour leurs dossiers. Une fois par mois, je rends visite à nos clients à l'hôpital psychiatrique du secteur, ce qui maintient le lien avec le centre et nous garde informés de leur évolution. Si une personne agitée, suicidaire, ou en état de crise se présente chez nous, je la conseille et l'oriente vers les soins les plus appropriés à son cas. Souvent il ne s'agit pas exclusivement de problèmes d'ordre psychique, mais de difficultés matérielles — chômage, assistance légale, aide sociale — à ce moment-là, je les dirige vers les services compétents. Enfin, j'anime les deux groupes de psychothérapie avec mon collègue.

— Phil Randall, compléta Walter à l'intention de Mark.

Il acquiesça, sans détourner de Jenny ses yeux d'un bleu presque turquoise.

— Durant ce qu'il me reste de loisirs, ajouta-t-elle avec un sourire malicieux, je me charge des formalités nécessaires aux placements volontaires dans l'établissement hospitalier dont nous dépendons. Ah, j'oubliais ! Je m'occupe également des placements d'office.

— Comment se déroule cette procédure, ici ?

Ce domaine passionnait particulièrement Jenny, car il concernait les patients psychotiques décompensés, hors de contact avec la réalité et potentiellement dangereux.

— L'Etat du Texas requiert l'examen du malade par deux experts avant qu'un tribunal ne prononce l'internement forcé temporaire. A Santa Anna, c'est le centre d'hygiène mentale qui entame les démarches administratives. Je contacte moi-même les psychiatres. En tant que consultant appointé chez nous, vous serez automatiquement l'un d'eux.

— Je vois, constata-t-il, pensif. Est-ce là une des « activités diverses » auxquelles faisait allusion Walter ?

Jenny hocha la tête, mais un mouvement attira son attention dans le couloir obscur débouchant à droite du salon. Stupéfaite, elle repéra Grif, le chauffeur de leur hôte, qui guettait dans l'ombre, les bras croisés sur la poitrine. Sa veste à moitié ouverte révélait un revolver, commodément placé dans un étui près de l'aisselle. Appuyé au chambranle, il arborait une attitude trompeusement détendue, mais rien n'échappait à ses yeux vifs. Sans doute n'hésiterait-il pas à se servir de son arme. Jenny ne put réprimer un frisson.

Le Dr Temple suivit la direction de son regard et croisa celui de Grif. Ils semblèrent communiquer tacitement puis le médecin revint à la jeune femme.

— Quel est votre rôle exact dans de tels cas, Miss Dahlgren ?

Elle ne put faire abstraction de Grif et le surveilla du coin de l'œil.

— Tout d'abord, j'essaie d'éliminer les personnes ne relevant pas du placement d'office — celles qui sont saines d'esprit, ou ne représentent pas un danger pour la société ou pour elles-mêmes. Mais si nous en arrivons à remplir les formulaires du procureur de l'Etat, j'ai pour fonction d'aider par tous les moyens les médecins nommés pour l'expertise. Je serai à votre disposition lors de vos entretiens d'évaluation du patient, par exemple ; ou pour notarier votre signature sur le certificat, dans l'éventualité où, selon vous, le client nécessiterait une telle hospitalisation. Essentiellement, je m'en tiens là.

— Bien, bien...

Il se leva et marcha vers la cheminée. Choisissant une cigarette dans un coffret en argent, il l'alluma avec un élégant briquet. Il présenta ensuite la boîte à ses invités, anticipant manifestement le refus qu'ils ne manquèrent pas de lui faire. Puis il s'adossa au manteau et les étudia tous les deux. Tandis qu'il fumait, Jenny se demanda quel aspect de la discussion avait pu donner lieu à une aussi intense réflexion.

Peu après, Bridget annonça que le déjeuner était servi, et le Dr Temple écrasa son mégot avant d'escorter ses convives vers la salle à manger. Il leur indiquait leurs places lorsqu'on l'appela au téléphone.

Cette pièce était nettement plus lumineuse que le salon. Tout un mur était formé de portes-fenêtres coulissantes, ouvrant sur un ravissant jardin fermé et verdoyant. Jenny s'assit en face de Walter. Mark devait présider l'impressionnante table, élégamment recouverte d'une nappe de lin crème. Les assiettes de porcelaine étaient ornées d'un filet d'or. Les verres de cristal taillé à la main reflétaient et magnifiaient les rayons du soleil. Les couverts de vermeil devaient être hors de portée des bourses des amis que fréquentait habituellement la jeune psychologue. Elle admira également le large bol où flottaient des roses écarlates ; de superbes chandeliers d'argent complétaient la décoration luxueuse.

Walter parcourut du regard le mobilier de noyer

foncé, la tapisserie indienne aux couleurs chatoyantes, le buffet à l'ancienne où étaient posés les plats.

— Le cadre est agréable, n'est-ce pas ? commenta-t-il.

— Très, convint-elle.

Elle se détourna légèrement et découvrit Grif, debout sous la voûte d'entrée, l'air plus sinistre que jamais. Son arme était à présent exposée au vu de tous. Elle étouffa une exclamation puis s'abstint de prononcer la moindre parole, pour s'absorber dans la contemplation de la végétation luxuriante derrière les baies vitrées.

Les tons vifs des magnolias, des œillets, des iris ne la ravirent pas vraiment tant l'image de Grif et de son revolver dominait ses pensées.

A son retour, Mark joua à la perfection son rôle de maître de maison durant tout le succulent repas. Celui-ci se composait de potage de homard, suivi de magrets de canard aux champignons et d'une salade verte agrémentée de cubes de foie gras d'oie, et s'acheva sur une tarte aux poires arrosée de coulis de framboises. Mark leur offrit d'abord le choix entre un Château-Laffite-Rothschild et un autre Bordeaux prestigieux.

— Château-Laffite, s'il vous plaît, fit Jenny sans hésiter, craignant de perdre une si belle occasion.

Grif déboucha la bouteille, mais Mark remplit lui-même les verres. En tendant le sien à la jeune femme, il la scruta avec intérêt.

— Un de vos crus préférés ?

Elle ne retint pas son sourire.

— Ce le serait volontiers, mais j'avoue n'avoir eu qu'une fois auparavant le privilège de m'en délecter.

Le coût prohibitif de ce vin renommé faisait reculer Jenny qui n'avait pas vraiment les moyens de se l'offrir. Leurs yeux se joignirent à nouveau quelques instants, puis Mark leva le bras pour porter un toast.

— A votre santé, donc, décréta-t-il avant de reproduire le même geste pour Walter.

— A la vôtre, ajouta-t-elle à voix basse.

Malgré la présence de Grif, sentinelle attentive postée juste derrière lui, le psychanalyste alimenta une conversation animée sur les sujets les plus variés, depuis l'élevage des moutons jusqu'à l'ancienne architecture texane. Son érudition fascina Jenny. Comme pour le tester, elle se surprit à introduire sans cesse des idées différentes pour le seul plaisir d'entendre sa réponse.

Tandis qu'il lui servait à nouveau du Château-Laffite, elle remarqua à son petit doigt l'éclat d'un diamant monté sur un anneau en or fin, dont la taille l'impressionna.

— Vous partagez l'affinité des Texans pour les pierres précieuses, à ce que je vois, commenta-t-elle.

— Pas vraiment, riposta-t-il. Je porte rarement cet anneau. Trop voyant à mon goût.

— C'est en tout cas un chef-d'œuvre d'orfèvrerie.

Il leva sa main gauche et considéra le bijou avec détachement. Walter l'examina et émit un sifflement d'admiration.

— Remarquable !

Souriant de cet émerveillement, Mark secoua la tête.

— Personnellement, cette pierre me semble trop grosse. Elle est en revanche fort bien taillée, d'après mes renseignements. Voyez... elle possède huit faces plates, douze arêtes droites, six pointes... Au total, cinquante-huit facettes, la norme parfaite, je crois.

— Mmm, murmura Jenny, d'un air absent.

Elle feignait de se concentrer sur le joyau, mais ne pouvait s'empêcher d'étudier les longs doigts souples et puissants de Mark, ses ongles carrés impeccablement manucurés. Ainsi distraite, elle ne remarqua pas tout de suite le silence qui régnait.

Elle leva les yeux, et s'aperçut que les deux hommes la considéraient avec curiosité. Le Dr Temple arborait un sourire énigmatique.

Elle se redressa brusquement, mécontente de s'être ainsi laissée surprendre et lança :

— Vous êtes apparemment expert en matière de joaillerie, autant qu'en tous les autres domaines.

Au lieu de répliquer aussitôt, il but quelques gorgées de vin. Puis, posant sur elle un regard appuyé, il s'enquit :

— Avez-vous fini de me mettre à l'épreuve, Miss Dahlgren ?

Malgré ses efforts, elle ne put résister à la fascination qu'exerçaient sur elle ces prunelles d'un bleu si intense.

— Je... Que voulez-vous dire ?

— Depuis un bon quart d'heure, vous faites de votre mieux pour me décontenancer en abordant les thèmes les plus divers que vous puissiez imaginer. Je m'attends presque à m'entendre interroger sur les mœurs conjugales de l'Indien d'Amazonie ; auquel cas je devrai admettre mon ignorance, une chose à laquelle les médecins ne se résignent pas volontiers, quel que soit le domaine concerné.

Il haussa les sourcils en constatant que sa remarque avait fait rougir Jenny.

— Je vous propose donc une trêve. Si vous cessez vos tests de culture générale, je pourrai me détendre et renoncer à vous impressionner.

Cette requête provoqua un rire gêné de la part de Jenny, et suscita le soulagement de Walter. La tension diminua sensiblement, et le repas se poursuivit dans une atmosphère plus gaie. La jeune femme mangeait avec lenteur, préoccupée de la gaucherie avec laquelle leur hôte maniait sa fourchette. La viande sur son assiette était déjà découpée et Bridget veillait constamment près de lui, prête à anticiper son moindre besoin.

Lorsqu'ils eurent terminé, Mark se leva en annonçant que le café serait servi dans le patio. Il fit signe à Grif d'emporter dehors le plateau d'argent et Walter percevant l'air contrarié de Jenny, suggéra :

— Je peux prendre tout cela moi-même, Mark. Votre chauffeur apprécierait sûrement une pause loin de notre ennuyeuse conversation.

— C'est très aimable à vous, rétorqua-t-il. Néanmoins, Grif apprécie ma compagnie. A tel point qu'il me quitte rarement, même l'espace d'une heure. Voyez-vous, Miss Dahlgren, ajouta-t-il en se tournant vers elle, Grif ne se considère pas uniquement comme mon chauffeur. Il s'est également attribué le rôle de garde du corps. Il est convaincu de m'être indispensable à ce titre, et…

Il regarda à la dérobée son bras droit, sans vie.

— … Parfois, je lui donne entièrement raison.

3

TOUT en conservant un masque impassible, Jenny s'interrogea sur la signification de cette allusion. Le Dr Temple estimait-il n'être plus en mesure de se défendre, ayant perdu l'usage de son bras droit ? Ou bien cette paralysie résultait-elle d'un attentat dont il avait été victime ?

De par la nature des troubles de leurs patients, les psychiatres font l'objet de fréquentes menaces. En particulier, un expert chargé du placement d'office d'un malade pouvait s'attendre à subir la colère vengeresse de ce dernier, une fois terminée son hospitalisation. En des circonstances ordinaires, un tel internement n'excédait jamais quatre-vingt-dix jours, au Texas du moins. Et la soif de revanche pouvait durer bien plus longtemps. Au cours de ses années de travail au centre de thérapie, Jenny avait entendu nombre de clients perturbés chercher à intimider son oncle ; toutefois, jamais aucun n'avait mis ses inquiétants projets à exécution. Après le traitement, la psychose était généralement bien contrôlée, et la personne ne représentait plus un danger.

Naturellement, la situation était différente en cas de crime. Si l'individu était jugé irresponsable, il était le plus souvent envoyé au Gray State Hospital, réservé aux malades mentaux criminels. Il y restait plus de trois mois, mais moins longtemps que ne l'exigeait autrefois le code pénal. Lorsque l'équipe soignante considérait avoir apporté le maximum d'amélioration possible, le sujet était relâché. Par la suite, nombre de ces patients étaient incarcérés pour récidive, ou retournaient à l'hôpital ou dans un autre établissement médico-pénal. Car malheureusement, les médicaments employés ne permettaient de museler que temporairement le dérèglement. Que le malade cesse d'absorber les drogues nécessaires, et une décompensation, une rechute survenait inévitablement.

Perdue dans ses réflexions, Jenny se mordillait la lèvre, les yeux dans le vague. La discussion de ses compagnons formait un agréable bruit de fond ; une brise légère faisait bruisser les feuilles des arbres et apportait l'odeur de l'herbe fraîchement coupée. Dans ce cadre enchanteur, il était difficile de songer à la violence. Mais la présence troublante de Grif, adossé à un pacanier, ramenait sans cesse cette idée à l'esprit de la jeune femme.

— Vous rêvez, chère amie ?

Jenny ne comprit pas tout de suite que Walter s'adressait à elle. Elle leva la tête pour s'apercevoir encore une fois que les deux hommes l'observaient avec curiosité. Le Dr Temple la contemplait puis considérait Walter, comme s'il cherchait... quoi donc ? A deviner s'ils avaient des relations intimes ?

— Effectivement, j'étais ailleurs, admit Jenny, les joues en feu. Ai-je manqué quelque chose d'important ?

— Rien de primordial, reconnut le directeur administratif. Quoique ma fierté masculine supporte mal de ne pas te passionner davantage.

— Pardonnez-moi. Ce copieux repas m'a donné sommeil.

Si seulement Mark cessait de les scruter ainsi tour à tour ! Comment pourrait-il se douter que Walter tenait le même langage tendre à toutes ses interlocutrices ? Elle lança une question au hasard pour détourner son attention :

— Cette demeure est magnifique, docteur Temple. Y habitez-vous depuis longtemps ?

Elle le vit serrer les lèvres, comme s'il réprimait son amusement.

— Pas très. J'ai emménagé il y a trois mois, quoique j'aie acheté le ranch l'an dernier.

Elle s'étonna et rétorqua :

— Curieux. Je n'avais pas eu vent de l'arrivée d'un éminent psychiatre dans nos contrées. Les rumeurs se répandent très vite dans les petites villes comme Santa Anna, vous savez.

— J'avais tenu ce déplacement secret, répliqua-t-il, laconique.

— Qu'avez-vous fait durant l'année passée ?

Elle regretta aussitôt cette impardonnable indiscrétion. Il lui décocha un regard perçant où toute trace d'humour avait disparu.

— J'ai appris à écrire mes ordonnances de la main gauche, riposta-t-il d'un ton coupant. Mon écriture est atroce, à peine lisible.

Jenny inspira profondément, consciente de la souffrance du médecin. Deux attitudes s'offraient à elle : compatir, ou le traiter comme elle-même souhaiterait être traitée en de semblables circonstances. Elle opta pour la seconde solution.

— Je croyais qu'une écriture atroce faisait partie des critères de sélection de la profession médicale, plaisanta-t-elle. N'avez-vous pas dû suivre des cours de prescriptions illisibles, docteur Temple ?

Cette boutade inquiéta visiblement Walter. Le psychiatre resta un moment sévère, puis se détendit brusquement, l'air moqueur à nouveau.

— Comment avez-vous percé ce secret de notre corporation, Miss Dahlgren ?

— A ce propos, intervint Walter. Au centre, nous ne sommes guère formels, Mark. Jenny ne se formaliserait sûrement pas si vous faisiez usage de son prénom.

— Ah ? fit-il d'un ton narquois, exaspérant. Je puis donc vous appeler Jennifer Caroline ?

Comment connaissait-il son nom officiel ? Il ne pouvait tout de même pas s'en souvenir, après tant d'années ?

— Jenny suffira, rétorqua-t-elle avec raideur.

— Parfait, à condition que vous me rendiez la politesse.

— Que... Que j'utilise votre prénom, Mark ?

— Contrairement à ce que s'imaginent certains, c'est ainsi qu'on m'appelle habituellement.

D'après son sourire satisfait, il se rappelait ce fatidique été beaucoup mieux qu'il ne l'avait laissé entendre.

— Très bien... Mark. Si vous le souhaitez ainsi.

Les yeux mi-clos, il la contempla de longs instants, avant d'acquiescer.

— Je le souhaite.

Quelques jours plus tard, une des secrétaires entra dans le bureau de Patty, et y trouva Jenny qui buvait un café avec son amie. La jeune psychologue se réfugiait souvent, entre deux entretiens avec des patients, dans ce havre méticuleusement rangé, en plaisant contraste avec son confortable local envahi de dossiers et de bibelots plus ou moins poussiéreux.

— Le Dr Temple te demande au téléphone, Jenny, annonça Carol.

Elle adressa un clin d'œil lourd de sens à Patty qui se redressa prestement, éminemment intéressée.

Tous ses collègues avaient assailli Jenny de questions concernant sa visite au ranch du nouveau consultant. Mais sans comprendre pourquoi, elle répugnait à en parler. Depuis l'instant en apparence banal où il l'avait priée d'user de son prénom, elle s'efforçait sans succès de mettre de l'ordre dans ses pensées confuses. Elle avait eu l'impression, à ce moment, de se trouver seule au monde avec lui. Walter, et même l'inquiétant Grif, auraient pu être sur une autre planète, tandis que Mark et elle échangeaient ce long regard si troublant.

L'exaltation, l'admiration, la compassion, la gêne, la douleur, la crainte, la rancœur, s'étaient succédées dans son cœur, l'entraînant dans un tourbillon infini dont elle essayait de sortir, mais en vain. Le sommeil l'avait fuie, ces deux dernières nuits, et son travail s'en ressentait. En pleine séance de psychothérapie, elle se surprenait parfois à rêver à deux yeux d'un bleu profond, à un visage aux lignes pures encadré de cheveux noirs, à un homme grand, dont le bras droit paralysé altérait peu la grâce animale.

Quel pouvait être cet accident dont il se remettait encore actuellement ? Sa décision de s'établir au Texas en découlait-elle, directement ou indirectement ? Et pourquoi donc avoir choisi Santa Anna, parmi toutes les villes possibles ?

— Le Dr Temple est remarquablement beau d'après les rumeurs, avait commenté Carol la veille, en guettant la réaction de Jenny.

Le bureau des secrétaires, à cette heure, rassemblait la quasi-totalité du personnel pour la pause-café de la matinée. Sentant l'attention de ses collègues fixée sur elle, Jenny s'était contentée de hausser les épaules, sans répondre.

— On le compare à Alain Delon, jeta Hélène, taquine.

Plutôt que de commenter cette affirmation, Jenny

s'était emparée du téléphone le plus proche, prétextant avoir oublié un appel urgent au procureur du district au sujet d'un placement d'office en cours.

Lorsqu'elle eut obtenu les renseignements nécessaires et raccroché, les autres attendaient toujours, avides d'en savoir davantage sur leur futur attaché. Mais Jenny refusa obstinément toute discussion. Elle consentit seulement à décrire le ranch et le repas, mais au sujet du Dr Temple lui-même, elle déclara succinctement qu'il n'était pas ce qu'elle attendait. Elle avait soigneusement omis de révéler à quiconque qu'elle l'avait connu nombre d'années auparavant.

Walter jugea nécessaire de préparer un tant soit peu l'équipe. Sans toutefois mentionner les circonstances qui l'avaient causée, il fit discrètement allusion à la paralysie partielle du médecin, et avertit les jeunes gens qu'il serait probablement accompagné d'un homme « d'aspect assez alarmant ». Ce dernier servait de chauffeur au Dr Temple, tant qu'il n'aurait pas repris l'habitude de conduire lui-même. Mark était originaire de Dallas, leur apprit-il également. Il ne possédait aucune famille, n'était pas marié. Et il avait décliné au moins deux offres d'emploi mirifiques, à la connaissance de Walter, en faveur du centre de Santa Anna. Du reste, conclut le directeur, le ranch constituait une entreprise largement rentable, qui eût permis au psychiatre de renoncer à pratiquer son métier, s'il l'avait souhaité.

Ces informations intriguèrent tous les employés de l'institution. De sorte que, quand Jenny prit le récepteur en enfonça la touche de la première ligne, Helen et Lupe Garcia, l'infirmière à mi-temps, s'étaient jointes à Carol devant la porte de Patty.

— Ici Jenny Dahlgren, déclara-t-elle avec un calme que démentissaient les battements affolés de son cœur.

— Bonjour, Jenny. Mark, à l'appareil, répondit-il de sa belle voix grave.

Il marqua une pause, comme s'il attendait quelque chose.

— Bonjour... Mark.

Malgré l'imperceptible hésitation de Jenny, son interlocuteur semblait satisfait lorsqu'il reprit :

— D'après Walter, vous avez beaucoup à faire, en ce moment.

— Oh, c'est une vraie maison de fous, comme d'habitude, lança-t-elle précipitamment.

Elle s'efforçait en vain d'ignorer les grimaces comiques d'Helen, qui jouait son rôle de clown pour lui faire perdre son sérieux.

— Maison de fous ? répéta-t-il sèchement.

Elle se redressa d'un bond, horrifiée par ce terme mal choisi.

— Je... Euh... C'est une expression malheureuse. Walter a fort bien exprimé la situation ; nous sommes effectivement débordés, docteur Temple.

— Mark, rectifia-t-il d'un ton amusé.

— Mark, corrigea-t-elle docilement.

— Dans ce cas, je ne vous retiendrai pas. J'aimerais simplement vous inviter à dîner chez moi, ce soir.

Cette idée la terrifia et l'enchanta à la fois. Prise au dépourvu, elle resta muette.

— Jenny ? Aviez-vous d'autres projets ?

— Je... Non, pas d'autres projets. Cela me ferait grand plaisir.

Mais il interpréta son incertitude comme de la réticence.

— Vous avez le droit de refuser, Jenny. N'allez pas craindre de me blesser pour si peu. Je souhaitais seulement discuter avec vous certains détails professionnels, mais rien ne presse.

— Sincèrement, Mark, j'accepte volontiers.

— Très bien. Je passerai vous prendre à sept heures.

Après un bref « au revoir », il raccrocha sans même demander son adresse.

— Quel homme autoritaire ! s'exclama-t-elle en riant.

Patty et les autres l'épiaient avec une curiosité non dissimulée. Mais la jeune femme demeura muette.

Jenny habitait assez près du centre, et effectuait généralement le trajet à pied. En fin de journée, elle regagna hâtivement la maison dont elle louait une moitié à Mme Carson, une veuve affable qui occupait l'autre partie de la demeure avec son caniche, Muffy.

Tout en rangeant à la hâte quelques livres dans les bibliothèques et en redressant un poster moderne dans son cadre de métal, elle se rendit compte à quel point, ce lieu lui plaisait. Il n'était pas très grand : salon, chambre, salle de bains et cuisine, plus une petite terrasse à l'arrière et une plus vaste, devant, sur laquelle donnaient les deux appartements. L'immense jardin était ombragé par de nombreux arbres. Le quartier ne contenait que des habitations anciennes, soigneusement entretenues et la plupart des résidents se connaissaient. Jenny s'arrêtait fréquemment chez des voisins âgés installés sur la balancelle de leur balcon, bavardant et contemplant le paysage.

Ses parents avaient approuvé avec enthousiasme son choix, lorsqu'elle avait emménagé, sept années auparavant. Ils ne s'étaient pas offusqués de ce qu'elle n'élise point Amarillo, sa ville natale, pour y vivre et y travailler. Santa Anna était presque son second foyer. Elle s'y était établie tout de suite après l'obtention de son diplôme en psychologie de l'Université du Texas, pour rejoindre son oncle Bob et occuper un poste auprès de lui au centre de thérapie. Chez l'aimable Mme Carson, Paul et Catherine Dahlgren avaient estimé laisser leur fille en de bonnes mains.

Ils avaient insisté pour lui offrir quelques meubles en chêne hérités de leurs propres familles. Le grand lit qu'elle avait partagé avec sa sœur aînée Teresa, dans leur enfance, la commode et la coiffeuse assorties, avaient constitué son unique mobilier, pendant quelques mois. Peu à peu elle avait acquis d'autres pièces d'occasion, qu'elle ponçait et teintait elle-même. Quelques-uns de ses petits tableaux ornaient les murs, et sa jeune sœur, Mary, qui poursuivait ses études d'économie, avait exécuté plusieurs coussins en tapisserie.

Le petit deux-pièces était facile à entretenir, pour une jeune femme seule. Mais Jenny le parcourut tout de même pour une visite d'inspection, ramassant un fil sur la moquette, ajustant un volet, jusqu'à juger irréprochable l'état des lieux.

Peu avant sept heures, elle mettait la touche finale à sa coiffure, et détaillait sans indulgence dans la glace le reflet de son visage à l'ovale parfait. Elle se rappela l'examen minutieux auquel Mark l'avait soumise, quelques jours auparavant. Aussi choisit-elle une robe douce aux tons pastels, ceinturée à la taille, à manches trois quarts, et pudiquement décolletée. Le vert amande de ses escarpins à talons hauts s'assortissait parfaitement à l'une des nuances du tissu. Pour tout bijou, elle portait une fine chaîne en or qui soulignait son cou gracile. Même pour un observateur très critique, elle formait une image indéniablement, résolument féminine, quoiqu'elle ne se fût jamais qualifiée de jolie.

Quelques coups frappés à la porte interrompirent ses réflexions. Elle s'avança vers l'entrée d'une démarche assurée. Malheureusement, l'effet fut radicalement gâché lorsqu'elle trébucha au bord du tapis du salon, et manqua tomber. « Zut ! », siffla-t-elle entre ses dents, tout en retrouvant son équilibre.

Le Dr Temple s'efforçait de conserver son sérieux,

mais une lueur amusée brillait dans son regard bleu, quand il entra.

— Bonsoir, déclara-t-il en lui prenant la main.

Elle le contempla avec une admiration qu'elle tenta de dissimuler. Il portait une chemise bleu ciel sous un pull-over blanc, un pantalon marine et des mocassins bordeaux. Jenny s'avoua à contrecœur que sa présence suffisait à la plonger dans un émoi indescriptible. Jamais auparavant un homme ne l'avait affectée à ce point, physiquement.

Elle détourna les yeux, dans l'espoir d'effacer de son esprit la silhouette de cet homme si séduisant, tout près d'elle. Elle parvint à sourire.

— Bonsoir, Mark. Vous avez surpris mon petit exercice involontaire d'acrobatie, je crois ?

Il la relâcha avec douceur, et ses traits s'éclairèrent d'un plaisir enfantin.

— Démonstration charmante. Peut-être ai-je rencontré en vous une partenaire de danse digne de moi ?

— Vous ne dansez pas bien ?

Il haussa les épaules.

— Je ne sais pas. Je me débrouillais... avant...

Elle regarda brièvement son bras droit, rigide, et une étrange douleur la transperça. Mark, brusquement nerveux, s'écarta pour étudier les lieux. Comme il hochait la tête d'un air approbateur, elle proposa :

— Aimeriez-vous visiter l'appartement ?

Il acquiesça.

— Il n'y a pas grand-chose à voir, s'excusa-t-elle par avance.

Elle aurait effectivement pu le guider jusqu'à la chambre et la cuisine, et revenir en moins d'une minute. Mais le médecin s'attarda pour admirer ses ouvrages de peinture, représentant Santa Anna et les environs.

Un quart d'heure plus tard, ils se tenaient de nouveau dans la salle de séjour.

— Cela me plaît, déclara-t-il d'un ton définitif. C'est accueillant et confortable, sans prétention. Habité. Pas le genre d'endroit destiné à impressionner les gens.

Elle en conclut qu'elle-même aurait tort de chercher à l'éblouir ; cette pensée la soulagea, et elle se détendit. Mark lui prit la main d'un air désinvolte, pour la mener dehors jusqu'à une limousine couleur havane garée devant la maison.

Grif tenait ouverte la porte arrière, plus inquiétant que jamais dans la lumière déclinante du crépuscule.

Jenny ralentit instinctivement. Mark l'épia à la dérobée et la tira avec une ferme douceur vers son chauffeur.

— Grif ? enjoignit-il.

Les dominant tous deux de sa stature massive, le garde du corps fronça les sourcils en direction de la jeune femme, et marmonna avec une évidente mauvaise volonté :

— Bonsoir, Miss.

— Bonsoir, répliqua-t-elle dans un murmure.

Elle se reprocha aussitôt son attitude infantile. Pourquoi craindre ce colosse disgracieux ? C'était son aspect seul qui l'impressionnait ainsi et elle avait déjà eu affaire à nombre de gens plus laids.

Oui, mais, le revolver... ? Et cette expression remplie de haine, cette façon de ne jamais détourner d'elle son regard soupçonneux ?

Comment inspirait-elle tant de méfiance à Grif ? Ou bien ne faisait-il confiance à personne ? Pourquoi alors Mark tolérait-il sa présence menaçante ? Avait-il réellement besoin d'être protégé ? Jenny, confuse, considéra franchement Grif.

Cet échange succinct de politesses donna satisfaction à Mark qui fit signe à sa compagne de prendre place sur la banquette, avant de s'y installer auprès d'elle. Grif conduisit à vive allure jusqu'au ranch, comme s'il redoutait d'être suivi. Mais sa compétence était telle que la vitesse n'inspira aucun malaise à Jenny.

Le garage se referma automatiquement derrière eux. Grif descendit et ouvrit la portière de son employeur. En sortant à son tour, Jenny, curieuse, scruta la pièce bien rangée. Plusieurs autres voitures auraient pu s'y loger aisément, mais elle ne contenait qu'une Jaguar grise, un modèle sport qui contrastait avec la limousine. Grif, alerte et prudent, surveillait les alentours. Il ouvrit la marche jusqu'à une porte donnant sur la cour arrière, fortement éclairée, et ceinte par un mur de stuc blanc.

Jenny jugeait étrange l'attitude protectrice de Grif, mais Mark n'y prêtait pas attention.

— Il fait encore un peu frais pour prendre l'apéritif dehors, remarqua-t-il avant d'entrer dans la maison.

Pour une fois, Grif n'était pas visible lorsque Bridget servit les boissons dans la bibliothèque. Des étagères chargées de livres flanquaient la grande cheminée de pierre. Un canapé recouvert d'un tissu à impression cachemire et deux fauteuils assortis formaient un agréable coin salon, devant le grand bureau encombré de papiers, de dossiers et de revues. Jenny contempla le dos souple et musclé de Mark, agenouillé devant l'âtre pour allumer le feu. Lorsque les grosses bûches se furent enflammées, il se redressa et surprit sur le visage de la jeune femme une expression rêveuse.

Gênée, elle désigna la peau d'ours étalée sur le sol et expliqua hâtivement :

— Quelle tentation ! Cela donne envie de s'étendre sur la fourrure pour lire un bon roman à la lueur des flammes, en buvant une tasse de chocolat chaud.

Il sourit.

— Faites comme chez vous, je vous en prie. Bridget

vous fournira volontiers le chocolat, et quant à la lecture, vous n'avez que l'embarras du choix !

Jenny secoua la tête en riant.

— Je ne suis pas habillée pour l'occasion. Une telle occupation requiert un confortable peignoir ou une chaude robe d'hôtesse. Qui plus est, le temps ne convient pas. Pour mieux apprécier ce moment à sa juste valeur, il est nécessaire d'entendre battre la pluie contre les vitres, ou de voir dehors un épais manteau de neige. Question d'atmosphère, voyez-vous ?

— Ah ! acquiesça-t-il en lui offrant un cocktail de *margarita.* Vous seriez donc une romanesque invétérée !

Leurs doigts se rencontrèrent brièvement sur le verre, et Jenny eut un petit frisson de plaisir. Pendant qu'il retournait chercher son propre apéritif, elle tenta d'interpréter sa remarque.

— Romanesque ? répéta-t-elle. Oui... au fond, ce doit être exact.

— Comment ? ironisa-t-il. Pas de vigoureuses protestations ? L'efficace Miss Dahlgren ne nie pas son besoin frivole de sentimentalité ?

— L'efficacité et le romantisme ne sont nullement incompatibles, à mon sens, riposta-t-elle en baissant les paupières. En outre, je n'estime pas la sentimentalité frivole. Elle apporte une part vitale à notre existence.

Il l'étudia d'un œil cynique, mais ne dit rien.

— Et vous, Mark ? hasarda-t-elle après quelques minutes. Quelle valeur attribuez-vous à tout cela ?

Cette question lui déplut visiblement. Il se raidit et se renfrogna, puis éclata d'un rire dur.

— Je m'en passe fort bien, merci. Je considère tout ce qui relève du domaine sentimental comme d'inutiles complications.

Intuitivement, elle jugea cette attitude comme une

défense contre une souffrance ancienne. Peut-être avait-il vécu une histoire d'amour malheureuse ?

— Je trouve votre opinion surprenante, riposta-t-elle, alors que vous êtes sans conteste l'homme au physique le plus romantique que j'aie jamais vu.

Il haussa les sourcils et s'exclama :

— Moi ?

Elle acquiesça.

— Ce fut ma première réaction en vous apercevant, l'autre jour... Vous ressemblez à un personnage de roman du XIXe siècle. Ce sont vos cheveux... vos yeux... votre moustache...

Elle secoua la tête, incapable de formuler ce qu'elle éprouvait, et craignant de révéler à quel point il avait occupé ses pensées, depuis leur dernière rencontre.

— J'évoquc sans doute un être cruel et sanguinaire ?

— Je songeais plutôt à un brigand au grand cœur, tel Pancho Villa ou Jesse James.

Son regard bleu brilla d'une lueur de colère. Il se détourna, comme pour lui cacher son côté droit, puis revint vers elle. De la main gauche, il frappa son bras inanimé.

— Vous ne prenez pas mon handicap au sérieux, n'est-ce pas ?

Jamais il ne saurait ce qu'il en coûta à Jenny de garder le sourire.

— Je maintiens mon opinion : vous êtes néanmoins un personnage éminemment romantique.

— Croyez-moi, il n'y a rien de romantique à vivre avec un membre inutile, jeta-t-il, d'un ton féroce.

Sur ce, il pivota sur ses talons et quitta la pièce sans lui laisser le temps de répondre.

4

CONSTERNÉE, Jenny vit apparaître la silhouette massive de Grif dans l'embrasure de la porte. Il semblait vibrer de rage, et la considéra intensément, les traits déformés par la haine. De toute évidence, il avait entendu leur échange, et les taquineries légères de la jeune femme l'avaient rendu furieux.

— Ah, vous ! Gare à vous ! gronda-t-il d'une voix terrible, avant de disparaître à son tour.

Jenny était trop accablée pour se préoccuper des menaces du chauffeur. Elle resta immobile sur le sofa, à contempler aveuglément le feu, tout en réfléchissant à la façon de formuler ses excuses. Mais aucune explication ne conviendrait. Comment avait-elle eu la cruauté de minimiser la mutilation subie par le médecin ?

Elle entendit un bruit de pas et se tourna vers Mark d'un air contrit.

— Je suis navrée, Mark, déclara-t-elle. Vous avez absolument raison. Je n'avais pas songé sérieusement à...

D'un geste impatient, il coupa court à son discours maladroit.

— Je vous suggère d'arrêter là pour ne pas aggraver les choses. Je ne pense qu'à mon bras depuis un an. Cela me fait du bien qu'on me rappelle de ne pas dramatiser mon état... Ou bien votre attitude était-elle factice ?

Il reprit son apéritif et vint prendre place à côté d'elle. Il semblait vouloir changer de sujet, mais Jenny jugea utile de poursuivre quelque peu.

— Avez-vous souvent l'impression que les gens manquent de sincérité envers vous... je veux dire, depuis votre accident ?

Il ferma les yeux.

— Je ne serais pas si catégorique. Beaucoup de personnes éprouvent certainement une authentique compassion à mon égard.

Sa mâchoire se contracta imperceptiblement et il reprit :

— Simplement, vous êtes la première à me traiter comme un être normal et non comme un homme définitivement marqué par une tragédie.

Jenny ne fit pas de réponse, profitant de cette occasion d'étudier son compagnon à son insu. Il paraissait étrangement vulnérable, sans son regard perçant. Ses joues étaient creuses, il devait avoir minci, récemment. Malgré le pli amer de sa bouche en cet instant, il avait les lèvres bien dessinées, d'une sensualité que dissimulait en partie sa moustache.

Elle rêvait délicieusement au plaisir qu'elle éprouverait à embrasser voluptueusement cette tête offerte, lorsque Mark releva les paupières et la surprit dans sa contemplation. Il paraissait rongé par quelque souci et ne remarqua heureusement pas l'effet qu'il produisait sur elle.

— Parfois on me parle comme si tout était fini pour moi, à cause de mon bras.

— C'est ridicule, protesta-t-elle faiblement.

— J'ai dû effectivement renoncer à certaines activités, mais j'ai une chance relative dans mon malheur. Il m'est encore possible d'exercer mon métier.

Elle eut l'impression qu'il cherchait à se convaincre de ses propres affirmations. Il posa son verre sur la table basse, puis étendit sa main gauche droit devant lui, les doigts écartés, et la retourna pour en examiner les deux côtés. Il serra le poing puis l'amena contre sa poitrine, comme pour exprimer l'importance vitale de ce membre valide. Le cœur de Jenny se serra.

Brusquement il se détendit et concentra son attention sur les grands yeux noisette de sa compagne.

— Vous avez sur moi un effet thérapeutique, Jenny, murmura-t-il.

Devant son air interrogateur, il expliqua en maugréant :

— J'en ai assez d'être choyé et traité comme un invalide. C'est de quelqu'un comme vous que j'ai besoin, pour le moment.

A cet instant elle aperçut derrière lui le visage perplexe de Grif, à la porte. Il semblait dérouté et blessé, et Jenny cessa presque de douter de ses bonnes intentions à l'égard de son employeur.

Ils oublièrent de parler du centre de thérapie, ce soir-là. Après un succulent repas mexicain de riz, de *tamales* et de *chiles rellenos,* que couronnèrent, au dessert, des *sopas pillas,* ils bavardèrent presque jusqu'à minuit devant le feu crépitant dans la cheminée.

Après un troisième verre de *margarita,* Jenny se sentait parfaitement à son aise, et fort loquace, comme chaque fois qu'elle buvait de l'alcool. Mark l'interrogea sur sa famille et elle trouva naturel de le renseigner.

— Mon père est géologue indépendant. Ah, les pierres ! déclara-t-elle solennellement. Il les adore. Je crois qu'il vous plairait... Si, si, sincèrement. Il est tellement gentil ! Comme un gros ours apprivoisé. Un ours un peu chauve, précisa-t-elle par souci d'exactitude. Pauvre papa, entouré de femmes, lui qui désirait un fils pour l'aider à trouver du pétrole...

— Vous avez des sœurs ? s'enquit-il.

— Comment aviez-vous deviné ?

Elle se tourna et découvrit avec un choc qu'il était tout près d'elle. Fascinée, elle contempla son torse musclé.

— Teresa a deux ans de plus que moi, et Mary vient d'avoir la vingtaine, c'est la cadette de la famille.

— Et vous ? Seriez-vous la mère de la famille ?

Elle acquiesça, sans le quitter du regard.

— On m'appelait « Petite mère ». Maman en riait. Vous ne la connaissez pas, n'est-ce pas ?

Elle se risqua à considérer fugacement son visage, et le vit faire un signe de dénégation.

— Non, évidemment. C'est une question stupide... Mon père trouve que je lui ressemble, mais ce n'est pas vrai. Ellc est très belle. Nous avons un peu les mêmes yeux, peut-être, mais ses cheveux sont superbes, du satin noir...

Hésitante, elle leva sa main et effleura les boucles d'ébène de son compagnon. Un sourire rêveur erra sur ses lèvres.

— Comme les vôtres, magnifiques.

— Merci, acquiesça-t-il un peu sèchement. Cela me consolera, cette nuit.

Elle fronça les sourcils.

— Que voulez-vous dire ?

— Rien. Parlez-moi encore d'elle.

— C'est une artiste. Elle peint des paysages et des portraits, surtout à l'huile. Les galeries de tout le sud-ouest exposent fréquemment ses œuvres.

Comment en était-elle arrivée à poser sa tête au creux de l'épaule accueillante de Mark ?

— Voilà donc d'où vous vient votre talent, conclut-il doucement.

— Talent ? Non, pas moi. Simplement, parfois il me vient un besoin irrésistible d'exprimer quelque chose.

Elle s'étira paresseusement et soupira de plaisir quand ses doigts frôlèrent le front de Mark.

— Et vous ? Eprouvez-vous aussi de tels élans ?

Il répondit à voix basse, murmurant à son oreille :

— Constamment.

— Et que faites-vous alors ?

— J'essaie de me concentrer sur autre chose. Mais c'est difficile... très difficile.

A travers l'humour de sa répartie perçait une note d'ironie. Il changea du reste de sujet et s'écarta de Jenny, la questionnant sur ses quatre années d'études à l'Université du Texas. Jenny lui dit que les garçons, les étudiants y étaient presque vingt fois plus nombreux que les filles.

— Comment avez-vous pu ne pas vous marier ? s'étonna-t-il.

Cette remarque dégrisa singulièrement la jeune femme. Elle n'oubliait nullement le tourment que lui avait infligé l'image d'un étudiant en médecine aux yeux bleus, grand et incroyablement beau. Durant toute sa scolarité, personne ne s'était jamais mesuré avec succès à cet ineffable souvenir.

— Oh, je... Je n'ai jamais... jamais été...

Sa voix mourut, et Mark se rapprocha pour saisir ses paroles.

— Jamais été quoi ?

— Amoureuse avant, acheva-t-elle dans un murmure.

Ce fut seulement plus tard qu'elle comprit ce qu'impliquait cette phrase : « Je n'ai jamais été amoureuse, *avant aujourd'hui* ».

Mais Mark ne l'avait pas repoussée pour autant, ni même plus tard, quand Grif les eût reconduits chez elle. Le psychiatre l'accompagna jusqu'à sa porte, et elle se dressa sur la pointe des pieds pour l'embrasser. Pas un timide baiser d'adolescente, non, un vrai baiser de femme éprise.

— Bonne nuit, Jesse James, avait-elle ensuite chuchoté à son oreille.

A son réveil, le lendemain matin, elle se remémora la soirée, et fut mortifiée. Elle avait dû l'ennuyer à périr avec son bavardage incessant, mais pour couronner le tout, ce baiser ! Elle gémit ; jamais plus elle n'oserait regarder Mark en face !

L'alcool qu'elle avait consommé la veille la plongea dans un état léthargique, et elle arriva au centre avec un léger retard. Lorsque Carol lui apporta le dossier de son second patient de la matinée, elle n'était toujours pas bien réveillée.

Il s'agissait d'une jeune fille de vingt ans, Carrie Dennis, une maniaco-dépressive que Jenny connaissait de longue date. Carrie sortait de l'hôpital après un séjour de dix jours seulement, et son cas devait être évalué.

— Entrez, proposa Jenny avec une gaieté forcée. Comment allez-vous ?

Carrie était grande et longiligne, presque émaciée, avec des cheveux blonds, ternes et mous, et des mains agitées. Elle aurait pu être très belle, sans sa maigreur et les robes démodées que lui imposait sa mère plutôt stricte. Mais ses yeux magnifiques, violets et immenses ne pouvaient être cachés.

— Pas très bien, marmonna-t-elle nerveusement. Il faut que vous disiez à mes parents que j'ai le droit d'arrêter de prendre mes médicaments.

Jenny parcourut le dossier complété récemment par l'équipe hospitalière.

— Vous êtes toujours sous lithium, constata-t-elle, pensive... Les doses ont été augmentées, dirait-on.

— Oui, et cela me rend malade ! s'écria Carrie d'un ton désespéré. Regardez comme je tremble !

Elle étendit les bras pour prouver ses dires et Jenny constata qu'elle avait raison.

— J'ai les jambes tellement faibles que j'ai du mal à marcher !

Après avoir énuméré une liste d'autres plaintes, elle réitéra sa demande :

— Je vous en prie, Miss Dahlgren, je ne veux plus avaler ce poison !

— Carrie, je ne suis pas médecin, vous le savez bien. Je ne suis pas habilitée à modifier vos prescriptions, expliqua patiemment Jenny. Voyons d'abord votre état général, d'accord ? Avez-vous bon appétit ? Dormez-vous bien ?

Elle posa les questions d'usage, à l'affût d'éventuels revirements d'humeur. Au moins, constata-t-elle, Carrie ne semblait pas en phase maniaque. En revanche, ses réactions secondaires au traitement de chimiothérapie affectaient son moral, ce n'était pas étonnant.

Afin de préciser l'origine des symptômes physiques, Jenny remplit un formulaire de demande d'examen et le lui tendit.

— Allez à l'hôpital avec cette feuille, et faites-vous faire un dosage de lithiémie demain matin très tôt, avant d'absorber vos cachets.

Selon l'hypothèse la plus probable, le taux de lithium dans la circulation sanguine de Carrie avait atteint un niveau trop élevé, donc toxique.

— Puis vous reviendrez à la consultation du psychiatre, l'après-midi. Qu'en pensez-vous ?

La jeune fille, mal à l'aise, s'agita sur son siège.

— Je ne sais pas. Je voudrais seulement arrêter de prendre mes médicaments, bougonna-t-elle.

Jenny hocha la tête.

— Je comprends, mais vous savez ce qui vous arrive quand vous cessez votre traitement, n'est-ce pas ?

— J'ai des ennuis, admit Carrie à contrecœur. Je ne me contrôle plus.

— Exactement. Seul le lithium peut empêcher cela. Mais les doses ont sans doute besoin d'être ajustées, et c'est le docteur qui en décidera, demain. Viendrez-vous ?

— Bon... accepta-t-elle avec un soupir.

Mieux valait la préparer au pire. Jenny ajouta :

— On vous a peut-être fait sortir de clinique trop tôt. Le médecin devrait alors vous y renvoyer quelque temps. Mais nous verrons cela avec lui.

Elle quitta Carrie dans le couloir. Pourvu que la patiente exécute consciencieusement ses consignes !

En se tournant pour regagner son bureau, elle vit Walter sortir de l'office de soins en compagnie d'un homme élégant en costume sombre. Apparemment, le directeur faisait visiter les lieux au nouveau consultant, et lui présentait l'équipe.

Le cœur de Jenny fit un bond, et une rougeur sournoise envahit ses joues. Contrairement à ce qu'elle avait espéré, elle ne put disparaître dans son refuge sans être vue. Walter et Mark se dirigèrent vers elle, le premier avec un sourire affable, le second avec un air froid et réservé.

Elle carra ses épaules et s'avança.

— Bonjour ! lança-t-elle avec un entrain forcé.

Mark marmonna une réponse, tandis que Walter s'exclamait avec emphase :

— Bonjour, Jenny chérie ! Regarde qui j'ai amené faire connaissance avec notre centre !

— J'avais remarqué.

Elle considéra le psychiatre avec timidité, mais il conserva son masque impénétrable.

— Il y a eu des fuites concernant votre dîner d'hier

soir, enchaîna Walter, inconscient de sa maladresse. Tout le monde est ravi de vos excellentes relations.

Il leur adressa un clin d'œil entendu : tout se passait comme prévu, pour lui.

Jenny blêmit. Elle avait oublié qu'elle devait faciliter l'insertion du Dr Temple dans l'institution. Elle croyait avoir été invitée la veille parce qu'il voulait... enfin, elle n'imaginait pas que cette démarche s'intégrait dans un plan savamment conçu.

— J'ai donc pensé, pousuivait Walter avec une belle insouciance, que le moment était venu d'amener Mark sur place. Puisqu'il est reconnu que tu l'as déjà accepté...

Furieuse de sa propre naïveté, elle fut incapable de regarder Mark. Ce dernier, du reste, ne semblait rien avoir à ajouter. Sans doute était-il gêné, lui aussi. Il n'avait pas dû prévoir ce malencontreux baiser.

— Tu es bien avisé de profiter de la situation, Walter, persifla-t-elle.

Elle s'apprêtait à les abandonner lorsque Patty surgit de son bureau, son sac à la main.

— Tu nous accompagnes ? s'enquit-elle gaiement.

Jenny la fixa sans comprendre.

— Ne l'avez-vous pas encore invitée ? s'indigna-t-elle. Qu'attendez-vous donc ? Nous partons déjeuner, précisa-t-elle à son amie. Tu nous accompagnes, n'est-ce pas ?

Le souvenir de la soirée d'hier blessait encore la fierté de Jenny. En outre, Mark n'avait pas paru ravi de la revoir aujourd'hui. Il s'était bien gardé de la convier à se joindre à eux.

— Non merci, refusa-t-elle sèchement.

Walter posa une main sur son bras.

— Même si je te le demande gentiment ? Nous allons à Brownwood.

Elle faillit céder. Ses deux collègues, du moins,

appréciera ient sa compagnie. Malheureusement, Walter ajouta alors un argument mal inspiré :

— Viens donc, petite Jenny. Ce serait dommage qu'on te croie brouillée avec Mark, après tous nos efforts pour vous lier.

— Je me moque de ce qu'on peut penser.

Cette fois, elle les quitta d'un pas résolu et s'engouffra dans son bureau, dont elle claqua ensuite la porte avec une amère satisfaction.

Peu après quatorze heures, on frappa et Patty entra.

— Vilaine ! reprocha-t-elle. Que t'est-il arrivé ? Tu aurais dû venir avec nous.

Jenny se pencha avec application sur les papiers qu'elle remplissait. Deux clients étaient passés à l'heure du déjeuner, sans rendez-vous, pour faire renouveler leurs ordonnances. La tâche lui était incombée, puisque l'infirmière s'était absentée. Elle s'était contentée d'avaler hâtivement un sandwich.

— Il fallait bien que quelqu'un se dévoue pour faire le travail, ici, riposta-t-elle.

Patty ne se laissa pas démonter pour si peu.

— La terre ne s'est jamais arrêtée de tourner quand tu partais déjeuner, remarqua-t-elle. D'ailleurs, il s'agissait d'un repas professionnel. Walter et le Dr Temple n'ont cessé de discuter de théorie. Ils ont bien passé une heure sur les évaluations juridiques, et tu connais Walter... Il ne comprend pas vraiment les menus détails de telles affaires. Il me posait constamment des questions, et Dieu sait si je suis ignorante en matière de placements d'office ! C'est ton domaine. Ils auraient eu grand besoin de ton aide.

Jenny haussa les épaules tout en continuant d'écrire.

— Je me ferai un plaisir de les renseigner à leur convenance. Si c'était leur but aujourd'hui, ils n'avaient qu'à le préciser.

— A mon avis, ce n'était pas prémédité. Walter

voulait simplement mettre le Dr Temple à son aise avec nous, par petits groupes de deux ou trois.

Elle baissa sensiblement la voix.

— Il est encore terriblement gêné par son bras paralysé, n'est-ce pas ?

Jenny leva la tête, déconcertée.

— Qu'est-ce qui te fait dire cela ?

L'infirmière, songeuse, mordillait ses lèvres.

— Je ne sais pas, exactement. C'est quelque chose dans ses yeux, une sorte de dédain à l'égard des gens qui le dévisagent. En fait, ce n'était pas lui qui attirait l'attention, mais cet abominable chauffeur.

— Grif vous a accompagnés ?

Jenny était à la fois intriguée et horrifiée.

— Hélas, oui ! Non seulement il nous a conduits dans cette superbe limousine, mais il a veillé sur nous durant tout le repas comme un oiseau de mauvais augure. Il me donnait des frissons.

— Pourtant, s'étonna Jenny, il n'est pas entré au centre, ce matin.

— Mais si ! D'après les secrétaires, il a tout exploré, inspectant portes et fenêtres. Il aurait même examiné d'un air soupçonneux M. Larkin, qui avait rendez-vous avec Phil.

— M. Larkin ! Le pauvre !

Elle s'assombrit brusquement.

— Ça ne peut pas durer ! Sous prétexte que cet individu sinistre croit l'humanité entière coupable de desseins meurtriers à l'égard de son patron, nous ne pouvons lui permettre de terroriser nos patients ! Quelqu'un doit informer le Dr Temple…

Elle s'interrompit en entendant un bruit de pas près de sa porte. La tête de Mark apparut bientôt dans l'entrebâillement. Il nota aussitôt les joues écarlates de Jenny.

— M'informer de quoi ? s'enquit-il tranquillement.

Jenny était furieuse, Patty gênée. Après un court silence, la jeune femme maugréa :

— Que vous devriez envoyer votre chauffeur vous attendre ailleurs lorsque vous vous trouvez ici. Sa présence est très perturbante.

— Vous me conseillez de me passer de lui ?

« Pour qui vous prenez-vous ? », sous-entendait son ton méprisant et courroucé.

— Exactement. Nous ne pouvons pas le laisser intimider le personnel et les malades.

Le médecin esquissa un sourire narquois.

— Je n'aurais jamais cru que quiconque puisse vous intimider, Miss Dahlgren !

Distraitement, elle remarqua qu'il ne l'avait pas appelée par son prénom.

— Rien ne peut atteindre une brillante psychothérapeute comme vous ! reprit-il, sarcastique.

— Je parle des secrétaires, fit-elle, très raide.

— Je suggère à ceux que mon chauffeur inquiète de m'en faire part personnellement. Je réglerai le problème avec eux.

— Fort bien, convint-elle d'une voix coupante. Je formulerai donc ma requête autrement. Cet homme ne me fait pas peur, avec son revolver et son air menaçant, mais il risque de destabiliser ceux de nos patients qui n'ont trouvé qu'un équilibre précaire. Inutile de vous en expliquer les conséquences, je suppose !

— Il est armé ? questionna Patty, affolée.

Mark ne parut pas l'entendre. Il continuait de fixer Jenny d'un air courroucé.

— Miss Dahlgren, si vous consentiez à l'occasion à quitter votre bureau, peut-être auriez-vous remarqué que Grif ne porte pas son pistolet aujourd'hui. Me prenez-vous pour un demeuré ?

— Je n'étais pas sûre que vous le contrôliez, docteur Temple. Si vous avez réellement besoin d'un garde du corps, ce dont vous me permettrez de douter, j'ose espérer qu'ici, au moins, vous vous sentez en sécurité. Qui songerait à vous attaquer dans un tel lieu, où les témoins abondent ? Je commence à vous croire aussi paranoïaque que Grif.

Mark restait nonchalamment appuyé au chambranle, mais ses traits se durcirent, et il scruta la jeune femme avec une réelle animosité. Il enfonça son poing gauche au fond de sa poche, comme s'il devait se retenir de l'étrangler.

— Vous n'êtes pas qualifiée pour porter un diagnostic de paranoïa, décréta-t-il enfin. Je ne me prétends pas psychologue, à l'avenir je vous serai reconnaissant de ne pas vous mêler de psychiatrie.

5

Il avait voulu la blesser, c'était manifeste. Mark se redressa, et de sa démarche souple, féline, quitta la pièce. Jenny avait l'impression d'être une enfant qu'on avait sévèrement grondée.

— Eh bien ! chuchota Patty en s'éventant de la main. Il ne t'a pas épargnée !

Jenny ne put qu'acquiescer, muette. Ses yeux s'étaient emplis de larmes retenues, et si elle parlait, sa voix se briserait inévitablement.

A dix-sept heures, pour la psychothérapie de groupe, elle avait la nuque raide et un mal de tête lancinant. Phil Randall, avec lequel elle animait habituellement les séances, était retenu par une batterie de tests psychologiques qu'il administrait à un patient. Le niveau d'énergie de la jeune femme était tellement bas, qu'elle souhaitait ardemment l'arrivée de son collègue, elle ne se sentait pas en mesure d'accomplir seule un travail correct, aujourd'hui.

La salle de thérapie avait été décorée en tons chauds, rouge, orange, et brun, particulièrement destinés à accueillir les personnes souvent anxieuses ou en détresse qui y venaient en quête d'aide. « Des gens comme moi », songea amèrement Jenny. Elle se laissa tomber sur un des sièges confortables, ôta ses chaussures selon l'usage, et fit glisser ses pieds fatigués sur la moquette épaisse ; cette sensation apaisante la détendit agréablement.

Le groupe de ce jour-là se composait de femmes dépressives. Les sept participantes étaient toutes présentes.

— Alors, comment s'est passé votre semaine ? s'enquit Jenny pour lancer le processus.

Chacune semblait plutôt satisfaite. Plusieurs personnes évoquèrent des situations difficiles qu'elles avaient affrontées avec succès, et les autres les en félicitèrent chaleureusement.

Jenny surveillait discrètement une patiente obèse de quarante-deux ans qui n'avait pas encore pris la parole, et profita d'un silence pour l'interroger :

— Joan, la dernière fois, vous étiez inquiète parce que votre mari devait partir en déplacement pour plusieurs jours. Vous redoutiez de vous retrouver seule. Comment avez-vous réagi, en fin de compte ?

Le visage de Joan s'éclaira d'un sourire étonnamment radieux.

— Pas mal du tout, déclara-t-elle fièrement. Je me suis répété ce que vous m'aviez toutes dit : que je devais trouver le bonheur en *moi*, et non dans la compagnie de mes proches. Je suis restée occupée et j'ai vécu de bons moments.

— Qu'avez-vous fait ? questionna l'une des femmes.

— Voyons... J'ai repeint les placards de la cuisine, visité une exposition d'artisanat à Brownwood qui me tentait depuis longtemps, et invité une amie à m'accompagner au cinéma. J'ai même lu un livre que j'avais mis de côté depuis des mois.

Elle semblait très contente d'elle-même.

— Vous avez admirablement fait face à votre solitude, souligna Jenny.

— Je crois que oui.

— Cela vous a surprise ?

— Mais oui ! avoua-t-elle. J'ai toujours tellement compté sur George ! Quand il n'est pas là, d'habitude, je sombre dans la mélancolie. Et il doit partir si souvent...

— C'est bien pire pour moi ! intervint la plus nouvelle des membres du groupe.

Cette jeune mère de trois enfants avait toujours aimé les tâches ménagères qui remplissaient sa vie, jusqu'à ce que son époux l'abandonne pour une autre, trois mois auparavant.

— Mon mari est absent en permanence, et il ne reviendra plus !

D'après sa voix geignarde, elle s'apitoyait toujours autant sur son sort, effectivement peu enviable.

— C'est une situation très pénible, convint Jenny. Quelle conclusion en tirez-vous à propos de vous-même, Susan ?

— Je ne comprends pas votre question.

— Depuis cette séparation forcée, vous vous êtes probablement fait une certaine idée de vous, inconsciemment peut-être. Réfléchissez-y donc un moment. Que signifie le départ de cet homme, pour vous ?

Susan se tut quelques minutes, puis commença lentement :

— Eh bien... Sans doute n'étais-je pas assez jolie... ou pas assez intelligente... pour retenir Randy.

Ses traits se convulsèrent et les larmes jaillirent de ses yeux.

— Cela prouve bien que je ne saurai jamais rien faire de valable. Je n'ai jamais été bonne à rien, et il n'y a pas de raison pour que ça change... Je ne serai jamais heureuse.

Elle se cacha le visage dans les mains et sanglota bruyamment.

Phil entra alors discrètement dans la pièce, en

prenant garde de ne pas gêner la marche du groupe. Quelqu'un passa à Susan la boîte de mouchoirs en papier ; elle sécha ses pleurs, visiblement honteuse de s'être ainsi donnée en spectacle.

— Je suis désolée, hoqueta-t-elle.

— Il ne faut pas, assurèrent ses compagnes. Nous avons toutes pleuré, ici.

— Susan, croyez-vous vraiment à ce que vous venez de nous dire ? reprit Jenny. Que vous ne valez rien si votre mari vous délaisse ?

— J'en ai l'impression, en tout cas.

— A cause du départ de Randy, vous imaginez que votre vie est terminée, poursuivit Jenny. C'est ce qui pouvait vous arriver de pire, n'est-ce pas ?

Susan hocha la tête d'un air accablé.

— Mais ce n'est pas vrai ! intervint Joan avec emphase. C'est ce que j'ai fini par comprendre, après des mois de thérapie. Sous prétexte que nous subissons un revers de fortune, nous pensons que nous sommes indignes et persécutées, que l'avenir nous est fermé. Alors qu'en réalité, être abandonnée est un événement triste, mais pas tragique. C'est à vous de décider si vous allez rester malheureuse le restant de vos jours.

Elle sourit largement au groupe.

— Il y a quelques semaines encore, j'étais tout bonnement terrifiée à l'idée que George puisse se lasser de moi et me quitter. Mais savez-vous ce que j'ai découvert ? Pendant son absence, ces temps-ci, j'ai pris plaisir à être seule avec moi-même. Même sans lui, j'y arriverais…

La séance prit fin à sept heures, et Susan exprimait un timide optimisme. Une heure plus tard, Phil et Jenny finissaient de faire le point sur la séance qui s'était déroulée, et de discuter des progrès de chaque patiente. Jenny, encore sous le choc de son altercation avec Mark, paraissait bien sombre.

Au lieu de monter en voiture, Phil lui entoura les épaules d'un bras.

— Tu rentres chez toi ?

Phil Randall, psychologue clinicien de formation, âgé d'une trentaine d'années, avait les cheveux châtain frisés et des yeux aussi sombres que ceux de Jenny. De taille moyenne, il était bâti comme un athlète, compact et dense. En cinq années de collaboration, une solide amitié s'était développée entre les deux jeunes gens. L'intimité de cette relation ne plaisait guère, du reste, à la jolie Mme Randall.

Jenny, abattue, hocha la tête.

— Oui, soupira-t-elle. Manger des restes.

— En aurais-tu suffisamment pour un ami affamé, par hasard ?

— Toi, par exemple ? devina-t-elle en retrouvant un peu de bonne humeur. Mais… et Jan ?

— Elle s'est rendue à une quelconque réunion, et rentrera tard.

Jan Randall était infirmière à l'hôpital de Santa Anna, et tenait un rôle très actif dans l'association des personnels soignants du comté.

— Je comptais acheter un sandwich sur le chemin, mais…

Jenny l'étreignit affectueusement.

— Je serai ravie de t'inviter.

Phil gara son véhicule devant la maison de Mme Carson. En rentrant chez elle, Jenny ôta ses chaussures comme à l'accoutumée. En revanche, au lieu de se changer, elle conserva son pantalon de lin et son chemisier crème. Puis elle s'affaira dans la cuisine pendant que Phil la distrayait par des récits presque véridiques datant de ses études universitaires. Elle recouvrit la table de chêne, trouvée en solde à un prix dérisoire, d'une nappe à fleurs et y posa deux élégants verres à pied qu'elle remplit de vin rosé. Après avoir préparé en un temps record une salade verte pour deux, elle alla chercher le plat de lasagne réchauffé au four. Avec un clin d'œil malicieux, elle alluma deux bougies et éteignit le plafonnier.

— C'est prêt, annonça-t-elle.

A la fin du dîner, la morosité de Jenny s'était complètement dissipée. Elle porta un toast à son compagnon :

— A ta santé, Phil. Pour avoir su ranimer ma gaieté.

Il but avec elle, amusé, puis pencha la tête sur le côté pour mieux l'étudier.

— J'étais déconcerté de te voir abattue, Jenny. Cela ne te ressemble pas du tout. J'ai eu envie de t'aider.

— Tu es gentil, fit-elle, émue. Je me sens beaucoup mieux grâce à toi.

— Je n'y suis pour rien. J'ignore même quel était le problème.

— Moi aussi. Une mélancolie passagère, c'est tout.

Il versa à tous deux du vin et dégusta le sien d'un air pensif. Après une pause, il ajouta :

— Tout à fait indépendante de ta querelle avec Mark Temple, je présume ?

Jenny releva le menton avec défi et marmonna :

— Inutile de nier que nous nous sommes disputés, à ce que je vois. Parfois la rapidité avec laquelle circulent les rumeurs au centre m'exaspère. A croire que personne n'a rien de mieux à faire qu'à s'immiscer dans la vie privée des autres.

— Tu es injuste, Jenny, protesta-t-il. Je vous ai entendus hausser le ton en passant dans le couloir. Si vous vouliez échanger des mots doux discrètement, il fallait fermer la porte.

Il avait raison, naturellement.

— Je suppose que Grif n'a pas perdu une miette de notre échange si nous étions si bruyants, fit-elle, accablée.

— Exact. Il était posté juste à l'entrée de ton bureau, comme tu aurais pu le deviner. Il est passé du rouge au violet quand tu as affirmé qu'il ne devait pas rester à l'institution.

Elle s'efforça de prendre cette nouvelle avec philosophie.

— Bah ! Au moins, je ne crains pas d'avoir baissé dans son estime. Grif me déteste depuis le début, Dieu sait pourquoi.

— Parce que tu es une femme, à mon avis.

— Comment le sais-tu ?

— Simple intuition de psychologue.

— Quoi qu'il en soit, cela confirme mon opinion, déclara-t-elle d'un ton défensif. Cet homme n'a pas à se trouver constamment au centre…

Quelques coups frappés à l'entrée l'interrompirent.

— Je reviens. Le loyer est dû demain, et c'est sûrement Mme Carson qui vient subtilement me le rappeler.

Elle traversa la chambre à coucher puis le salon obscur, où elle alluma une lampe en lançant :

— Entrez donc, madame Carson. Vous allez être étonnée, votre chèque est déjà prêt !

Elle étouffa une exclamation lorsque la porte s'ouvrit, non sur son aimable propriétaire, mais sur le Dr Marcus Temple, plus beau que jamais mais visiblement fort mécontent.

— C'est vous qui avez failli être étonnée ! riposta-t-il.

Elle ne l'avait jamais vu en tenue aussi décontractée, bottes et jean soulignant ses longues jambes musclées, et une chemise bleue en chambray. Il s'avança dans la pièce et jeta d'un ton vibrant d'indignation :

— N'importe qui pourrait s'introduire ici à l'improviste. Ne fermez-vous jamais le verrou ?

— Si !

Quelle audace ! Il la reprimandait comme une enfant imprudente. Ses yeux noirs étincelèrent de rage, au souvenir de l'humiliation qu'il lui avait infligée cet après-midi.

— Je m'enferme en cas de nécessité, ce qui n'était pas le cas ce soir. Et je vous saurai gré de m'accorder un peu plus de bon sens. J'habite Santa Anna depuis sept ans, je suis mieux placée que vous pour savoir quels dangers y règnent.

Il se contenta de la toiser avec mépris.

— En quoi puis-je vous être utile ? s'enquit-elle enfin avec raideur.

Visiblement réjoui, il contempla la jeune femme avec impudence, détaillant avec une lenteur délibérée les courbes harmonieuses de son corps. Ecarlate, Jenny avait la désagréable impression qu'il la déshabillait du regard. Son inspection terminée, il fixa son visage et esquissa un sourire goguenard.

— Voilà une bien provocante question, Miss Dahlgren. Voulez-vous vraiment savoir ce que vous pouvez faire pour moi ? Ah, mais vous rougissez, si je ne m'abuse ! Je n'espérais pas décontenancer une psychologue aussi expérimentée que vous. Car vous tenez énormément ce qu'on vous prenne pour une femme mûre, qui a vécu, n'est-ce pas ?

Jenny manqua s'étouffer de rage. Qu'insinuait-il par là ? Furieuse, elle n'eut plus qu'une idée : se venger de ce... de cet homme impossible !

— Parce que d'après vous, ce n'est pas vrai ? jeta-t-elle dédaigneusement.

Il la dévisagea à nouveau avec insistance et risposta d'un air sceptique :

— Une enfant comme vous ?

— Enfant ! Je vous apprendrai que...

— Je sais, coupa-t-il avec un rire. Vous avez vingt-huit ans, vous m'en avez informé l'autre jour. Je ne suis toujours pas sûr d'y croire, du reste. Bien entendu, si vous souhaitez m'en fournir une preuve...

Il se rapprocha brusquement de Jenny, désemparée, et l'attira tout contre lui où il la tint prisonnière.

— J'ai l'esprit ouvert, murmura-t-il à son oreille. Si vous pensez pouvoir me démontrer votre longue expérience...

Elle tenta vainement de se libérer et explosa :

— Vous m'avez fait subir suffisamment d'outrages pour une seule journée ! N'êtes-vous venu ici que pour vous montrer à nouveau odieux ?

Cette attaque ne sembla nullement le démonter. Il la maintint solidement contre lui et elle entendait les battements réguliers de son cœur. Avec délices, elle humait le parfum discret de son after-shave. Blottie contre son torse elle percevait avec trouble sa chaleur...

— Lâchez-moi, souffla-t-elle, luttant contre sa propre envie de s'abandonner à cette étreinte.

Au lieu d'obéir, il émit un nouveau rire sardonique.

— Ceci n'était pas précisément l'objet de ma visite, mais il faudrait être fou pour laisser passer une occasion pareille...

Il la rapprocha encore de lui, la forçant à renverser sa tête en arrière, livrant ainsi son visage vulnérable. Il se pencha et s'empara de sa bouche avec plus de violence que de douceur.

Jenny aurait dû être ulcérée par son audace, aussi quelle ne fut pas sa surprise d'éprouver un brûlant désir qui lui procurait une agréable sensation de bien-être. « C'est agréable. Pourquoi me débattre, après tout ? Je suis enfin en train d'embrasser Mark Temple, celui qui a peuplé toutes mes rêveries d'adolescente... » songea-t-elle confusément.

Au lieu de s'écarter, elle commença à se serrer contre lui. Ses propres mains explorèrent le dos de son compagnon, hésitantes d'abord puis avec ferveur. Elle massa doucement ses larges épaules, et il frémit sous l'effet de ce contact voluptueux.

Les lèvres de Mark, furieusement d'abord, se firent sensuelles. Il goûta avidemment sa fraîcheur, et laissa échapper un gémissement sourd qui la ravit. Jamais un simple baiser n'avait donné à Jenny une telle impression de vie intense, de plénitude.

Contrairement à ce qu'insinuait Mark, Jenny n'était pas complètement naïve. Elle avait été assidûment courtisée, et avait eu quelques aventures. Mais jamais, au grand jamais, elle n'avait été à ce point consciente du soudain éveil de son corps. Son cœur battait à un rythme saccadé, cognant dans sa poitrine. Et jamais sa peau n'avait été aussi sensible : le contact de sa joue veloutée contre le torse de Mark ; la petite veine qui battait à la naissance de son cou ; le frottement sensuel de son chemisier sur ses seins durcis par le désir...

Si seulement cela pouvait durer toujours ! songea-t-elle avec un soupir. C'était trop extraordinaire. Oui, cela ne devrait jamais cesser...

Mais Mark releva lentement la tête et Jenny se sentit abandonnée, trahie. « Encore ! », plaidaient ses yeux sombres. Lui-même paraissait étourdi par la tempête d'émotions qui les avait tous deux submergés. Ils se dévisagèrent ainsi un long moment en silence, puis le parquet de bois craqua et une voix surprise marmonna :

— Ah, zut ! pardon !

Mark pivota instantanément, et vit Phil, gêné, debout à l'entrée de la chambre.

Jenny, quant à elle, était incapable d'esquisser un mouvement. Elle frissonnait encore, ses lèvres tremblaient. Elle les caressa rêveusement, du bout des ongles. Son visage radieux reflétait son émoi.

— Navrée de cette intrusion, déclara Phil qui aurait manifestement souhaité voir le sol s'ouvrir sous ses pieds.

Mark s'écarta de Jenny et remarqua :

— C'est moi qui devrais présenter des excuses, visiblement.

— Mais non, vous n'avez rien interrompu du tout ! assura hâtivement la jeune femme.

— Vraiment ? railla-t-il. Lorsque je suis passé à six heures, votre voisine m'a expliqué que vous travailliez tard. Je ne soupçonnais pas le véritable sens de ces paroles !

— Que voulez-vous dire ? questionna Jenny, inquiète. Nous avons tous les deux animé la psychothérapie de groupe au centre jusqu'à sept heures, puis nous avons effectué notre compte rendu avant de rentrer dîner. Nous finissions quand vous avez frappé.

— Avez-vous coutume de manger dans l'obscurité ?

Son ton cynique trahissait son total scepticisme.

— J'ai allumé deux bougies dans la cuisine. Sans doute ne les voit-on pas de l'extérieur...

— Ah, un souper aux chandelles ! Tout à fait dans le caractère de la romanesque Miss Dahlgren !

Il se tourna pour partir, mais Jenny le retint.

— Vous êtes ridicule ! Phil et moi sommes bons amis, rien de plus. Du reste, il est marié.

— C'est exact, intervint le psychologue qui reprenait peu à peu ses esprits. Qu'imaginez-vous donc entre nous ?

Mark haussa les épaules.

— Vos relations ne me regardent pas. N'ayez pas peur, je déteste les ragots et votre petit secret restera bien caché.

Il se dégagea de l'étreinte de Jenny et sortit en claquant la porte. Phil fixa quelques instants sa compagne, bouche bée.

— Je suis désolée de cette scène stupide, commença-t-elle. Si tu veux, j'appellerai Jan pour lui expliquer...

— Oh, ce n'est pas la peine !

Il fit un geste désinvolte et reprit :

— N'y pense plus. C'est pour toi que je m'inquiète. J'ai vraiment mal choisi mon moment !

Les yeux de Jenny s'embrumèrent au souvenir de ce troublant baiser. Phil lui toucha l'épaule, et elle revint brutalement à la réalité en clignant des paupières.

— Ne regrette rien, Phil. Dix secondes plus tard, Mark aurait recommencé à me faire la morale. Ou bien Grif aurait enfoncé la porte en m'accusant de molester son cher patron et l'aurait entraîné à l'abri de sa limousine blindée.

La scène imaginaire qu'elle dépeignait la fit rire.

— Retournons à notre repas, proposa-t-elle. Nous n'avions pas terminé le vin.

Cette fois, elle alluma le plafonnier et souffla les bougies. Assis à table, Phil la regarda débarrasser la vaisselle d'un air pensif.

— Je me demande tout de même, médita Jenny à voix haute, où Mark a bien pu trouver Grif. Et pourquoi il continue de l'employer. Comme chauffeur, cela se conçoit. Mais comme garde du corps ?

— Tu l'ignores réellement ? s'étonna Phil. Je sais bien que Walter fait de son mieux pour éviter les commérages au sujet de Mark, mais tout de même, c'était dans tous les grands journaux... L'accident, je veux dire.

— Comment ? Je ne me rappelle pourtant rien...

Phil réfléchit quelques instants.

— Cela s'est passé l'année dernière. Vers l'époque où ton oncle est décédé.

La maladie de Bob Dahlgren, puis sa mort, l'avaient bouleversée et occupée sans relâche.

— Je comprends, à présent. Je n'ai pas prêté grande attention aux informations ce printemps-là. Raconte-moi donc ce qui s'est passé de si extraordinaire.

Phil fit tourner le vin rosé dans son verre, et en étudia les reflets.

— Ce doit être le cauchemar universel des psychiatres. Mark avait tout pour lui : la réputation d'un expert, une clientèle florissante, un physique plus que séduisant...

Il leva ses yeux sombres sur sa compagne et poursuivit :

— L'instant suivant, malgré l'apparente sécurité que lui offrait la présence de ses collègues, des infirmiers, et même de quelques gardiens, une schizophrène en pleine décompensation détruit son bras droit en lui tirant dessus presque à bout portant.

L'absurdité de cette tragédie le fit hocher la tête.

— S'il veut un garde du corps, Jenny, ne le lui reproche pas.

6

Le lendemain, Jenny se rendit d'un pas traînant au centre. Sa mine défaite reflétait fidèlement le sommeil de sa nuit : bref et tourmenté. Elle s'était retournée sans cesse dans son lit jusqu'à quatre heures du matin, puis, découragée, s'était installée à la table de la cuisine pour boire tasse sur tasse de café noir. A aucun moment elle n'avait pu chasser de son esprit le récit de Phil, et les visions affreuses qu'il avait évoquées. Elle ne cessait de se représenter une patiente en crise violente, des murs blancs d'hôpital, l'inconnue brandissant le revolver, la panique qui avait dû s'ensuivre... En revanche, elle se refusait obstinément à donner un visage à la victime.

Contrairement à son habitude, Jenny était effacée et taciturne lorsqu'elle arriva dans la salle de réunion, après le déjeuner. Patty Stokes, Phil Randall, Jim Pemberton, Lupe Garcia, et elle devaient se communiquer les renseignements pertinents concernant les patients qui avaient rendez-vous en consultation.

Jenny adressa un faible sourire à Phil qu'elle n'avait pas encore croisé ce jour-là, et prit place à côté de Patty.

— Mon Dieu, tu as l'air à bout de forces ! s'exclama

l'infirmière. Combien d'entretiens as-tu effectués aujourd'hui ?

Pour elle, le piteux état de la psychologue ne pouvait être dû qu'à une surcharge de travail.

— Un seul. Le deuxième n'est pas venu.

— Et tu en as profité pour mettre à jour tes corvées administratives, je parie. A ta place, je serais abattue aussi.

Jenny était trop fatiguée pour rectifier cette hypothèse. Elle ne comptait nullement expliquer en public les véritables raisons de sa morosité. Dans le regard chaleureux de Phil, elle lut de la compréhension et se sentit réconfortée.

— Le digne Dr Blalock va-t-il à nouveau nous honorer de sa présence ? s'enquit-il pour détourner la conversation.

Le Dr Blalock accomplissait le trajet depuis Dallas chaque semaine depuis deux mois, et avait particulièrement déplu à l'équipe soignante du centre. On le soupçonnait fortement d'administrer le même remède aux schizophrènes qu'aux autres malades, souffrant d'autres troubles.

— Non, répondit Jim, le travailleur social. Une surprise vous attend, et de taille : bien que son contrat ne prenne effet qu'en date du premier mai prochain, le Dr Temple a exprimé le souhait de débuter tout de suite.

Cette annonce provoqua bon nombre de commentaires et décontenança totalement Jenny. Avant qu'elle n'ait eu le temps de se ressaisir, la porte s'ouvrit et se referma sans bruit. Tous s'efforcèrent de ne pas dévisager trop ostensiblement le grand et séduisant homme brun qui alla s'installer en bout de table et croisa ses longues jambes d'un air décidé.

— Ainsi donc, conclut Jim avec une certaine fierté, comme vous pouvez le constater, le Dr Temple est parmi nous aujourd'hui pour prendre ses fonctions d'attaché psychiatre. Si vous êtes prêt, docteur, nous allons commencer la synthèse. Vous connaissez chacun de nous, je crois.

Mark parcourut des yeux l'équipe rassemblée. Il passa sur Jenny avec un détachement qui n'eut rien pour la réjouir. Lorsqu'il hocha la tête, Jim fit circuler la liste des patients de l'après-midi. Patty Stokes lisait chaque nom, et si quelqu'un avait des informations récentes à son sujet, il en faisait part à ses collègues.

— Devon Halper. Sa femme a appelé hier pour prendre rendez-vous. Il était grippé la semaine dernière, et n'a pu se rendre à sa consultation habituelle…

« Leah Carew. Elle est à court de médicaments depuis trois jours. D'après elle, le pharmacien ne lui en aurait pas donné assez, mais sa mère prétend qu'elle en a pris trop…

« Tony Picket. Sa sœur nous a contactés. Son état semble avoir empiré : il entend de nouveau des voix et jure que son téléphone est sur table d'écoute. Sa famille voudrait le faire réhospitaliser et compte sur nous pour le convaincre.

— Il a déjà été diagnostiqué comme schizophrène paranoïde, je présume ? questionna Mark.

Jim vérifia le dossier et fit un signe d'assentiment.

— Quel est son traitement ? s'enquit-il.

En apprenant quelle dose de neuroleptiques recevait le jeune homme, Mark fronça les sourcils.

— Cela me paraît tout à fait insuffisant.

Tous hésitèrent, gênés, et Jenny expliqua brièvement :

— Le Dr Blalock a diminué les quantités la dernière fois, car Tony se plaignait d'effets secondaires.

— Il aurait été préférable de lui prescrire des correcteurs.

— C'est ce que nous avions suggéré, déclara Jim.

Mais le Dr Blalock s'est offusqué de notre interférence. Il semblait penser que nous l'accusions de ne pas connaître son métier.

— Je vois…

Mark s'adossa de nouveau à sa chaise comme si le sujet était clos. Vers le milieu de la liste, Patty cita le nom de Carrie Dennis.

— Je l'ai inscrite après notre entretien d'hier, précisa Jenny. C'est une maniaco-dépressive connue, sous lithium, qui sort de l'hôpital. A mon avis elle a besoin d'y retourner.

A l'intention du Dr Temple, elle ajouta :

— Carrie a vingt et un ans. Trois fois divorcée, elle habite actuellement au ranch de ses parents. Elle a été hospitalisée à quatre reprises, et a traversé de nombreux épisodes d'hyper-excitation au cours desquels elle fait des achats inconsidérés, dépensant parfois plusieurs milliers de dollars en une journée. Heureusement pour elle, ses parents ont les moyens d'honorer ses factures, mais ils commencent à se lasser. En outre, elle a tendance à se marier chaque fois qu'elle entre ainsi en phase maniaque.

— Pour quelle raison souhaiteriez-vous la faire hospitaliser à nouveau ?

— Elle reçoit actuellement des doses de médicaments assez massives, et souffre depuis peu de vomissements, de tremblements des mains, de vertiges, occasionnellement de troubles du langage et de la vision.

— Vous soupçonnez donc une toxicité au lithium ?

— J'ai jugé cette hypothèse plausible, convint-elle.

Mark la considéra longuement et Jenny s'attendit à une remontrance pour avoir encore exercé abusivement la psychiatrie. Finalement, il se contenta d'inscrire un signe en face du nom de Carrie sur la liste.

— Il faudra demander une lithiémie au laboratoire, médita-t-il à haute voix.

— Je l'ai fait hier, déclara Jenny. Les résultats devraient être prêts. Patty pourra vous les obtenir.

Elle crut déceler une lueur de respect dans le regard du psychiatre qui s'évanouit néanmoins rapidement.

— Si vous avez vu juste, il faudra naturellement obtenir sa réadmission à l'hôpital. On ne peut ajuster correctement les quantités si on ne la surveille pas en permanence, marmonna-t-il.

A la fin de la réunion, Jenny s'apprêtait à quitter la pièce lorsque Mark l'appela. Elle s'immobilisa et attendit qu'il la rejoigne, mais il resta à sa place jusqu'au départ des autres. Puis il s'enquit avec une courtoisie glaciale :

— Avez-vous beaucoup de travail, cet après-midi ?

— Non, répliqua-t-elle après une brève hésitation. Non, pour une fois je suis assez libre. Que puis-je pour vous ?

Trop tard, elle se rendit compte qu'elle répétait l'offre ambiguë de la veille. Elle rougit et un imperceptible sourire se dessina sur les lèvres de Mark. Stupidement affolée, Jenny le fixa à son tour, remarquant malgré elle les épaisses boucles noires qui brillaient au soleil, la coupe impeccable de son costume gris. Pour réprimer son émoi, elle détourna les yeux et se perdit dans la contemplation de ses chaussures.

— J'étais allé chez vous hier soir dans l'intention de vous demander un service… mais j'ai perdu cet objectif de vue, commença-t-il, le visage impénétrable. Si vous pouviez me consacrer ce temps, j'apprécierais énormément votre aide durant les consultations — si les patients n'y voient pas d'inconvénient.

— Mais, euh… certainement.

Cette proposition l'enchantait secrètement, mais Mark lut la perplexité que trahissaient ses yeux noisette.

— Jim et moi n'avons pas encore mis au point un

système satisfaisant pour inscrire mes notes dans les dossiers et rédiger les ordonnances. Les pharmaciens sont généralement incapables de déchiffrer mes signes cabalistiques. Alors si vous consentiez à écrire sous ma dictée…

— Bien sûr ! acquiesça-t-elle immédiatement.

Il parut presque déconcerté par tant d'empressement.

— Les secrétaires sont débordées toutes les deux, précisa-t-il, sur la défensive. Sans quoi je ne vous aurais pas dérangée.

— Aucun problème, je vous assure. Je ne tiens pas à nous aliéner le pharmacien ! prétexta-t-elle en s'efforçant de plaisanter.

Elle lui décocha un sourire radieux, tourna les talons et s'éloigna, ravie.

Mark était installé devant la grande table de son bureau lambrissé de noyer lorsqu'elle poussa la porte. Jim venait de lui expliquer le parcours qu'accomplissait chaque patient entre son arrivée à la consultation et la fin des démarches administratives effectuées par une secrétaire, qui le dirigeait ensuite chez le pharmacien. Jenny songea brièvement que ce cadre convenait parfaitement à un homme habitué à l'opulence. C'était la pièce la plus spacieuse et la plus élégamment meublée du centre, dotée d'un sofa et de deux fauteuils de cuir clair. La moquette beige épaisse et les tentures crème complétaient l'agréable tableau.

Mark l'aperçut alors, et se leva sans la quitter des yeux. Jim l'imita et déclara aimablement :

— Si vous avez des questions sur quoi que ce soit, posez-les à n'importe lequel d'entre nous. Nous connaissons tous la routine par cœur. Vous vous y ferez très vite, j'en suis sûr. Peut-être même trouverez-vous des améliorations à y apporter.

Jenny considéra Jim d'un air outré.

— Après tout, pourquoi pas ? renchérit Mark.

Il avait donc surpris et interprété correctement la mimique de Jenny. La jeune femme resta sur le seuil après le départ de son collègue, son bloc de formulaires d'observation sous le bras.

Après un moment d'hésitation, elle prit place sur une des chaises, croisa les jambes, et déboucha son stylo, prête à prendre des notes.

Toujours appuyé au bureau, Mark étudia placidement l'image qu'offrait Jenny. Celle d'une psychologue, sobrement vêtue de bleu marine et de blanc, parfaitement à l'aise et compétente.

— Je préférerais vous avoir ici, près du bureau, remarqua-t-il.

Comme elle hésitait, il la prit par le bras pour la mettre debout, puis traîna le siège à travers la pièce pour le placer auprès du sien. Puis il se redressa et sourit.

— Voilà.

Elle le fustigea du regard. Ne pouvait-il se retenir d'imposer constamment *sa* façon de faire ?

— J'aurais pu travailler tout aussi efficacement de là-bas, maugréa-t-elle.

— Nous commençons ? proposa-t-il tranquillement.

Il s'installa et elle n'eut d'autre choix que de l'imiter, quoique à contrecœur : son refus de discuter soulignait sa détestable arrogance.

Mark parla quelques instants au téléphone et Patty introduisit Devon Halper. Ce quinquagénaire, vendeur dans une épicerie, avait consulté trois ans plus tôt pour des crises d'angoisse qui avaient considérablement rétréci le champ de ses activités. Grâce à la psychothérapie de groupe que complémentait un traitement, il menait actuellement une existence quasi normale. Aujourd'hui, pourtant, il paraissait bizarrement figé.

Mark se dressa pour l'accueillir.

— Entrez donc, monsieur, déclara-t-il aimablement. Je suis le docteur Temple.

M. Halper traversa lentement la salle et s'assit sans répondre, lui d'ordinaire si poli, nota Jenny, surprise.

— Bonjour, monsieur Halper.

Elle lui adressa un sourire rassurant.

— Ah, Miss Dahlgren. Bonjour, marmonna-t-il.

— Comment allez-vous depuis votre dernière visite ? interrogea Mark.

— Pas mal...

— Vous avez été malade, récemment.

— Rien de grave. Une grippe intestinale.

— A part ce problème physique, vous êtes-vous senti bien ?

M. Halper acquiesça, laconique.

— Vos médicaments vous donnent entière satisfaction ?

— Oui, docteur.

— Pas d'anxiété ? Pas de crise d'angoisse ?

— Non, docteur.

Mark posa ainsi toute une série de questions habituelles pour évaluer l'évolution du patient et ne reçut que des réponses monosyllabiques à demi chuchotées. Tout en remplissant sa fiche, Jenny l'étudiait discrètement, afin de déterminer ce qui pouvait le gêner ainsi.

Enfin Mark recula sur son siège et dévisagea longuement son client. Après plusieurs minutes de silence, il reprit d'un ton très doux :

— D'après votre dossier, monsieur Halper, vous avez accompli de gros progrès, surtout ces derniers mois. Pourtant, aujourd'hui vous me paraissez tendu, inquiet.

A contrecœur, le petit homme maigre hocha la tête.

— C'est vrai.

— Je me demandais si vous étiez préoccupé à l'idée de changer de médecin traitant, ici au centre ?

— Eh bien... Il y a de ça, convint-il de mauvaise grâce. C'est-à-dire... Je ne savais pas comment vous seriez... Si vous seriez gentil...

L'expression incroyablement rassurante de Mark, face à son patient timoré, émerveilla Jenny. Jamais elle ne lui avait vu un air aussi dénué d'ironie !

— Voyez-vous, monsieur Halper, je me trouve dans une situation assez comparable. J'ignorais comment vous alliez réagir à mon arrivée. Vous risquez de m'en vouloir d'avoir remplacé votre ancien psychiatre.

— Le Dr Blalock ?

La voix de M. Halper avait pris de l'assurance. Il offrit même un sourire au Dr Temple.

— Aucun danger. Je ne pouvais pas le supporter, personnellement.

Il rougit et regarda Jenny, gêné.

— Je ne devrais peut-être pas le dire...

Elle lui sourit sans émettre de commentaire. Il eût été contraire à la déontologie d'abonder dans son sens mais elle partageait sincèrement son opinion.

— Donc, votre attachement au Dr Blalock ne constituera pas un obstacle entre nous ? conclut Mark, le visage discrètement amusé.

— Ah ça, non ! Mais... Allez-vous rester plus longtemps que les autres ? J'ai vu cinq spécialistes différents en un an, ici, depuis la mort du Dr Dahlgren.

— Sauf imprévu, assura Mark, je projette de m'établir ici plus ou moins définitivement.

Il se leva et, à la surprise de Jenny, étendit son bras gauche.

— Nous nous reverrons donc dans six semaines, monsieur Halper.

Le patient lui serra timidement la main, adressa un

signe de tête à Jenny, et quitta rapidement la pièce, visiblement réjoui.

La seconde personne de la liste n'éprouva aucune réticence de ce genre à l'égard du nouvel attaché. A l'âge de trente et un ans, Leah Carew possédait une silhouette splendide, arborait un maquillage outrancier et teignait ses cheveux d'un blond flamboyant. Elle venait de quitter son cinquième mari et considérait tout homme placé sur son chemin comme une proie légitime.

Au départ, le Dr Temple fit preuve envers elle d'une amabilité égale à celle qu'il avait déployée pour M. Halper. Mais face à l'offensive de charme déterminée de sa cliente, il devint sensiblement plus réservé. Après s'être assuré de son état de santé, il suggéra une diminution de ses anti-dépresseurs et la mit en garde contre les dépassements des doses prescrites. Puis il se leva pour signifier la fin de l'entretien. Au lieu de partir, cependant, Leah roucoula dans un battement de ses faux-cils :

— Vous êtes nouveau, par ici, n'est-ce pas docteur ? Santa Anna vous plaît, j'espère ?

— Oui, beaucoup, répliqua-t-il succinctement.

Miss Carew n'était pas femme à se laisser décourager par une discrète rebuffade.

— Si vous vous sentez seul, un soir, n'hésitez pas à m'appeler. Je connais tous les bons clubs de Brownwood, et je me ferai une joie de vous y introduire.

— C'est fort aimable à vous, mais tout à fait hors de question.

Malgré son ton ferme, il se tourna vers Jenny et l'implora du regard.

— Miss Dahlgren va vous raccompagner.

Jenny arborait un sourire narquois en revenant dans la pièce.

— Auriez-vous quelque chose de particulièrement divertissant à me raconter ? gronda-t-il.

— Moi, docteur ? Bien sûr que non !

Elle tenta d'imiter de son mieux les mimiques de Leah Carew et faillit rire de l'air singulièrement agacé de Mark.

— Je vais relire vos notes si vous le permettez, décréta-t-il avec autorité. Prenez votre crayon, je vous dicte la suite : « La patiente est arrivée, vêtue avec coquetterie. On ne note aucun ralentissement psychomoteur... »

Elle inscrivit docilement le compte rendu de la consultation, puis établit l'ordonnance. Son cœur se serra douloureusement lorsqu'elle observa Mark qui tentait de signer de la main gauche, mais elle parvint à ne pas le montrer.

Mark consacra nettement plus de temps à Tony Pickett. Le jeune homme plutôt corpulent portait un tee-shirt blanc, sale et déchiré, et un vieux pantalon de l'armée. Visiblement, il ne se lavait guère et sentait fortement le whisky. Dans l'espace confiné du bureau, Jenny se prit à souhaiter ardemment un souffle d'air frais.

Ce type de malade devait changer le Dr Temple de sa clientèle californienne, remarqua-t-elle avec amusement.

— As-tu de nouveau entendu les voix récemment, Tony ?

Sa voix restait douce, mais il étudiait attentivement l'adolescent, tendu et hostile.

— Non, nia Tony, bougon.

Mark enchaîna, comme s'il avait reçu une réponse positive :

— Et que te disent-elles ?

— Pas grand-chose. Elles me donnent des instructions. Comme « Tourne à droite », ou « va par là ».

— Est-ce qu'elles te commandent de te blesser ?

— Ça arrive.

— Et de t'attaquer aux autres ?

Tony fronça les sourcils, de plus en plus méfiant.

— Non...

— A qui ?

Contre toute attente, sa technique paradoxale eut encore l'effet escompté.

— Seulement à ceux qui sont mes ennemis.

— C'est-à-dire ?

Le patient haussa les épaules.

— Ça dépend. Parfois je les reconnais. Je ne veux de mal à personne, protesta-t-il.

— Tant mieux, Tony. Et pour être sûr de ne pas en faire malgré toi, je crois que tu devrais retourner un petit moment à l'hôpital...

— Ah non !

Il se dirigea prestement vers la porte, et Mark se leva.

— Attends une minute ! intima-t-il calmement. Rassieds-toi quelques instants, Tony. Nous allons discuter.

— Ça ne sert à rien ! grommela-t-il en s'exécutant néanmoins.

— Prends-tu bien régulièrement tes cachets ?

Tony hocha la tête et, visiblement furieux, considéra tour à tour le médecin et Jenny. Celle-ci réprima un frisson. De peur ? Certes, Tony était fort, et pourrait facilement perdre son sang-froid. Elle épia à la dérobée le bras rigide de Mark, et se demanda si ce patient potentiellement violent lui rappelait la scène tragique de l'année précédente.

De sa voix ferme et profonde, il tentait de persuader le jeune homme de revenir en thérapie de groupe. Il lui déconseilla également de boire encore.

— Tes médicaments ont moins d'effet avec l'alcool,

tu le sais bien, rappela-t-il sans reproche. Il peut être dangereux pour toi de les mélanger.

— Alors je préfère abandonner les pilules, déclara-t-il avec un rire discordant.

— Ce serait stupide, reprit posément le psychiatre. J'avais envie de te prescrire un autre produit, en plus de ton Haldol. C'est un petit comprimé blanc qui supprimera les effets secondaires qui t'ont gêné.

Jenny ne put qu'admirer son flegme face à cet adolescent psychotique qui terrorisait sa famille.

Lorsque Tony quitta le bureau, quelques minutes plus tard, Mark resta soucieux.

— Il entre en pleine décompensation. Je serais prêt à parier qu'il arrêtera son traitement avant de revenir... à supposer qu'il revienne jamais.

Jenny hocha la tête, c'était là aussi son avis.

Le cas de Carrie Dennis posait un problème nettement plus simple. La conclusion de Jenny s'avéra juste. Le taux sanguin de lithium avait effectivement atteint un niveau dangereux, et la jeune fille consentit à se faire réhospitaliser le soir même. Le charme du nouveau médecin n'était pas étranger à cette docilité, devina Jenny.

— Etes-vous *sûr* que ce soit la meilleure solution, docteur ? minauda-t-elle pendant que Jenny téléphonait pour arranger son admission.

— Certain, confirma Mark.

— Très bien, soupira-t-elle, plus vivace qu'à son habitude. Si c'est ce que vous voulez...

Mark était trop expérimenté pour tomber dans ce piège.

— Ce n'est pas mon souhait qui compte, souligna-t-il d'une voix égale. L'important est d'ajuster votre chimiothérapie de façon à vous apporter le plus de bénéfices. Toute l'équipe du centre est soucieuse de votre bien-être, madame Dennis.

Jenny la ramena auprès de ses parents qui attendaient, puis revint. Mark s'adossa à son fauteuil, l'air narquois.

— C'est étrange, j'aurais cru que vous alliez triompher...

Elle reprit sa place, prête à inscrire ce qu'il lui dicterait dans le dossier.

— Triompher ? A quel propos ?

— De votre diagnostic juste, pour Carrie. J'avais mes doutes, vous savez.

Ravie de cet éloge détourné, elle sourit.

— Ne puis-je me vanter un tout petit peu ? Il est bien rare qu'un consultant fasse au personnel para-médical l'honneur de prêter l'oreille à ses idées. Du moins, depuis le décès de l'Oncle Bob. C'est du reste un de nos principaux problèmes. Les autres psychiatres n'ont que faire de nos opinions au sujet des patients.

— Ce sont des sots, déclara Mark d'un ton sec.

— Parlez-vous sérieusement ?

Il l'étudia avec amusement et tendresse, sentiments bien différents de ceux qui l'animaient pendant leur affrontement de la veille.

— Petite sorcière, murmura-t-il enfin. Ne suscitez pas les compliments, c'est indigne de vous. En toute franchise, l'efficacité de votre organisation m'impressionne. Si j'avais disposé de collaborateurs « paramédicaux » tels que vous, dans ma clientèle privée, j'aurais au moins doublé mes résultats thérapeutiques. Ce qui n'est pas peu dire, car je fais bien mon travail.

— Et vous êtes si modeste, en plus ! taquina-t-elle.

Elle ne put cependant s'empêcher d'ajouter :

— Sincèrement, je suis éblouie par votre compétence. C'est un réel plaisir d'observer un médecin qui manie avec sûreté les médicaments. Nombre de nos consultants semblaient en savoir moins que nous dans ce domaine !

— Dois-je triompher ? s'interrogea-t-il à haute voix.

Une douce chaleur envahit Jenny ; elle baissa les paupières, troublée. Elle ne put contenir un cri de surprise quand elle sentit sa main caresser ses cheveux, en lisser les boucles soyeuses.

— Mark ! souffla-t-elle.

Elle leva la tête et les doigts du médecin descendirent vers sa nuque. Jenny le considéra de ses grands yeux incrédules, et lut sur son visage un désir à peine contenu.

Sans doute devina-t-il en elle une passion réciproque, car il se leva et l'attira contre lui. Sa bouche chercha la sienne et ils vécurent à nouveau la même explosion de plaisir. Mark semblait ne jamais pouvoir se rassasier d'elle, et s'attarda un long moment avant de laisser ses lèvres vagabondes suivre le tracé de son cou gracile, parcourir sa gorge palpitante, hésiter à l'échancrure de son corsage. La jeune femme frissonna de bonheur.

Cette scène, en pleine consultation, était pourtant absurde. Mais impulsivement, elle lui rendait son étreinte et le serrait dans ses bras. Elle avait l'impression d'avoir enfin trouvé sa place, et exhala un soupir de bien-être.

Se fiant à son instinct, elle se blottit contre lui tandis qu'il ne cessait de déposer sur sa peau d'innombrables baisers. Il semblait avoir totalement oublié qu'ils risquaient d'être interrompus à tout moment par une infirmière... Eperdue, Jenny était submergée par une exquise torpeur.

— Mark, murmura-t-elle avec joie.

En guise de réponse, il émit un gémissement de plaisir. Enfin il releva la tête, et plongea ses yeux dans ceux de la jeune femme.

— Ma douce petite sorcière ! Dieu, que vous êtes douce !

Il s'emparait à nouveau de sa bouche, lorsque le

téléphone intérieur sonna. L'espace d'un instant, il resta pétrifié. Puis il jura entre ses dents, se dégagea de l'étreinte de Jenny qui refusait de le quitter. Regagnant le bureau, il décrocha le combiné.

— Oui, rugit-il, avant de se radoucir. Non, nous ne sommes pas encore prêts à recevoir le patient suivant. Je vous appellerai en temps utile.

Il reposa l'appareil et se passa la main dans les cheveux.

— Nous ferions mieux de terminer le dossier de Mme Dennis.

Ce fut seulement après le départ du dernier malade que Mark se détendit et jeta un coup d'œil à Jenny.

— Au fait, veuillez me pardonner mon petit écart de conduite de tout à l'heure.

Il n'avait pourtant pas l'air le moins du monde navré.

— Ce n'est rien, répliqua-t-elle avec un sourire angélique.

Le sourire de Mark se fit narquois.

— Ne me provoquez pas, Jenny, ou je ne réponds plus de mes réactions. Quand je vous vois assise là si désirable, j'ai peine à ne pas vous toucher.

Au même instant il se mit à caresser ses mèches cuivrées et la passion s'embrasa en elle. Il s'écarta et commenta à voix basse :

— Voyez comme vous vous transformez au moindre contact ! Vous avez une façon ensorcelante de passer en une fraction de seconde de la petite fille sage à la séductrice !

Elle se leva, furieuse.

— Séductrice ! Jamais je ne vous ai...

— Mais bien sûr que si ! Et croyez-moi, je trouve cela parfaitement délicieux.

— Vous... Vous... Docteur Marcus Bradford Temple, je suis certaine qu'il n'existe nulle part sur terre un être aussi prétentieux que vous ! Et arrêtez de sourire ainsi ! Vous... Je perds l'usage de la parole, tant vous m'exaspérez !

— En tout cas, vous devenez incohérente.

Sa mimique goguenarde s'accentua.

— Ah, et puis, allez au diable ! jeta-t-elle.

Il riait encore lorsqu'elle claqua la porte.

7

PLUS elle y songeait, plus Jenny se sentait furieuse. La veille, Mark Temple avait insinué qu'elle entretenait une liaison avec un homme marié. Aujourd'hui il l'avait accusée de chercher à le séduire. Au total, il devait la considérer comme une femme facile. Ce qui éclairait d'un jour nouveau l'innocent petit baiser qu'elle lui avait imprudemment donné, l'autre soir.

— Zut, zut, et zut ! grommela-t-elle en parcourant son appartement d'un pas rageur. Si vous comptez bénéficier à nouveau de mes faveurs, docteur Temple, vous faites erreur ! Avisez-vous une seule fois de porter la main sur moi, et je... je...

Incapable de déterminer un châtiment proportionné à l'injure, elle laissa sa menace inachevée. Jenny était tellement agitée qu'elle trouva son minuscule deux-pièces insuffisant pour contenir sa colère. Elle enfila son survêtement blanc et ses chaussures de sport, et sortit sans même jeter un coup d'œil à la glace suspendue dans l'entrée.

Après avoir descendu au pas de course les trois marches du perron, elle s'arrêta net et décida impulsivement de remonter frapper chez Mme Carson.

Des aboiements aigus précédèrent l'arrivée de la

propriétaire. Derrière la porte extérieure en treillis grillagé, le petit caniche noir grattait frénétiquement.

— Bonjour, Muffy, déclara Jenny sans grande sympathie. Tu sembles aussi nerveux que moi, aujourd'hui.

— Allons, allons, mon bébé ! roucoula une voix attendrie. Ne pleure pas, mon tout petit !

Jenny sourit en voyant arriver Mme Carson dans sa vaporeuse robe d'intérieur couleur lavande. Cette veuve quinquagénaire avait la réputation d'une aimable excentrique, à Santa Anna. Sa blondeur d'allure nettement artificielle, son goût douteux pour le satin pourpre, la faisaient remarquer partout. D'après les rumeurs, Mme Carson n'avait plus toute sa raison. Mais Jenny avait une autre opinion ; pour elle, sa voisine avait tout simplement lu tant de romans d'amour, qu'elle vivait dans une sorte de rêve irréel où tous ces récits se réaliseraient. Sa moitié de la maison ressemblait à un plateau cinématographique, avec sa pesante décoration victorienne, ses abat-jour à pompons, et ses coussins en forme de cœur.

— Entrez, ma chérie, entrez ! invita-t-elle avec chaleur.

Ses yeux bleus pétillaient derrière ses lunettes pointues de star, mode révolue datant des années cinquante.

— Je ne peux pas, répliqua Jenny.

Jamais elle ne tiendrait en place assez longtemps pour entendre ses interminables commérages.

— Oh, mais il le faut absolument ! Vous n'allez pas repartir sans me renseigner sur cet homme adorable qui est venu hier soir !

« Homme adorable »... ! Jenny pinça les lèvres :

— Faites-vous allusion au Dr Temple ? C'est le nouvel attaché du centre de thérapie. Il ne me viendrait pas à l'idée de le qualifier d'adorable !

Mme Carson balaya cette objection d'un geste autoritaire.

— Mais non, ma chérie ! Pas lui. Je songe à son chauffeur, M. Griffith !

Eberluée, Jenny ne put articuler un mot. Son interlocutrice, inconsciente de sa surprise, émit un soupir de volupté.

— Avez-vous jamais vu un corps pareil ? Tellement viril et puissant ! Mmm... C'est le genre d'être qui saurait éveiller la passion d'une femme. Un vrai Don Juan !

M. Griffith ? *Grif ?*

Intriguée, Jenny se laissa convaincre et suivit Mme Carson jusqu'au sofa. Elles s'assirent côte à côte, séparées par Muffy.

— Vous, euh... Vous trouvez Gr... M. Griffith, euh... séduisant ? balbutia Jenny.

— Mon Dieu, oui ! J'ai toujours eu un penchant pour ce genre d'homme, un peu taciturne mais si impressionnant.

Afin de réprimer son fou rire, Jenny toussa et porta la main à sa bouche.

— Effectivement, articula-t-elle péniblement, il est, euh, indéniablement grand et discret.

Mme Carson hocha la tête d'un air rêveur, revoyant mentalement l'image de celui qui l'avait tant frappée.

— Quand avez-vous fait la connaissance de M. Griffith ?

— J'arrachais les mauvaises herbes du gazon, quand il a amené votre Dr Temple, hier soir, expliqua Mme Carson.

« Pas *mon* Dr Temple », rectifia intérieurement Jenny. Mais elle se retint : ses explications allongeraient encore le récit de sa voisine.

— Comment ne pas remarquer son fier maintien ? Si

supérieur, si... intouchable ! Avec sa joue balafrée, il semble sorti tout droit d'un de mes romans.

Dans son métier, Jenny était accoutumée à entendre presque quotidiennement des choses à peine croyables ; aussi sut-elle garder pour elle ses commentaires. Si Mme Carson voulait s'éprendre d'un géant aux allures d'assassin, cela la regardait, bien entendu !

— Enfin, quand il est revenu plus tard, avec le docteur, je lui ai apporté des petits gâteaux.

— *Comment ?*

L'aimable dame hocha la tête sans vergogne, et répéta :

— J'ai apporté à M. Griffith deux douzaines de gâteaux secs au chocolat.

— Comment a-t-il réagi ?

— Il les a mangés, voyons.

Jenny était ébahie.

— Il devait être affamé, le pauvre ! Il m'a rapporté l'assiette vide, avant même que son patron vous quitte.

Méfiant comme il l'était, il avait dû les jeter derrière le premier buisson, décida Jenny.

— Vous a-t-il parlé ? s'enquit-elle, curieuse.

— Ma foi, non. Mais il semblait bien avoir envie de sourire.

— Quel charmeur !

Sans relever l'ironie, Mme Carson acquiesça avec enthousiasme.

— A propos de charme, ce Dr Temple est un véritable Apollon ! Je suis ravie que vous ayiez réussi à le séduire.

Jenny, ulcérée, s'exclama :

— Vous vous méprenez absolument ! Il ne me rendait visite que pour parler travail.

— Ah ? Quel dommage ! Dans ce cas, dépêchez-vous, ma petite fille. Il est trop bien pour Stella Rainey.

L'expression absente de Jenny reflétait sa totale incompréhension.

— Je n'ai rencontré officiellement le Dr Temple qu'hier soir, expliqua Mme Carson, mais je l'avais vu de loin, il y a environ un mois. Je déjeunais à Brownwood avec mes amies. Dans le même restaurant se trouvait ce bel homme, en compagnie de M. Jennings Rainey et de sa fille. Stella Rainey est rapide, vous savez. Surveillez-la ! A peine une semaine plus tard je l'ai aperçue dans Wallis Street, avec le Dr Temple dans sa voiture. Elle se donnait en spectacle, se pendant à son bras, lui chuchotant des mots doux à l'oreille, et riant bruyamment comme elle fait toujours.

Elle haussa les épaules avec dédain.

— Peuh ! Elle se croit au-dessus de nous tous, sous prétexte que son père possède la moitié des terres entre Santa Anna et Coleman !

Jennings Rainey occupait également le siège de président du conseil d'administration du centre de thérapie, ce qui justifiait éventuellement le déjeuner à Brownwood, médita Jenny. Oh, et puis après tout, elle s'en moquait ! Mark pouvait fréquenter qui bon lui semblait !

— J'étais seulement passée vous prévenir que j'allais courir un moment au stade municipal. Si jamais vous aviez besoin de moi…

Elle rougit en s'entendant avancer une justification aussi lamentable. Ruth Carson avait peut-être l'apparence d'une ingénue sans défense — en tout cas elle s'y efforçait. Mais en vérité elle possédait une inépuisable énergie. Non, Jenny n'avait annoncé le but de sa sortie qu'au cas où « quelqu'un » lui rendrait visite en son absence…

— Comme vous êtes gentille de vous préoccuper ainsi de moi !

Mme Carson l'accompagna à la porte, s'imaginant

déjà dans une situation catastrophique dont elle pourrait avoir besoin d'être secourue. Le regard vague, elle devait songer à quelque scène mélodramatique, un incendie dévastateur, par exemple, ou un tueur fou escaladant sa fenêtre.

— Bah ! soupira-t-elle enfin, non sans une note de déception. Je doute fort qu'il m'arrive un gros problème, mais merci de votre offre.

Elle caressa rêveusement la tête de Muffy tandis que Jenny redescendait les marches du perron.

Une heure avant le coucher du soleil, il faisait frais à l'ombre des arbres bordant la route. Jenny parcourut le trottoir en petites foulées, faisant signe au passage aux enfants qui jouaient encore dehors. Son cœur se gonfla de fierté lorsqu'elle vit Tommy Brandon, un adolescent de dix-sept ans, prendre le volant de la voiture familiale, une petite amie à ses côtés. Elle se rappelait avec netteté l'année de sa naissance. Pour la première fois, elle passait l'été à Santa Anna chez son oncle Bob et sa tante Ginny. Elle s'était introduite chez les Brandon et avait inlassablement supplié la jeune maman de Tommy jusqu'à lui arracher la permission de veiller sur le nourrisson. Cet événement avait procuré une joie inoubliable à la fillette, alors âgée de onze ans.

Tommy klaxonna et la héla joyeusement. Elle pénétra dans l'enceinte du stade, traversa la pelouse, et gagna l'allée qui entourait le terrain de football. Avec pour tout public les gradins déserts, elle courut longtemps, jusqu'à épuiser finalement l'énergie nerveuse et la colère qui l'agitaient.

L'obscurité s'épaississait lorsqu'elle s'écroula sur l'herbe. Elle resta couchée sur le dos, haletante, les yeux clos. Peu à peu les battements de son cœur ralentirent. Brusquement, dans le silence, elle identifia un bruit de pas, quelqu'un approchait.

Elle se releva aussitôt, alarmée, et reconnut avec

soulagement la haute silhouette de l'homme debout près d'elle.

— Vous ! souffla-t-elle.

— Moi, confirma placidement Mark Temple.

Elle imaginait sans peine le sourire narquois qu'il devait arborer. Préférant ne pas rester ainsi dominée, elle se dressa sur ses jambes chancelantes. Il lui saisit la main pour la stabiliser, et elle ressentit aussitôt l'émotion trouble que provoquait toujours en elle son contact. Elle se reprocha sévèrement cette faiblesse.

— Vous vous êtes littéralement épuisée, constata-t-il avec une certaine satisfaction.

— Absolument pas !

Dans l'ombre du soir, tout près de Mark, elle évita de contempler ses boucles brunes soulevées par la brise, et concentra son regard furieux sur son torse. Une petite voix perfide murmurait dans sa tête qu'il serait si agréable de se blottir contre ce grand corps solide...

— Mais si. Vous êtes une jeune femme portée aux extrêmes.

— Comment l'aviez-vous deviné ? railla-t-elle.

Il n'avait toujours pas relâché son poignet. Elle tâcha de replier son bras, mais il resserra sa prise.

— C'est mon métier de connaître les gens.

— Eh bien moi, vous ne me connaissez pas ! explosa-t-elle. Même l'illustre docteur Temple peut se tromper, à l'occasion.

Il se tut quelques instants, la libéra.

— Ce n'est que trop vrai, reconnut-il avec amertume. J'ai effectivement commis dans ma vie une ou deux monumentales erreurs de jugement.

Jenny n'aimait pas l'entendre se critiquer aussi sévèrement. D'un pas mal assuré, elle repartit lentement en direction de chez elle, et vit du coin de l'œil qu'il lui emboîtait le pas, la main gauche enfoncée dans une poche. Elle s'enquit d'une voix aussi détachée que possible :

— Me cherchiez-vous pour une raison précise, ce soir ?

— Pourquoi sinon aurais-je suivi les indications confuses de Mme Carson, pour aboutir au milieu d'un terrain de football ? ironisa-t-il. Oui, j'ai besoin de vous parler.

Ils avancèrent en silence. Jenny attendait toujours une explication lorsqu'ils atteignirent la Jaguar qu'elle avait remarquée l'autre soir, dans le garage. Mark contourna la voiture, garée à l'entrée du stade, et ouvrit la portière de droite. Jenny s'arrêta, étonnée.

— Où est Grif ?

Mark rit et riposta :

— Sans doute à la maison, en train de regarder la télévision. Etant donné votre profond attachement envers lui, je ne pensais pas qu'il vous manquerait.

— Non, je... Je me demandais simplement où il était.

— Allez-vous monter, ou bien comptez-vous rester là toute la nuit ?

Elle considéra son visage que la faible lumière rendait plus anguleux, mais si beau qu'elle ne put s'empêcher de l'admirer, bien malgré elle. Son cœur se mit à battre douloureusement dans sa poitrine. S'il renouvelait son geste de l'après-midi, elle serait incapable de le repousser, elle n'en aurait pas la volonté. Contre son gré, Jenny sut qu'elle ne trouverait la paix que le jour où elle connaîtrait tout de cet homme qui la hantait depuis tant d'années.

— Je ferais mieux de rentrer à pied, je crois.

— Pas question. Grimpez.

Sans autre forme de procès, Mark attrapa son bras et la poussa avec autorité sur le siège, avant de claquer la portière. Puis il s'installa au volant.

— J'ai eu assez de peine à convaincre mon cerbère de me laisser sortir sans sa surveillance. Je n'ai aucune intention de vous permettre de gâcher notre soirée à cause de vos scrupules idiots.

D'un air sévère, il mit le contact et démarra en trombe. Malgré son trouble, Jenny nota la virtuosité de son compagnon. La plupart des Jaguars avaient un levier de vitesses à droite, mais celle-ci, sans doute un modèle spécial, était à transmission automatique. Il suffisait à Mark de tendre maladroitement sa main gauche de l'autre côté pour enclencler la marche avant ou arrière.

Le traumatisme avait dû être terrible, pour un homme aussi orgueilleux que compétent, de ne plus pouvoir accomplir une tâche aussi simple que piloter une automobile de sport ordinaire. Avait-il également du mal à boutonner ses chemises, à enfiler une paire de bottes ?

Mieux valait repousser ces pensées, songea-t-elle avec détermination. Ainsi donc, il projetait de passer la soirée en tête à tête avec elle ? Lorsqu'il fit halte devant la maison de Mme Carson, Jenny commenta d'un ton glacial :

— Rappelez-vous ce que je vous ai dit tout à l'heure : vous vous trompez à mon sujet. Je ne suis pas telle que vous l'imaginez.

Il coupa le moteur.

— Vraiment ?

— Inutile de vous montrer sarcastique. Sous prétexte que je vous ai embrassé une fois, et que... que vous avez mal interprété une situation parfaitement innocente, n'allez pas croire... ce que vous voudrez ! Vous vous êtes fait de moi une idée totalement fausse.

— Comment savez-vous ce que je pense de vous ? s'enquit-il patiemment.

— C'est suffisamment clair ! Votre comportement

aujourd'hui au centre était très éloquent. Et à présent... Vous me raccompagnez chez moi...

— En effet, convint-il. Dans quel but, à votre avis ?

— Je m'en moque éperdument ! s'exclama-t-elle... Ah, et puis, vous l'aurez voulu ! Pour me séduire, voilà !

Pendant une fraction de seconde, il se contenta de la fixer. Puis il éclata d'un rire franc, comme s'il venait d'entendre une plaisanterie irrésistible. Elle craignit d'avoir mal jugé ses intentions, et se sentit terriblement humiliée. Enfin il se calma, mais son ton restait amusé lorsqu'il rétorqua :

— Voilà qui ressemble à un cas classique de projection, ma chère Jenny.

— Projection ! s'indigna-t-elle.

Il hocha la tête.

— Vous n'avez sûrement pas oublié la définition de ce mécanisme de défense si répandu, depuis l'époque de vos études. Vous venez de m'attribuer vos sentiments propres, vos désirs secrets.

— Je sais parfaitement de quoi il s'agit, docteur Temple ! s'insurgea-t-elle. Et permettez-moi de contester votre affirmation. Soyez sans crainte, je n'ai aucune envie de faire votre conquête.

— Ah ! J'en suis navré.

Elle était sûre qu'il souriait dans l'ombre, mais elle s'en moquait. Au moins, il n'avait pas relevé son mensonge éhonté. Il aurait pu le nier en lui rappelant son attitude à son égard, ces temps derniers. Qu'y pouvait-elle, si elle perdait tout contrôle chaque fois qu'il la frôlait ?

Il sortait et vint galamment ouvrir la portière de Jenny. Boudeuse, elle s'arrêta sur le seuil de la maison.

— Vous ne m'avez toujours pas révélé... pourquoi vous m'avez ramenée ici, marmonna-t-elle.

Il feignit un sincère étonnement.

— Ah non ? Mais pour que vous puissiez vous changer, naturellement. A moins que vous ne préfériez aller dîner dans cette tenue ?

— D... dîner ? Avec vous ?

— Cela semble inconcevable, à vous entendre. Auriez-vous honte de vous montrer en public avec moi ? Je mange assez proprement, à présent, vous savez.

— Vous êtes ridicule, s'écria-t-elle en ouvrant sa porte.

Elle se doucha rapidement et revêtit un chemisier de soie bordeaux sur un pantalon blanc. Sortir avec Mark ne l'enchantait guère, mais il ne lui avait pas laissé le choix : un refus, pour lui, signifierait qu'elle trouvait gênant d'être vue en sa compagnie, à cause de son bras paralysé. Décidément, Patty avait raison : il demeurait hypersensible à son handicap.

Elle se sentait peu sûre d'elle et émue lorsqu'elle le rejoignit dans son salon. L'air pensif, il étudiait les photos encadrées regroupées sur une étagère de la bibliothèque. L'une d'elles en particulier paraissait retenir son attention, car il la ramassa pour l'inspecter de plus près. Jenny s'approcha : le cliché représentait un homme et une femme, à cheveux blancs et à lunettes, tous deux petits et l'air jovial. Entre eux se tenait une fillette toute mince.

Par ce soir de juillet, bien des années auparavant, un beau garçon brun était descendu de l'autocar qui faisait halte devant le café. Le dos très raide, il avait parcouru du regard le parc de stationnement mal éclairé. D'une main il tenait un sac de voyage ; de l'autre il essuya les gouttes de sueur qui perlaient à son front et repoussa ses épais cheveux noirs ébouriffés. Puis il reconnut le break couleur crème et son conducteur souriant. D'un pas décidé, il se dirigea à longues enjambées vers Jenny et son oncle.

Bob Dahlgren lui serra brièvement et chaleureusement la main, tout en déclarant :

— Bonjour, petit ! Le voyage s'est bien passé ?

— Très bien, merci.

— Tu n'as pas l'air d'avoir froid !

Avec une moue embarrassée, l'adolescent prit un mouchoir pour tamponner ses joues.

— La climatisation a cessé de fonctionner dix kilomètres après Dallas.

— Le trajet n'a pas dû être bien agréable, dans ce cas. Dommage. Espérons que ton séjour compensera ce mauvais départ.

— J'en suis sûr, monsieur !

Jenny, alors âgée de onze ans, perçut l'enthousiasme du jeune homme et le contempla fixement, fascinée. Bob Dahlgren se rappela brusquement sa présence et la tira gentiment vers leur invité.

— Voici ma nièce, Mark. Elle se prénomme Jennifer Caroline, mais tu finiras probablement par employer « Jenny », comme nous tous. Elle ne répond à rien d'autre. Ma chérie, je te présente un ami qui m'est très cher : Marcus Bradford Temple.

Sa façon d'énoncer ce nom avait quelque chose d'imposant, et le garçon sembla un peu gêné.

— Bonjour, Jenny.

— Bonjour, répondit-elle avec timidité. Et moi, comment dois-je vous appeler ?

— Comme tu voudras, jeta-t-il impatiemment.

— Tu n'auras qu'à dire « docteur Temple », suggéra Bob Dalhgren.

Elle n'aperçut pas son clin d'œil espiègle. Mark parut déconcerté et M. Dahlgren ajouta :

— Tu deviendras un excellent médecin, mon garçon.

Et ce jour-là, je serai plus fier que ne pourrait l'être ton propre père.

Jenny s'était demandé pourquoi les deux hommes avaient échangé à ce moment-là une accolade émue qui les laissa tous deux plutôt empruntés. Et, prenant au pied de la lettre la boutade de son oncle, elle avait surnommé l'étudiant « Dr Temple » durant toutes les vacances.

La première fois, le lendemain, au petit déjeuner, il se contenta de la toiser avec un agacement surpris, comme s'il ne s'attendait pas à la revoir dans la maison.

En fait, il ne s'apercevait guère de sa présence. Mark était trop occupé à assimiler avidement les moindres remarques de Bob Dahlgren. Lorsqu'il ne le suivait pas à l'hôpital, à son cabinet, ou en visite dans quelque ferme éloignée, il s'enfermait dans sa chambre pour lire d'un bout à l'autre la collection de revues médicales accumulées dans la bibliothèque. Jenny le savait pour l'avoir un jour dérangé sans frapper, chargée par tante Ginny de changer ses draps. Il était à ce point plongé dans sa concentration qu'il ne la remarqua pas, postée à l'entrée, hésitante, les joues rosies.

— Hum ? fit-elle en se raclant la gorge, sans succès.

Elle avança sur la pointe des pieds, le linge propre bien plié contre sa poitrine. Le titre de l'article qu'étudiait le jeune homme lui parut totalement obscur. Elle renouvela sa tentative :

— Euh... docteur Temple ?

Il cligna des paupières et la considéra d'un air absent.

— Oui ?

— Il faut que je... euh... Enfin, tante Ginny m'a demandé de... euh...

Plus du tout distrait à présent, il perdit patience.

— De quoi, Jenny ? Que t'a-t-elle dit ?

— De changer vos draps.

Elle lui montra ceux qu'elle portait, en guise de preuve.

— Ah. Ne te gêne pas.

Totalement désintéressé de la question, il se leva du lit pour s'installer au bureau, emportant son précieux journal. Il se replongea dans sa lecture et ne vit même pas la fillette quitter la pièce, sa tâche accomplie.

« Il me déteste », se lamenta-t-elle intérieurement. En réalité, il n'était le plus souvent pas conscient de son existence.

Chaque soir, à la table du dîner, l'Oncle Bob l'interrogeait sur ce qu'il avait appris ce jour-là. Tante Ginny et sa nièce échangeaient des regards complices et haussaient les épaules, tandis que Mark récitait de longues formules biochimiques, ou énonçait les symptômes du cancer pancréatique ou les effets secondaires de tel ou tel médicament.

Après une de ces leçons, M. Dahlgren ne dissimula pas sa satisfaction.

— Oui, Mark, tu es doué, pas de doute. Tu deviendras un médecin hors pair. Mais rappelle-toi surtout que tu auras affaire à des êtres humains, plutôt qu'à des malades. Il faudra toujours t'intéresser à leur vie. Ont-ils une famille ? Quel est leur métier ? Sois d'abord l'ami de tes patients.

Mark avait réfléchi.

— Par exemple, lorsque vous parlez de ses chevaux à M. McDouglas ? Et que vous dégustez toujours la tarte au citron de sa femme, même si vous n'avez plus d'appétit pour déjeuner ensuite ?

Le vieux docteur avait hoché la tête.

— Exactement. Tout comme je tiens la main de Granny Watson quand elle fait sa prière, avant de se laisser examiner. Cela leur donne confiance en moi. Et parfois, cela leur fait plus de bien que toutes les thérapeutiques nouvelles que découvre la recherche.

Mark n'avait pas contesté cette optique, mais resta réservé. Quelle chance auraient ses clients, songea Jenny, s'il condescendait à leur tenir la main !

Cet été-là, elle passa des heures à la bibliothèque municipale. Elle lut entre autres une biographie de Florence Nightingale, et décida avec ferveur de devenir infirmière. Allongée à l'ombre du pommier de l'Oncle Bob, elle imagina avec délices le jour où elle aurait achevé ses études, et dirigerait tout un service d'hôpital, passant gracieusement d'un lit à l'autre pour apaiser la douleur des souffrants, rafraîchir leurs tempes enfiévrées, être l'indispensable assistante en salle d'opération...

Et le grand, beau chirurgien aux yeux bleus lui sourirait avec reconnaissance chaque fois qu'elle devinerait à l'avance le prochain instrument nécessaire, et le lui tendrait au bon moment.

— Ah, Miss Dahlgren ! soupirerait-il après l'intervention. Comment ai-je pu me passer de vous ? Ensemble, nous avons sauvé la vie de cet enfant...

Elle parcourut avec passion les ouvrages relatant la vie de Marie Curie, de Sœur Elizabeth Kenny, et d'une doctoresse qui avait soigné les lépreux, en Inde. Cette dernière héroïne ouvrit de nouveaux horizons à Jenny ; elle sollicita de son oncle la permission de l'accompagner en visite. Le Dr Dahlgren, indulgent, consentit. Elle se glissa sur la banquette arrière du break le soir même, lorsqu'il répondit à un appel urgent.

— Dis donc, Jenny ! s'exclama Mark en ouvrant la portière avant. Où crois-tu aller ?

L'Oncle Bob s'installa sur le siège du passager et étira ses courtes jambes avec un soupir de lassitude.

— J'ai autorisé Jenny à venir avec nous, expliqua-t-il. Elle a décidé de devenir médecin. Laissons-la goûter aux joies de la profession.

Hormis un vague grognement, Mark ne manifesta

plus sa réprobation. Il conduisit en silence vers les faubourgs sud de la ville, où habitaient les Washington.

— Attends-nous dans le jardin, Jenny, ordonna le Dr Dahlgren en entrant avec Mark.

La nuit était tombée, et aucune lampe extérieure n'éclairait les enfants mal vêtus que leur mère avait bannis de la maison à l'arrivée du docteur. Jenny avait souvent joué avec eux, quand Mme Washington venait aider Tante Ginny à faire le ménage et la lessive. Mais aujourd'hui, elle n'en avait pas le goût, trop déçue de n'avoir pu se rendre au chevet de la malade avec ses futurs confrères...

Par la fenêtre ouverte, elle vit M. Washington, dans la petite pièce bien rangée, expliquer la situation à son oncle. Des larmes brillaient sur ses joues.

— Je crois qu'elle va perdre le bébé, conclut-il d'une voix altérée.

Mark et Bob Dahlgren échangèrent un coup d'œil et le praticien partit dans la chambre adjacente. En un geste de compassion qui bouleversa Jenny, le jeune homme prit doucement le mari par l'épaule et lui conseilla de s'asseoir. Puis il disparut à son tour.

La fillette s'éloigna et tâcha d'oublier le drame qui se déroulait à l'intérieur. Sans enthousiasme, elle proposa un jeu à ses petits compagnons.

Bien plus tard, elle vit Mark et son oncle revenir dans le minuscule salon. Elle faillit pleurer de soulagement lorsque le visage brun de Ben Washington se fendit d'un large sourire. Il étreignit vigoureusement les mains de ses sauveurs.

— Ah, Dieu soit loué ! s'exclama-t-il en jubilant.

Sur la route du retour, le Dr Dahlgren félicita son assistant à plusieurs reprises.

— Tu m'as admirablement bien aidé, mon garçon ! Manifestement, tu as retenu mes conseils. Bravo !

Jenny écoutait, de l'arrière, le cœur gonflé de fierté pour son idole.

— Merci, marmonna-t-il, gêné. C'est tellement différent de vous voir travailler, au lieu de simplement étudier dans les livres.

— Jenny, fit Bob Dahlgren en se retournant vers elle, si tu tiens vraiment à devenir médecin, ne perds pas ce jeune homme de vue. Tu ne pourrais faire mieux que de l'imiter.

Quittant sa réserve habituelle, Mark lui avait alors adressé un merveilleux sourire. Il avait même tendu le bras pour tirer amicalement une de ses nattes.

« Non seulement je serai docteur », avait-elle rêvé, « mais peut-être même en épouserai-je un… »

8

Ce rêve d'enfant l'avait longtemps accompagnée, par la suite. Epouser un médecin... Oui, mais pas n'importe lequel : le Dr Marcus Bradford Temple. Ce fol espoir lui avait assez coûté : jamais elle n'avait pu s'éprendre des hommes qu'elle avait rencontrés. Aucun ne soutenait la comparaison avec cet étudiant passionné aux yeux bleus.

A présent, il se trouvait dans son salon et examinait avec désinvolture les photos du passé, sans se douter de l'impact dévastateur qu'il avait eu sur sa vie.

— Votre oncle était le meilleur homme que j'aie connu, remarqua-t-il sans se retourner. Peut-être même le plus grand.

Son ton solennel ne contenait nulle trace de l'ironie qui perçait si souvent dans sa voix.

— C'est mon avis, convint-elle. Mais je ne suis guère objective, évidemment.

Il s'attarda encore quelques instants sur le cliché, puis le reposa et considéra la jeune femme.

— Je ne suis pas impartial non plus, mais qu'importe ? J'admirerai toujours Bob Dahlgren. Et je lui dois énormément.

Il s'avança vers la porte.

— Prête ?

— Si mes souvenirs sont exacts, commenta-t-elle sans bouger, Oncle Bob avait également de quoi vous être reconnaissant, l'été où vous êtes venu.

Mark la fixa quelques instants avant de se détourner.

— Vous étiez trop jeune pour comprendre. Ce n'étaient que des vacances, pour vous… Nous partons ? ajouta-t-il impatiemment.

Jenny resta sur le qui-vive, mais la conduite de Mark dans la voiture fut absolument irréprochable. Il l'amena chez *Pardner's,* au bord du lac Brownwood, à une vingtaine de kilomètres au nord de la ville du même nom. L'établissement, vu de l'extérieur, évoquait plutôt une grange quelque peu délabrée. La décoration intérieure était résolument rustique, composée de lourdes tables grossièrement taillées et de bancs de bois. Un groupe de musique « country » jouait dans le grenier à foin, et la scène était éclairée par des bougies et des lanternes à pétrole. On n'y servait que de la bière, des hamburgers, et des cacahuètes, dont la coutume voulait que les coquilles fussent jetées par terre. Le sol craquait sous les pas de Mark et Jenny lorsqu'ils entrèrent.

— Vous saisissez pourquoi j'ai choisi cet endroit ? plaisanta-t-il avec une imperceptible note d'amertume. Si je fais tomber ma nourriture, personne ne s'en apercevra.

— Excellente stratégie, approuva-t-elle, déterminée à ignorer la compassion qu'elle éprouvait pour lui.

Quand ils furent installés, elle le regarda tambouriner doucement sur la table ; il parcourait inlassablement des yeux la foule des clients.

— Que pensez-vous de votre nouveau poste ? s'enquit-elle.

— Assez prometteur…

Jenny vouait une fidélité à toute épreuve au centre de

thérapie. Le manque d'enthousiasme de son compagnon toucha un point sensible.

— Y a-t-il des choses qui ne vous ont pas satisfait ?

Il se passa la main dans les cheveux, et Jenny contempla malgré elle les boucles désordonnées d'un noir d'ébène.

— Non, concéda-t-il enfin. Je ne commencerai probablement à me plaindre vraiment que quand je serai forcé d'admettre que le temps manquera pour accomplir du vrai travail psychothérapique. Du moins pour les patients du centre.

— Vous comptez donc ouvrir un cabinet en ville ?

Il manipulait la salière, l'air absent.

— Quelques médecins des environs m'ont demandé s'ils pouvaient m'envoyer des malades.

Les yeux baissés sur la table, il esquissa un sourire.

— Et plusieurs habitants de Santa Anna m'ont assuré avoir absolument besoin de mes services.

Jenny imaginait aisément les riches épouses de propriétaires terriens auxquelles il faisait allusion.

— En résumé, je verrai effectivement des patients en privé, d'ici une ou deux semaines. Thurston Reed a accepté de me louer des locaux, à côté de l'hôpital.

Le Dr Reed était un généraliste d'une quarantaine d'années. Dès la fin de son internat, il était revenu exercer dans sa ville natale, auprès du Dr Dahlgren. Comme nombre de jeunes que leur vie familiale ne satisfaisait pas, soit par manque d'amour, d'argent, ou de discipline, il avait assidûment fréquenté la chaleureuse maison des Dahlgren. Le vieux docteur avait fait don à ce fils de fermier de sommes assez considérables pour financer ses études. Thurston n'avait jamais oublié la générosité de son bienfaiteur, et avait fait de son mieux pour le soulager d'une partie de son travail, à Santa Anna.

— Très bien ! félicita-t-elle. Thurston est exactement ce qu'il vous faut.

Mark haussa les sourcils.

— Qu'entendez-vous par là ?

— Seulement qu'il est un excellent praticien et constituera pour vous un associé idéal.

— J'ai eu sensiblement la même impression après notre rencontre, convint-il. Nous semblons avoir beaucoup en commun.

— Vraiment ?

Elle ne put dissimuler sa stupéfaction, en les comparant mentalement. Mark sembla vexé.

— Oui. Mais ce n'est manifestement pas votre avis. Pourriez-vous me dire pourquoi ?

— Eh bien…

Elle chercha frénétiquement une façon de se tirer d'embarras.

— Sur le plan médical, d'une part, vous avez choisi des orientations très éloignées. De plus, vous êtes originaire de Dallas, si je ne m'abuse, tandis que les Reed travaillent toujours la terre à l'est de la ville. Vous avez une apparence d'homme du monde, et, si j'ose exprimer à nouveau cette opinion, romantique…

Une lueur taquine illumina les prunelles sombres de Jenny.

— Tandis que Thurston a tout du gentil garçon bien de chez nous, simple, patient…

— Ce ne sont que des distinctions superficielles.

— Mais il est un père de famille exemplaire ! ajouta-t-elle. Dorothy et lui ont quatre fils. Il les emmène à la chasse au pigeon, et leur a appris à monter des chevaux sauvages et des taureaux. Et il est adorable avec Dorothy.

— Alors que vous ne pouvez m'imaginer dans le rôle d'époux attentif et de père dévoué ? compléta-t-il d'une voix amusée.

Jenny rougit puis riposta :

— Si cela vous tente, pourquoi ne vous êtes-vous jamais marié ?

— Je pourrais vous renvoyer la question.

L'intensité de son regard bleu était telle qu'il fallut plusieurs secondes à Jenny, hypnotisée, pour saisir le sens de ses paroles.

— Je vous l'ai déjà expliqué l'autre soir, répondit-elle dans un souffle. Je n'ai jamais aimé un homme au point de vouloir devenir sa femme.

— Mais vous avez aimé, nota-t-il.

Elle passa en revue ses aventures passées. Elles n'avaient guère été nombreuses, car elle était de nature fidèle. Jenny était incapable de papillonner d'homme en homme.

Au lycée, elle était restée pendant trois ans avec le champion de basket de leur équipe, un adorable jeune géant gauche et romanesque. A l'université, elle avait réservé ses affections à un bel étudiant en médecine vétérinaire, brun, John Taylor. De caractère doux, il appréciait néanmoins excessivement les fêtes entre amis. Il n'avait jamais compris pourquoi Jenny semblait constamment le prendre en défaut par rapport à un idéal mystérieux.

— Qu'attends-tu donc de moi, exactement ? avait-il questionné plusieurs fois, exaspéré. Je t'aime, Jenny, et je veux faire de toi ma femme. Mais parfois, j'ai l'impression que ce n'est pas vraiment moi que tu vois lorsque nous sommes ensemble. Tu sembles si lointaine…

Etait-ce à cause de ses cheveux noirs, de ses yeux bleus qui l'apparentaient à Mark Temple, qu'il l'avait attirée ? Si John avait été moins enclin aux folles nuits d'amusement, l'aurait-elle épousé ?

Depuis la fin de ses études, on ne pouvait lui reprocher de rechercher des sosies du Dr Temple. Elle avait fréquenté quelques célibataires de la région, et conservé l'amitié de plusieurs camarades d'études masculins, mais aucun n'avait surpassé le psychiatre.

— Oui, admit-elle enfin à voix basse. Oui, j'ai aimé.

« Mais vous ne saurez jamais qui », ajouta-t-elle mentalement. Il hocha la tête.

— Pas suffisamment, c'est évident. Trop dévouée à votre métier, sans doute. Vous savez éprouver de la compassion, mais la passion vous est inconnue.

Jenny se détourna rapidement, blessée par sa remarque. Indifférent aux autres dîneurs, il caressa sa joue et la força à lui faire face.

— Je me tromperais donc? s'enquit-il doucement. Quels secrets renferment les profondeurs veloutées de vos yeux noisette ?

Elle se contenta de le fixer, muette. Il rit et retira sa main.

Par un étonnant hasard, un couple s'arrêta à côté d'eux, et l'homme déclara avec une gaieté forcée :

— Bonsoir, Jenny, Mark !

Il n'aurait pu plus mal choisir son moment. Elle parvint à sourire à Phil Randall et à sa femme, mais au visage fermé de Jan, Jenny comprit qu'elle avait eu vent de sa soirée avec Phil. Ce dernier se hâta de la présenter au Dr Temple, et Jenny fut soulagée de les voir s'éloigner.

Mark la considéra avec froideur mais elle n'essaya pas de se défendre à nouveau. Jenny n'avait qu'une envie : traverser la salle et sermonner Jan pour avoir cru Phil capable d'une infidélité.

— Souhaitez-vous les convier à notre table ?

— Pas question ! jeta-t-elle.

Elle serait incapable de supporter une telle tension pendant toute une soirée.

La serveuse apporta alors leur repas, et ils mangèrent

en silence. Après avoir commandé un second demi, Mark s'adressa à sa compagne :

— Nous n'avons toujours pas discuté le problème des placements d'office, observa-t-il.

— Pas en détail, convint-elle, se méfiant de son expression machiavélique.

— Je vous propose donc de venir chez moi demain. Cela me laissera le temps d'étudier la procédure.

— Demain ? C'est samedi, souligna-t-elle.

— En effet. Auriez-vous d'autres remarques pertinentes de ce genre à m'adresser ?

— Oh !

Par souci du scandale, elle ravala les répliques cinglantes qui lui venaient à l'esprit.

— Si je peux sacrifier quelques heures de mon week-end à des fins professionnelles, ne le pourriez-vous pas également ?

A présent il lui rappelait fort peu délicatement que son propre temps était infiniment plus précieux que celui d'une humble psychologue !

— Au cours des six dernières années, docteur Temple, j'ai accompli bénévolement plus de travail supplémentaire que je ne saurais dire. Je ne répugne pas à consacrer mes moments de loisir au centre.

— Tant mieux. Je vous attends donc vers dix heures.

Il l'examina brièvement.

— Portez de vieux vêtements confortables. Inutile de chercher à m'impressionner.

— Vous êtes un goujat présomptueux, siffla-t-elle, ulcérée.

Il eut un rire grave, ravi. Son imperturbable assurance pouvait être exaspérante. Effrayante, plutôt, songea Jenny. En sa présence, elle avait l'impression d'une force capable aussi bien de protéger que d'écraser.

Absorbée par ses réflexions, elle ne remarqua pas

tout de suite le changement dans sa physionomie. Mais quand elle s'en aperçut, elle eut peine à y croire. Mark était devenu livide, et ses prunelles brûlaient d'un éclat étrange. Jenny suivit la direction de ce regard halluciné, et découvrit une femme qui le fixait avec une égale intensité tout en se dirigeant vers eux d'une démarche provocante. Pourtant, d'après l'air de Mark, il n'avait nul désir de sa compagnie.

Pourquoi ? s'interrogea Jenny. Jamais elle n'avait contemplé une telle beauté. Cette créature superbe était grande, souple comme une liane, mise en valeur par une robe rose, légère. Son opulente chevelure de jais tombait en cascade sur ses épaules. Dans son visage à l'ovale parfait brillaient des yeux noirs, inquiétants, qui semblaient hypnotiser Mark. Quand elle atteignit leur table, il ne put que la considérer avec une sorte de muet désespoir.

— Mark ! s'exclama-t-elle comme s'ils étaient seuls. Oh, Mark, comment vas-tu ?

Le psychiatre crispait ses lèvres et il serra les doigts si fort sur sa chope de bière que Jenny redouta de l'entendre éclater. Les muscles de sa gorge se contractaient, mais il n'émit pas une parole.

L'inconnue n'en fut nullement offusquée. Elle le contemplait amoureusement, comme si elle ne l'avait pas vu depuis une éternité, et étudia brusquement son bras droit, rigide et sans vie, sa main repliée à jamais.

— Oh, Mark ! s'écria-t-elle, théâtrale. Ton bras ! On m'avait prévenue, mais je ne m'en rendais pas compte. C'est affreux ! Oh, Mark, c'est trop affreux !

Sous les yeux horrifiés de Jenny, elle éclata en sanglots. La jeune femme eut envie de la consoler, de la soustraire aux regards curieux des spectateurs. Mais Mark, apparemment insensible, s'empara du poignet de Jenny et l'entraîna sans un geste pour l'étrangère.

— Mark ! protesta Jenny en résistant.

L'autre releva la tête et retint le médecin.

— J'aurais dû venir à ton chevet, chéri, se lamenta-t-elle. Pourquoi ne m'as-tu pas appelée ? J'étais à Los Angeles quand cela s'est passé. Me hais-tu à ce point ?

Mark enfonçait douloureusement ses ongles dans la peau de Jenny. Mais il devait en être totalement inconscient.

Jenny prit la femme par l'épaule et proposa doucement :

— Asseyez-vous, madame. Je suis sûre que Mark va...

— Non ! coupa celui-ci avec véhémence.

Au même instant, l'autre s'écarta comme si une vipère l'avait mordue.

— Ne me touchez pas ! hurla-t-elle, soudain hostile et effarouchée. Laissez-le tranquille ! Il est à moi !

Instinctivement sur ses gardes, Jenny fut soudain en proie à un indicible malaise. Mais Mark l'entoura de son bras, visiblement maître de lui à présent.

— Pas exactement, rectifia-t-il. Rappelez-vous, Celeste, vous et moi n'avons jamais eu aucune relation, même amicale. Maintenant, cette dame et moi allons sortir, et vous allez rester là bien sagement après notre départ. N'essayez pas de nous suivre.

Soixante secondes plus tard, il avait refermé la portière de la Jaguar sur Jenny, après avoir réglé au passage son addition à la caisse.

Sans un mot, il démarra en trombe et quitta l'aire de stationnement. Jenny, interloquée, le regarda conduire à vive allure et jeter de fréquents coups d'œil dans le rétroviseur. Ils mirent moitié moins de temps à regagner Santa Anna qu'il ne leur avait fallu à l'aller.

Devant la maison de Mme Carson, Mark coupa le moteur et se détendit quelque peu, fixant aveuglément la chaussée, le poing gauche crispé contre le volant.

Jenny, hésitante, posa sa main sur son épaule. Avec stupeur, elle se rendit compte que Mark tremblait.

— Mark ? murmura-t-elle, inquiète.

Au son de sa voix, il l'attira contre lui.

— Prenez-moi dans vos bras, la supplia-t-il d'une voix altérée. Serrez-moi fort !

Elle l'étreignit fermement et Mark l'écrasa contre lui à lui couper le souffle. Les yeux de Jenny s'emplirent de larmes ; son compagnon vivait manifestement une douleur atroce qui le déchirait.

N'avait-il pas déjà assez souffert ? Quel nouveau tourment lui infligeait cette étrange Celeste ? Avait-elle été une amie, une maîtresse ? L'avait-elle abandonné alors même qu'il avait besoin de son aide ?

— C'est tellement... difficile, articula-t-il avec peine. Tellement difficile... d'être proche de vous... avec... un seul bras pour vous enlacer. J'ai peur qu'à tout instant... on vous arrache à moi... et que je sois incapable de vous retenir !

— Chut, Mark, l'apaisa-t-elle.

Elle caressa doucement son front humide.

— Tout va bien, maintenant.

— Ne me lâchez pas, fit-il d'un ton implorant.

Elle aurait aimé croire qu'il s'adressait véritablement à elle à ce moment, qu'il avait conscience de sa présence. Mais ce n'était guère vraisemblable. Lorsqu'il émergerait de cette transe terrible, il regretterait ses paroles.

— Ce n'est rien, chuchota-t-elle. Vous allez vous calmer.

En effet, les spasmes cessèrent bientôt et il resta un moment contre elle, la joue dans ses cheveux. Puis, ainsi qu'elle l'avait prévu, il la repoussa et sortit de la voiture, qu'il contourna pour ouvrir sa portière. A la lueur d'un réverbère, son visage était encore défait, ses yeux torturés. De toute évidence il n'était pas d'humeur à parler de Celeste.

— Bonne nuit, Mark, souffla Jenny.

— Demain matin, dix heures, rappela-t-il d'une voix enrouée.

Elle le considéra avec surprise : il n'avait donc pas oublié ce rendez-vous et souhaitait le maintenir ? Il frôla la main de Jenny en signe d'au revoir, et remonta dans la Jaguar.

9

JENNY laissa la jument alezane avancer à son allure sur la piste coupant la prairie. Devant elle, le cheval bai brun et son cavalier menaçaient de disparaître à l'horizon, mais tant pis. Elle avait renoncé à communiquer avec Mark, ce matin ; il s'était montré sombre et taciturne, voire renfrogné, depuis son arrivée.

En franchissant le portail d'entrée de la propriété, vers dix heures, elle avait éprouvé un choc en voyant un homme barrer sa route. Elle freina brutalement, et alors seulement aperçut le fusil nonchalamment calé au creux de son coude. Après un instant de panique, elle reconnut le cousin de Tommy Brandon.

— Jeffrey Brandon, j'ai failli avoir une crise cardiaque à cause de toi ! s'exclama-t-elle lorsqu'il la rejoignit.

— Bonjour, Jenny !

Jeffrey lui adressa un sourire contrit et ajouta :

— Désolé. Mais je ne risquais pas de te blesser, tu sais.

— Quelle idée de te promener avec une arme pareille ! Même si tu ne tires pas, tu peux causer une peur terrible aux gens !

Il acquiesça.

— C'est exactement ce que cherche le patron, à mon avis. Il ne veut pas de visiteurs indésirables.

— Le patron ? répéta-t-elle.

— Le Dr Temple, confirma-t-il en remontant son chapeau.

— Depuis combien de temps travailles-tu pour lui ?

— Quelques mois. Il m'a fait une offre qu'on ne refuse pas. Au ranch des Durham, ils ont été très compréhensifs.

— Et depuis quand montes-tu la garde ainsi ?

— Minuit, à peu près. Grif m'a remplacé une heure pour le déjeuner.

— Tu ferais mieux de rentrer te coucher, conseilla-t-elle sévèrement.

— Bientôt. Grif enverra quelqu'un me relayer.

Il s'écarta de la voiture et la salua d'un geste de la main.

— Tu peux continuer jusqu'à la maison, Jenny. Tu es attendue.

Une tension visible régnait près des bâtiments de ferme. Des groupes d'employés, classiquement affublés de leurs Stetson, se tenaient près de la grange et discutaient avec animation. Ils se tournèrent tous au passage de Jenny. Les enclos des bêtes étaient vides, l'air électrique comme si un orage menaçait, malgré le ciel limpide. Sans doute averti par Jeffrey, Grif guettait l'arrivée de la jeune femme. Il la conduisit sans un mot à l'intérieur de l'hacienda.

Il ne cessa de passer furtivement pendant que Mark et Jenny s'entretenaient dans la bibliothèque. Ses regards soupçonneux trahissaient la colère qu'il maîtrisait à grand-peine.

Mark, quant à lui, avait l'esprit ailleurs ; en dix minutes de conversation, il fixa par deux fois un point presque invisible, à travers la fenêtre du bureau. Dans son jean délavé et ajusté, sa chemise blanche, et ses bottes noires, il présentait un nouveau personnage non moins séduisant que l'élégant psychiatre. Malgré son expression pensive, son front soucieux et sa bouche crispée portaient encore les traces du moment dramatique de la veille.

Brusquement il prit conscience du silence qui régnait entre eux. Il considéra Jenny, lut l'interrogation muette dans son regard, et se rembrunit immédiatement.

— Cela suffit, décréta-t-il en se levant. Mon humeur exécrable nous fait perdre notre temps. Si je ne sors pas d'ici, je deviendrai fou.

Voilà comment Jenny s'était retrouvée sur la jolie jument au caractère placide, qui perdait rapidement du terrain sur l'étalon de Mark.

Elle épia furtivement Grif qui chevauchait à ses côtés une imposante monture peu énergique, la seule apte à transporter un cavalier aussi massif. Elle devina qu'il souhaitait ardemment rattraper son employeur, mais les possibilités de son cheval l'en eussent probablement empêché ; même si Mark en quittant l'écurie lui avait ordonné :

— Reste avec elle, Grif. Ne la laisse seule à aucun moment.

— Il n'a pas envie de supporter notre compagnie, commenta-t-elle comme si elle s'excusait.

Le garde du corps émit un vague grognement, les yeux rivés sur la silhouette lointaine de Mark.

— Il monte bien. Au moins, vous n'avez pas à vous préoccuper de ce côté-là.

Tout en prononçant ces paroles, elle se demanda pourquoi elle souhaitait tant rassurer cet homme insolent qui lui témoignait une hostilité ouverte. Il eut en effet une moue méprisante, pour bien montrer qu'il se moquait de ses opinions. Mais elle ne pouvait se taire.

— Que craignez-vous donc, Grif ? Pourquoi Mark fait-il garder sa propriété ?

Il ne daigna pas répondre. Jenny étudia sa poche gonflée qui devait renfermer son revolver.

— Cela a un rapport avec la femme d'hier soir, n'est-ce pas ? Cette Celeste ?

Elle ne s'attendait pas à une réplique, et n'en obtint d'ailleurs pas.

— J'ignore ce qui a pu se passer entre eux, mais son arrivée a violemment affecté Mark. Elle doit encore beaucoup compter, pour lui.

A présent elle méditait à voix haute, pour faire le point dans ses idées. Mais elle remarqua soudain que Grif l'observait.

— Vous vous laissez emporter par votre imagination, maugréa-t-il de sa voix de basse. Ne vous en mêlez pas, je vous le conseille. Tout cela ne vous regarde pas.

Une telle rebuffade ne la surprit nullement, elle aurait même cru y avoir droit plus tôt. Muette, Jenny contempla les fleurs printanières qui bordaient le chemin. Devant, Mark apparaissait sur une hauteur près d'un plan d'eau. Il arrêta l'étalon et scruta les limites sud de ses terres. Sa silhouette solitaire se découpait avec netteté contre le ciel.

Jenny et Grif le rejoignirent. La jeune femme ne put retenir une exclamation de plaisir en découvrant le splendide panorama.

— C'est magnifique, Mark ! Cette région est vraiment merveilleuse !

— N'est-ce pas ? On comprend pourquoi elle a été nommée *The Big Country,* le vaste pays.

Il surveilla les hectares de prairie parsemés de bosquets d'arbres ou de cactus, mais sans y attacher grand intérêt. Avec impatience, il mit pied à terre et tendit les rênes à Grif.

— Tu peux ramener nos chevaux et les confier à Larry. Nous rentrerons bientôt.

Il tint la bride de la jument tandis que Jenny en descendait.

— Mais... objecta Grif.

— Rappelle à Bridget que Miss Dahlgren déjeune avec nous. Et demande-lui de préparer les apéritifs. Cette chaleur est vraiment étouffante.

Avec une grimace résignée, le chauffeur emmena les bêtes.

— Pauvre homme, commenta Jenny. Vous devez le rendre fou !

— Quel revirement ! Je croyais que vous réprouviez son attitude protectrice, et même son existence !

— Je me suis peut-être trompée. Mais avouez que sa présence est parfois pesante.

— Et extrêmement rassurante, à d'autres moments. Au moins une fois il m'a redonné ma raison et rappelé que je devais vivre.

Honteuse, Jenny le regarda s'éloigner. Comment pourrait-elle l'amener à de meilleures dispositions envers elle ?

— Le connaissez-vous depuis longtemps ?

— Assez. Si nous nous abritions de ce soleil ?

Il longea le réservoir sans s'assurer qu'elle le suivait, et naturellement, elle lui emboîta le pas. A longues enjambées, il gagna la rive de l'étang et s'installa sur l'herbe fraîche, à l'ombre des saules. Elle s'assit à côté de lui et, un peu haletante, poursuivit obstinément la conversation.

— Vous n'êtes pas obligé de me répondre, bien entendu.

Il crispa les lèvres, mais n'émit aucun commentaire.

— J'estimerai sans risque d'erreur que vous êtes liés depuis au moins un an.

— Bientôt neuf, rectifia-t-il. Je l'ai rencontré pendant la première année de mon stage d'internat.

— Au Gray State Hospital ?

— Vous avez bien retenu mon curriculum, dirait-on. Mais l'endroit où j'ai connu Grif appartient à son histoire personnelle, et je me garderai bien de commettre la moindre indiscrétion à son sujet. Je vous serai reconnaissante de respecter également sa vie privée.

— Ah, vous et votre Grif ! s'exclama-t-elle, excédée. Vous êtes bien pareils. Je ne cherche pas les commérages, seulement une franche discussion.

— A quel propos ?

— Celeste.

— Oui ? fit-il d'un ton peu encourageant.

Elle se redressa et entoura ses genoux de ses bras.

— Je pense que... cela vous ferait du bien... de me parler d'elle à cœur ouvert.

En le voyant prêt à refuser, elle enchaîna hâtivement :

— Mark, nous avons tous besoin de nous confier, à l'occasion. Vous êtes particulièrement qualifié pour le savoir ! Votre compétence de psychiatre ne vous rend pas différent des autres hommes. Au contraire. Vous exercez une profession particulièrement difficile sans soutien, vous finirez par vous épuiser.

— On dirait un manuel de psychothérapie !

— Je voulais uniquement vous proposer mon aide, riposta-t-elle, piquée par cette raillerie. Ce n'est pas la curiosité qui me pousse.

— J'apprécie votre dévouement, chère collègue. Néanmoins, il ne me semble nullement thérapeutique d'évoquer Celeste Grant. Je regrette sincèrement d'avoir jamais croisé le chemin de cette personne.

Jenny le dévisagea longuement, convaincue qu'il lui cachait une part de vérité.

— Pourquoi, Mark ? murmura-t-elle, osant risquer sa colère.

Irrité, il se redressa et passa ses doigts dans ses cheveux.

— Entendons-nous bien sur une chose : je ne compte pas débattre de mon passé, ni avec vous ni avec quiconque. Je n'ai pas à me justifier sur ce point. Je ne veux pas, c'est tout. Compris ?

Il avait raison, bien sûr. Elle se montrait indiscrète. Mais elle n'y pouvait rien et ne changerait pas, car elle s'était toujours souciée des problèmes de ses amis. Et son métier l'avait habituée à poser des questions d'ordre personnel.

Mais il eut alors un geste qui mit aussitôt un terme à son entêtement : de la main gauche il se mit à masser inconsciemment son épaule droite, comme s'il essayait de soulager une douleur persistante.

— Très bien, capitula-t-elle. J'ai compris.

— Parfait. Si nous devons travailler ensemble, il est essentiel de définir clairement nos limites.

— Je suis d'accord.

— Vraiment ? persifla-t-il. Je ne m'attendais pas à une telle docilité. Le moment est peut-être bien choisi pour aborder un autre sujet.

— A savoir ?

— Mon statut.

— Pardon ? Je crains de ne pas saisir.

— Ah non ? Je vais m'efforcer de vous expliquer. En ma qualité de célibataire, médecin, présentable, et relativement nanti, capable même de me montrer charmant...

Son sourire amusé s'élargit.

— J'ai eu souvent affaire à des femmes qui savaient reconnaître un beau parti. Repousser leurs avances me coûte une somme d'énergie que je préférerais consacrer à d'autres activités — ma profession, notamment.

Toute la compassion de Jenny s'évapora.

— Vous êtes trop modeste ! lança-t-elle, sarcastique.

— Vous m'avez déjà fait part de cette opinion. En

fait, je suis réaliste. Certaines femmes peuvent devenir de véritables fléaux, par moments.

— Certains hommes aussi, maugréa-t-elle.

— Cela donne du piment à la vie, n'est-ce pas ? Mais on se lasse de tout. J'ai du reste été surpris de constater que mon handicap n'a guère modifié ce problème, ajouta-t-il avec une grimace. Prenez Leah Carew, par exemple. Elle m'importune déjà. Ce matin, elle m'a téléphoné dans l'espoir de me convaincre de découvrir avec elle la vie noctambule des environs.

Jenny contenait une furieuse envie de gifler cet arrogant mysogine, mais elle dut admettre qu'il n'exagérait probablement pas. Leah n'avait pas caché son enthousiasme, en consultation, et Carrie Dennis s'était également montrée enchantée du nouveau psychiatre. Sans oublier le renseignement fourni inopinément par Mme Carson : Stella Rainey n'était nullement indifférente au Dr Temple.

Elle fronça les sourcils.

— Dans quel but me racontez-vous cela ? Pour me mettre en garde ? Cette précaution était tout à fait inutile, rassurez-vous. Je ne cherche pas à vous épouser, docteur. Vous vous suffisez amplement à vous-même, de toute évidence.

Il s'appuya paresseusement sur son coude, et la considéra d'un air nonchalant.

— Je n'aurais pas attendu une telle rebuffade de la psychologue dévouée que vous êtes. Qu'est devenu votre grand cœur ? N'êtes-vous pas le moins du monde émue par ma triste situation ?

— Plaindre votre succès excessif auprès des femmes ? Votre sort me bouleverse jusqu'au plus profond de moi-même, en effet !

— Parfait, conclut-il, sans tenir compte de son ton narquois. J'ai besoin de votre appui.

— Souhaitez-vous que j'éloigne de vous vos envahissantes admiratrices ? railla-t-elle.

— Quelque chose comme cela.

— Vous avez une audace ! s'exclama-t-elle, incrédule. Non seulement vous osez présumer que je recherche vos faveurs, mais vous voudriez que je me charge de mettre les autres en garde ? Je vous conseille plutôt de passer une annonce en pleine page dans les journaux.

— J'espérais parvenir à mes fins par des moyens plus subtils.

— Eh bien, ne comptez pas sur moi !

Elle fit mine de se lever, mais Mark lui emprisonna prestement le poignet.

— Vous êtes une petite sorcière au tempérament emporté, ironisa-t-il. Calmez-vous. Vous ne partirez pas avant de m'avoir entendu jusqu'au bout.

Le bras serré comme dans un étau, Jenny renonça à la fuite après une brève quoique farouche résistance. Sans la relâcher, il l'immobilisa sur l'herbe et la toisa avec amusement.

— La sagesse de votre oncle ne vous a donc pas appris à ne pas tirer de conclusions hâtives, Jenny ? Mon objectif, en lançant cette discussion, n'était pas de vous décourager, comme vous l'avez si promptement déduit. Je veux obtenir votre aide.

— Comment ? questionna-t-elle, boudeuse.

— Epousez-moi.

Elle rencontra son regard et y lut de la moquerie.

— Vous épouser ! répéta-t-elle, abasourdie.

Il acquiesça avec un sourire énigmatique.

— Voyez-vous un meilleur moyen de proclamer au monde que je ne suis pas disponible ?

Elle s'efforça de conserver une voix égale pour noter :

— Cela me semble un peu draconien, comme mesure...

— Peut-être, mais j'y ai mûrement réfléchi, et je suis arrivé à la conclusion que c'était là la meilleure solution.

Son visage se durcit.

— Vous avez assisté à la déplorable scène d'hier soir. Il est essentiel, m'entendez-vous...

Il s'interrompit et ses doigts s'enfoncèrent dans la chair de Jenny.

— Absolument essentiel, que Celeste renonce à me poursuivre de ses assiduités.

Encore Celeste ! Etait-elle donc l'actrice principale du drame ? Mark redoutait-il qu'elle le fasse souffrir ? Jenny se remémora l'horreur inscrite sur ses traits, au restaurant, avant qu'il pût la réprimer.

Avec un malaise accru, elle revécut ses propres émotions de la veille, quand il lui avait demandé son soutien. L'enivrante sensation de l'étreindre, de caresser son dos musclé, ses larges épaules. Sa vulnérabilité inattendue...

Elle secoua la tête pour chasser ces dangereux souvenirs, et marmonna :

— Pourquoi ne pas lui parler directement ? A Celeste, je veux dire.

— C'est impossible !

— Mais pour quelle raison ?

Il se détourna et laissa échapper un gémissement angoissé.

— Je ne le peux pas. Croyez-moi, je ne le peux pas !

— Mais, Mark...

Il soupira et la scruta à nouveau.

— Si j'avais un moyen de la décourager à jamais sans vous, je ne vous mêlerais pas à tout cela, je vous le garantis. Cela doit vous paraître incroyable, en effet, mais il me faut absolument la convaincre qu'il n'existe aucun espoir pour elle... Aucune raison de s'attarder par ici. Ce qui est l'exacte vérité.

Son regard bleu s'assombrit.

— Elle doit voir en vous ma femme. C'est l'unique moyen.

Parlait-il sérieusement ? Dans son désarroi, Jenny contempla son visage empreint de souffrance, mais n'y trouva pas la clé de cette extraordinaire proposition. Sa mémoire la ramena à ce lointain été qui avait vu naître ses premiers rêves d'amour...

10

A la fin du dîner, ce soir-là, tante Ginny distribuait de généreuses portions de gâteau au chocolat, les sourcils froncés.

— Bob, reprocha-t-elle brusquement. Tu as tant fait travailler ce malheureux garçon, qu'il n'a même pas eu l'occasion de se faire des amis en ville.

— C'est juste. Mais Mark est libre de fixer ses propres horaires, et il le sait.

— Je suis content d'avoir passé mon temps ainsi, intervint Mark.

— Tant mieux, déclara son hôtesse. Mais un jeune homme comme toi a besoin d'un équilibre, dans sa vie. Tu ne peux te consacrer exclusivement aux études, ce n'est pas sain.

— Ai-je l'air malsain ? riposta-t-il d'un air provocant.

— Pas du tout ! assura Ginny avec un large sourire. C'est également l'opinion de Patricia Haskell, la fille du pasteur. Une ravissante enfant. Elle est passée ce matin pour t'inviter à une fête sur les berges du lac, samedi soir.

— Oh, mais je ne...

— J'ai accepté pour toi, décréta-t-elle avec une douce fermeté.

Il était trop poli pour refuser, à présent, mais ne semblait nullement ravi. Peu après, il sollicita l'autorisation de quitter la table, et sortit de la grande cuisine, l'air renfrogné. Après avoir aidé sa tante à laver la vaisselle, Jenny le trouva allongé dans l'herbe du jardin, sous le pommier. Dans la lumière incertaine du crépuscule, il paraissait furieux.

— Docteur Temple ? Pourquoi ne voulez-vous pas aller à la soirée ? l'interrogea-t-elle avec son habituelle candeur.

Il fixa les branches de l'arbre.

— Je n'ai jamais dit cela.

— Eh bien, en avez-vous envie ?

Il poussa un soupir d'exaspération.

— Tu es trop curieuse.

— Je suis désolée, déclara-t-elle, accoutumée à ce reproche. Mais vous aviez l'air très fâché de devoir y aller, remarqua-t-elle néanmoins.

— Tu es extrêmement perspicace, railla-t-il.

— Oncle Bob le pense aussi, convint-elle le plus sérieusement du monde. Il me trouve plus vieille que mon âge.

— Très vieille, persifla-t-il. Au moins dix ans.

— Douze ! mentit-elle.

Il proféra un grognement sceptique.

— Bon, onze. Mais vraiment ! insista-t-elle.

— Et alors ? jeta-t-il en lui tournant le dos.

Elle revint se placer devant lui et s'assit par terre en tailleur.

— Patricia est belle, offrit-elle, comme un cadeau.

Peut-être cela le consolerait-il ? Comme il restait muré dans son silence, elle poursuivit :

— Elle pourrait choisir n'importe quel garçon à Santa Anna ou Coleman, ou même à l'Université Méthodiste. Vous l'avez peut-être déjà vue. Elle est rousse avec... avec...

Elle esquissa un geste des deux mains devant sa poitrine plate de fillette, rougit, et laissa sa phrase en suspens. Mark sourit malgré lui, dans la pénombre.

— Je vois de qui tu parles.

— Alors, ce sera sûrement amusant, non ? La fête ?

Il se renfrogna à nouveau.

— J'en doute fort.

Elle se mordilla la lèvre, songeuse. Pourquoi donc voulait-elle le convaincre d'accepter l'invitation de Patricia Haskell ? Elle le regretterait amèrement, ensuite. Parfois, quand elle gardait le bébé des Brandon, elle s'imaginait mariée au Dr Temple, et Tommy serait leur enfant...

Elle prit une grande inspiration.

— Les autres croient que vous... enfin, que vous les méprisez. Que vous êtes snob.

— Snob !

Il se redressa, stupéfait. Elle hocha le menton.

— Comment le sais-tu ?

— J'ai entendu des filles qui discutaient l'autre jour, au drugstore. Elles disaient de vous : « ce garçon superbe mais prétentieux ».

Il se détourna, ne montrant que son profil subitement dur.

— Ah, les femmes ! s'exclama-t-il avec dégoût.

— Vous ne les aimez pas ?

— Tu ne sais donc pas quand t'arrêter ?

Jenny y réfléchit.

— Apparemment, non, admit-elle.

Il eut un rire bref, vexant, puis reprit d'une voix plus calme.

— Pour répondre à ta question, eh bien non, je n'aime pas particulièrement les femmes.

Il la foudroya du regard.

— Et ne t'avise pas de me demander pourquoi !

— Mais si je ne demande pas, je ne le saurai jamais, souligna-t-elle, logique.

— Eh non !

La voyant ouvrir la bouche, il leva la main pour l'interrompre.

— Très bien, très bien ! Je n'ai rien contre les femmes, comme secrétaires ou infirmières...

— Ou comme médecins, intervint-elle.

— Ou comme médecins, concéda-t-il sèchement. Mais c'est tout. Hormis cela, qu'elles n'interfèrent pas avec ma vie.

— Mais alors, les mères et les épouses ?

— Non merci ! Je n'ai pas besoin d'épouse, et je n'ai jamais eu de mère.

— Jamais ? s'étrangla-t-elle.

Etait-elle morte lorsqu'il était enfant ?

— Bon sang, Jenny, laisse-moi, je t'en prie !

— M... mais, vous n'aimez pas tante Ginny ?

Il se radoucit, et déclara :

— Mme Dahlgren est à part. Jamais je n'en trouverai une autre comme elle.

— Il y a ma mère, à moi.

Mais Mark la dédaignerait probablement, car elle était trop sensible pour faire une bonne infirmière, et ne savait pas taper à la machine. Pourtant...

— Maman est formidable, affirma-t-elle, sur la défensive.

— Tant mieux pour toi, rétorqua-t-il, glacial.

Il se leva.

— Je vais aller me promener. Ne devrais-tu pas être déjà couchée ?

Elle se mit debout précipitamment.

— Il n'est pas encore dix heures. Je peux venir ?

— Non.

Vexée, elle le regarda s'éloigner.

En fin de compte, il se rendit à la soirée, et convint

qu'il s'y était passablement amusé. Quelques jours plus tard, Patricia Haskell parvint à se faire inviter à dîner chez les Dahlgren. Son rire cristallin résonnait constamment à table.

— Docteur Dahlgren, minauda-t-elle, vous devriez laisser plus de temps libre à Marcus ! Avec nos amis, nous nous amusons tant, à faire de la voile ou du ski nautique sur le lac !

L'oncle Bob lança un coup d'œil curieux à Mark, qui fixait obstinément son assiette.

— Je ne doute pas que vous soyez tous très sympathiques, convint-il.

— Mark serait en bonne compagnie, assura-t-elle. Mais il prétend être trop occupé. Vous ne le faites tout de même pas travailler toute la journée ?

Ecarlate, le jeune homme leva la tête avec un air coupable et croisa le regard compréhensif du médecin.

— Si vous saviez comme j'ai besoin de lui ! affirma-t-il. Il m'a vraiment été précieux, cet été. N'est-ce pas, Ginny ?

— Absolument, confirma son épouse.

— Mais cela ne vous ressemble pas d'accaparer aussi totalement quelqu'un, nota encore Patricia.

Jenny eut envie de la gifler. Accuser son oncle Bob !

— Voici ce que je propose, conclut celui-ci. Mark et moi allons en débattre, et voir s'il nous est possible de le libérer quelque peu. Mais je ne promets rien ! Tout dépendra de l'état de santé de nos concitoyens.

— Mais tu dis toujours que Mark peut faire ce qu'il veut, s'étonna Jenny.

— Ceci ne te concerne pas, coupa le Dr Dahlgren avec une sévérité inhabituelle. Ne t'en mêle pas.

Déconcertée, elle regarda Mark, qui la fixait avec animosité.

— Mais...

— Tais-toi, petite peste !

Sa dureté choqua tout le monde, hormis Patricia. Les larmes aux yeux, la fillette bondit de sa chaise et s'enfuit dans sa chambre. Elle se jeta sur son lit et sanglota amèrement, révoltée par l'injustice qui lui était infligée. Lorsque tante Ginny lui apporta une part de tarte aux pommes chaude, elle refusa de se laisser consoler et d'accepter cette offre de paix.

Plus tard, la joue sur son oreiller trempé, elle entendit frapper. Elle ferma les yeux et feignit le sommeil, mais la porte s'ouvrit en grinçant et d'un pas hésitant, Mark s'avança vers elle.

— Tu dors ? s'enquit-il.

Elle ne daigna pas répondre, et haussa les épaules pour marquer son mépris.

— Je suis désolé de t'avoir parlé ainsi, marmonna-t-il.

Elle se contenta de renifler peu gracieusement.

— Tu es fâchée ?

— Oui, déclara-t-elle d'une petite voix digne. Vous êtes méchant. Je crois que je vous hais.

— Tu es un peu extrême, opina-t-il.

Il semblait amusé. Jenny se redressa d'un bond et le dévisagea avec rancœur.

— Je vous interdis de rire de moi !

— Je ne ris pas. Regarde-moi : ai-je l'air joyeux ?

Elle l'étudia avec méfiance ; il était effectivement sérieux, et extraordinairement beau. Jamais encore elle n'avait remarqué le bleu profond de ses yeux, bordés de cils noirs, épais… Il ne souriait pas.

— Mais je parie que vous vous moquez de moi, à l'intérieur.

— Ni dehors ni dedans. Juré.

Il s'assit au bord du lit.

— Si je t'ai grondée, tout à l'heure, c'est parce que… je ne voulais pas que Patricia devine que j'inventais des prétextes pour l'éviter.

— Vraiment ?

Il hocha la tête, grave.

— Ses amis et elle me font du mal. Je ne tiens pas à prendre goût à leurs frivolités.

Elle ne comprenait rien à ces explications, mais la présence de son idole la réconfortait de minute en minute.

— Pourquoi ? questionna-t-elle pour le faire parler encore.

— Parce que cela devra cesser dès que les cours reprendront. Je n'ai pas le loisir d'aller danser.

— Qu'est-ce qui vous occupe tant ?

— Le travail.

— Le travail ? C'est-à-dire les devoirs ?

— Oh, mes études me prennent pas mal de temps aussi, évidemment. Mais c'est de travail professionnel que je parle. Etre étudiant en médecine et salarié à plein temps ne permet pas de s'amuser énormément.

— C'est affreux ! s'indigna-t-elle. Vous ne pouvez même pas voir vos amis ! Vous devriez démissionner.

— Démissionner !

Ebahi, il se rappela qu'il avait affaire à une enfant.

— La vie n'est pas si simple, déclara-t-il d'un ton las.

Elle avait l'impression de l'avoir gravement déçu. Il caressa gentiment une de ses nattes, puis se leva.

— Bref, pardonne-moi de t'avoir blessée, tout à l'heure.

Arrivé à la porte, il se retourna pour ajouter :

— Mais tu es trop susceptible, tu sais.

Il revit tout de même Patricia plusieurs fois avant la fin de son séjour. Il l'accompagna à une soirée spéciale « patins à roulettes », et un autre jour la conduisit au cinéma à Coleman dans le break du Dr Dahlgren. La veille de son départ, la fille du pasteur vint le convaincre de marcher un moment avec elle :

— Ohé, docteur Temple ! héla Jenny en courant pour les rattraper.

— « Docteur Temple » ! railla Patricia. Qu'est-ce que... ?

— C'est ainsi qu'elle m'appelle.

Mark, tolérant, haussa les épaules, et attendit la fillette avec une patience peu caractéristique. Elle les rejoignit, tout essoufflée, ses grands yeux bruns remplis d'adoration.

— Je peux y aller aussi ? Vous ne m'avez jamais emmenée en promenade.

— Eh bien...

Il hésita, considéra sa compagne, mais celle-ci secoua la tête avec humeur.

— Pas question, Jenny. Va jouer avec tes poupées.

— Je n'ai pas de poupées, et je peux payer ma consommation. J'ai de l'argent.

Elle fouilla dans sa poche et en tira d'un air victorieux un billet de un dollar remarquablement fripé.

— Rentre chez toi, ordonna Patricia, inflexible. Tu nous gênes.

Elle prit Mark par la main et il se laissa entraîner sans protester, ni même sembler bien désolé.

Postée à la fenêtre de sa chambre, plongée dans l'obscurité, Jenny guetta patiemment le retour du couple, deux heures plus tard. Elle savait que son cœur se briserait lorsque son idole embrasserait tendrement la belle Patricia ; mais elle attendit, stoïque. Ils échangèrent en effet un baiser qui lui parut interminable. Puis Patricia chuchota une phrase à l'oreille de Mark et ils rirent.

Jenny se coucha avec le sentiment d'une amère trahison. Le lendemain matin, elle n'adressa pas la parole à Mark durant le petit déjeuner. Il n'en souffrit apparemment pas, et ne lui parla pas davantage.

— Tu vas me manquer, mon garçon, commenta Oncle Bob.

Il se versa une seconde tasse de café, puis s'adossa à sa chaise et échangea avec l'étudiant un regard affectueux.

— Vous me manquerez aussi, reconnut Mark d'une voix rauque.

— Tu m'as énormément aidé. J'espère que cette expérience t'aura également profité.

— C'est certain. Si seulement je n'étais pas forcé de reprendre mon travail demain à la Nouvelle Orléans !

Il baissa les yeux, et enchaîna d'un ton résolu :

— J'ai de la chance d'avoir trouvé cet emploi d'aide-soignant. Même changer les lits est enrichissant.

— J'ai fait ma part de corvées, à l'hôpital, et cela a sûrement fait de moi un praticien plus humain, confirma Bob Dahlgren. Les médecins ont tendance à croire qu'il n'y a qu'eux qui comptent dans les services hospitaliers. Quelle prétention !

Mark acquiesça. Un silence s'ensuivit, que rompit finalement l'Oncle Bob.

— Euh, dis-moi, petit, commença-t-il, hésitant. Je voulais te demander... quelle est la situation, chez toi ?

— Chez moi ? répéta-t-il avec acrimonie. Je ne suis pas plus chez moi à Dallas, qu'à la Nouvelle Orléans, ou... ou à Santa Anna, docteur Dahlgren.

Jenny l'épia discrètement, dissimulant son intérêt, mais intriguée par son brusque changement d'attitude.

— J'ignore pourquoi je me donne la peine de passer par Dallas, en repartant. Ma mère ne s'apercevra même pas de ma présence !

Jenny renonça à son feint détachement pour s'exclamer :

— Je croyais que vous n'aviez pas de mère !

Mark, surpris, la dévisagea.

— Cela revient à ça.

— Je ne comprends pas...

— Elle ne sait pas que j'existe.

— Elle est trop occupée ?

Une grimace tordit sa bouche et il marmonna :

— Si l'on veut.

Jenny avait des camarades dont les parents étaient à tel point absorbés par leurs affaires, leur club de bridge, ou leur passion du tennis, qu'ils les négligeaient honteusement. Ces enfants « abandonnés » étaient souvent invités à se joindre aux sorties familiales des Dahlgren.

— Oh, je suis désolée, docteur Temple ! Oncle Bob pourrait peut-être lui parler ?

— Jenny, cela suffit, coupa Bob d'une voix calme mais ferme.

Mark se contenta de la fixer, les yeux assombris par une émotion intense qu'elle fut incapable d'identifier. Elle se tut docilement, échaudée par sa précédente expérience. La conversation dévia sur un terrain plus neutre, et bientôt le repas fut terminé et l'heure du départ sonna. Mark embrassa chaleureusement tante Ginny, la remercia de son hospitalité et promit de donner des nouvelles.

Puis il se dirigea vers la porte, où s'était postée Jenny pour s'assurer de ne pas être oubliée. Il la regarda avec tristesse et déposa un baiser léger sur son front. Ses bras menus se nouèrent autour de son cou pour le retenir.

— Je vous souhaite une très bonne année, docteur Temple, déclara-t-elle sincèrement. Je... J'espère vous revoir l'été prochain.

— Vraiment ? Pourquoi ?

— Parce que, admit-elle timidement, je vous trouve... Je vous trouve formidable, conclut-elle dans un souffle.

— Merci, Jenny, fit-il solennellement.

Elle ne pouvait se résoudre à le relâcher, et étudiait

ses traits anguleux pour les graver dans sa mémoire. L'Oncle Bob avait observé la scène avec indulgence et consulta enfin sa montre.

— Nous allons manquer ton car si nous ne partons pas, mon garçon.

C'était fini, il allait se redresser et l'abandonner... Jenny se haussa sur la pointe des pieds et embrassa furtivement le jeune homme. Mark sortit ensuite avec le Dr Dahlgren, un sourire énigmatique aux lèvres. Mais pour Jenny ce fut un instant inoubliable. Il inaugura le début de sa vie amoureuse, le don total de son jeune cœur à sa première passion.

Le Dr Marcus Bradford Temple...

Des années durant, elle avait chéri ce nom, avait bâti autour toutes ses rêveries d'adolescente. Il devint dans son esprit un être mythique, un demi-dieu vivant au royaume de son imagination, où il sauvait quotidiennement la vie des malheureux.

Pendant les mois qui suivirent ce fatidique été, elle passa d'innombrables heures à se remémorer chacune de leurs conversations dans son moindre détail, et à imaginer des façons de lui plaire. N'aurait-elle pas douze ans, la prochaine fois ? Ils pourraient débattre de son sujet préféré, la médecine. Inspirée, elle emprunta quelques volumes de l'encyclopédie médicale à la bibliothèque municipale, ignorant l'étonnement réprobateur qu'elle suscitait. Elle les lut avec courage, et n'en assimila pas grand-chose. En juin, elle avait grandi de sept centimètres et ne doutait pas que le merveilleux Dr Temple la verrait cette année d'un tout autre œil !

Hélas, en arrivant chez l'Oncle Bob, elle apprit que Mark, exceptionnellement, ne pourrait se rendre à Santa Anna. Son emploi à l'hôpital ne lui permettait pas de s'absenter aussi longtemps. Il espérait revenir l'année suivante.

Malheureusement, ses études l'accaparèrent de plus

en plus, et ses stages d'externe ne lui permirent plus aucun déplacement. Conscient de la déception de sa nièce, le Dr Dahlgren lui expliqua la situation avec ménagement. Il recevait une lettre du jeune homme environ tous les six mois, et informait fidèlement Jenny de ses progrès.

Cette dernière était désenchantée, mais point guérie du culte qu'elle portait au « Dr Temple ». Du moins, les premiers temps. Son image finit par s'estomper, quoique sans jamais disparaître complètement des projets d'avenir qu'échafaudait rêveusement Jenny.

Elle se le représentait arrivant inopinément chez Bob et Ginny. Il se tiendrait à la porte, et contemplerait bouche bée la ravissante créature qu'elle serait devenue. Il la nommerait sans y croire : « Jenny ? » Et avec une grâce indicible, elle s'avancerait entre ses bras tendus...

Tante Ginny mourut quelque temps plus tard, et les visites qu'effectuait Jenny chaque été à Santa Anna prirent une importance encore plus grande. A la fin de ses études, elle s'établit définitivement près de l'Oncle Bob, tout en se soupçonnant d'espérer réaliser ainsi le scénario de ses rêves : Mark Temple finirait bien par reparaître, et s'éprendrait d'elle, inévitablement.

Entre-temps, il menait une impressionnante carrière. Interne en psychiatrie à Gray State Hospital, il enseigna ensuite à l'université avant de s'installer en clientèle privée à Beverly Hills. Bob Dahlgren montrait à Jenny des revues médicales contenant les comptes rendus de passionnantes conférences données par Mark dans tel ou tel congrès international. Et une fois par an, l'illustre Dr Temple écrivait de sa propre main une missive adressée au vieux médecin.

Ce fut vers cette époque que Jenny prit conscience avec un choc qu'elle s'accrochait au souvenir d'un homme qui ne lui avait pas accordé une pensée depuis fort longtemps. Pas une fois il n'avait mentionné son nom dans sa correspondance. Il lui eût été facile d'ajouter un post-scriptum du style : « Dites bonjour à Jenny de ma part. Que devient-elle ? » Mais il s'en était abstenu, d'où le dépit, la rancœur de la jeune femme qui en vint à souhaiter le détester, ou au moins lui rendre son indifférence. Que d'occasions elle avait manquées pour l'amour d'un fantôme !

Puis elle avait retrouvé son nom sur la note de service de Walter. Et en le revoyant, en l'observant en plein travail, Jenny, adulte, avait renoncé à la haine et admirait à nouveau ce psychiatre aux très réelles qualités. Aujourd'hui, non seulement son cœur, mais son corps s'enflammaient pour lui, en dépit de ses fermes résolutions. Un vif désir jaillissait en elle dès que Mark la touchait, il lui était impossible d'étouffer cette réaction.

Pensive, à présent, elle le regardait et s'efforçait de réunir dans son esprit les deux Mark Temple, celui qui avait illuminé son enfance, et le psychanalyste célèbre aux yeux tourmentés qui lui offrait le mariage.

L'épouser ! Que de romans elle avait inventés sur ce thème, dans sa fertile imagination ! Mark Temple, demander la main de Jenny Dahlgren...

Mais dans ses rêves, ce moment était l'aboutissement d'un grand amour. Jamais les motifs n'étaient aussi sordides, aussi ridicules, que ceux qu'avançait Mark : décourager Celeste, Leah Carew, toutes les femmes qui risquaient de l'importuner.

— Mark, commença-t-elle prudemment, vous ne pouvez espérer préserver votre liberté en vous mariant. Ce sont deux concepts incompatibles.

Comme il haussait les sourcils, elle continua :

— N'étant pas amoureux, nous nous sentirions tous les deux... pris au piège d'une vie commune. Puisque cette situation contraignante ne pourrait rien nous apporter...

— Rien n'est moins sûr, coupa-t-il en la déshabillant du regard avec un sourire suggestif. Pour ma part, je m'attendrais à trouver certaines joies à notre union. Et si je ne m'abuse, ce que j'ai à vous donner ne serait pas pour vous déplaire.

— Vous faites allusion à... des plaisirs charnels ?

Il s'esclaffa.

— Mais oui, petite ingénue de vingt-huit ans ! Précisément ! Je vous promets dans ce domaine des satisfactions considérables. Que je compte bien recueillir également. J'aurai en vous une charmante et intelligente compagne, capable de comprendre mon travail, et en contrepartie, vous deviendriez l'épouse d'un homme respectable et riche. Que désirer de plus ?

Décontenancée par ce froid calcul, elle le fixa et risqua d'une voix à peine audible :

— L'amour ?

Pour la première fois depuis qu'avait débuté cette conversation insolite, il se pencha et l'embrassa.

— L'amour ? répéta-t-il dans un murmure.

Il s'empara à nouveau de ses lèvres en un baiser, doux d'abord puis exigeant, qui embrasa ses sens. Elle gémit et se rapprocha de lui, avide de ses caresses.

— Mark ! cria-t-elle lorsqu'il releva la tête, comme si elle craignait de le perdre.

A nouveau il l'embrassa, l'emmenant à la découverte d'un monde merveilleux. Allongé à côté d'elle, il frôla sensuellement ses cheveux, son menton, sa gorge...

— Mark... souffla-t-elle.

Au prix d'un grand effort de volonté, il la libéra et s'écarta.

— Epousez-moi, déclara-t-il d'une voix altérée. Vous n'avez jamais aimé un autre homme au point de souhaiter le mariage, vous me l'avez confié hier. Si cela devait se produire, nous pourrions toujours négocier un arrangement.

Elle s'efforça d'apaiser la passion qui l'animait encore.

— Mais c'est de la folie ! Vous devez avoir de meilleures raisons pour souhaiter un tel arrangement.

— Si je vous disais que je suis éperdument épris de vos immenses yeux noisette ?

— Je ne vous croirais pas, décréta-t-elle d'un ton décidé. Nous ne nous connaissons pas assez pour nous aimer déjà.

Il la considéra un long moment avant d'acquiescer.

— Juste... Si vous insistez pour que j'avance une meilleure raison, supposons que vous exercez sur moi une irrésistible attirance physique. Je vous désire, et les gens de Santa Anna ne me livreront jamais leur psychologue préférée sans la promesse d'une alliance. En outre, cela me préservera de certains... désagréments.

— Mais n'avez-vous jamais été vraiment amoureux ? Ne souhaitez-vous pas attendre la femme de votre vie ?

Il se contenta de la fixer, sans répondre.

— Epousez-moi, répéta-t-il obstinément.

Une puissante pulsion intérieure, instinctive, primitive, poussait Jenny à accepter. Son âme même lui criait de dire oui. « Oui, Mark, je serai à vous. Je vous aimerai toujours. Je vous appartiendrai, comme je le désire depuis que je vous connais. Et enfin vous serez à moi. »

Si seulement elle pouvait prononcer ces paroles ! Mais elle avait peur. Car ce n'était pas son amour que demandait Mark, et il n'offrirait pas le sien en retour. Il n'imaginait pas ses années de dévotion et d'attente.

« Et alors ? », songea-t-elle. « Au moins je l'aurai près de moi. Mon rêve se réalisera : je serai Mme Marcus Temple. »

Quelle tentation ! Une panique terrible étreignit Jenny, sur le point de consentir. « Non ! », se reprit-elle. « Ce serait pure folie de se marier avec un homme qui ne l'aimait pas. Sa vie deviendrait un enfer quotidien. »

Elle ferma les paupières et inspira lentement, profondément. Puis, rouvrant les yeux, elle croisa le regard bleu profond de Mark, indéchiffrable. Pas une émotion ne transparaissait.

— Mark, murmura-t-elle, je ne peux pas vous épouser.

11

TOUT cela lui paraissait incompréhensible : la proposition insensée de Mark, sa propre réaction affolée, et à présent l'air impénétrable qu'il affichait.

C'était une expression étrangement touchante ; ses yeux s'étaient agrandis et assombris, ses lèvres imperceptiblement crispées. Elle crut d'abord qu'il tenterait de la faire changer d'avis, mais il dissimula rapidement sa déception sous un masque froid et détaché.

— Vous ne pouvez pas, ou vous ne *voulez* pas ?

Elle haussa les épaules, déconcertée.

— La formulation ne change rien à la situation. C'est une idée... grotesque !

Il se leva d'un bond agile, et fixa l'étendue d'eau, d'un air ulcéré.

— Merci !

Jenny se mit debout et riposta, blessée :

— Désolée si je vous offense en refusant votre projet capricieux. Vous trouveriez peut-être amusant et commode une telle mascarade, mais pour moi, le mariage est une affaire sérieuse.

— Pour votre gouverne, ma suggestion n'avait rien d'un caprice. Je n'ai pas coutume de demander leur main aux femmes que je rencontre. En ce qui me concerne, c'était la première fois que cela m'arrivait.

Il lui fit face pour la dévisager avec insistance.

— Je suis très flatté de constater à quel point l'idée de m'épouser vous répugne.

« Oh, Mark, si vous saviez ! » gémit-elle intérieurement, bouleversée.

— Ne soyez pas ridicule, protesta-t-elle faiblement. Selon vos propres termes, vous êtes un beau parti. Il faudrait être aveugle pour ne pas s'en rendre compte...

— Epargnez-moi vos consolations, coupa-t-il en se détournant à nouveau.

Elle étudia son profil fermé, et crut y détecter de la souffrance. Mais il rejeta avec véhémence la main qu'elle avait posée sur son bras en signe d'apaisement.

— Ne vous inquiétez pas pour moi, je survivrai.

Il semblait furieux. Sans un mot de plus, il ramassa son chapeau tombé à terre et longea le réservoir à longues enjambées, puis disparut sur l'autre versant.

Abattue, Jenny demeura figée. Résolument, elle tenta de faire le point de ses émotions confuses. Mark avait d'abord paru blessé par son refus, avant de se réfugier derrière une attitude hautaine. Mais c'était impossible ! C'était uniquement à cause de son amour-propre qu'il avait réagi ainsi car il ne s'attendait pas à un rejet de sa part.

Une sensation de malaise l'envahit insidieusement et ses grands yeux noisette s'emplirent de larmes de regret. Pourquoi s'acharnait-elle ainsi à ne choisir que le parti raisonnable ? Naturellement, il eût été insensé d'épouser un homme qui ne l'aimait pas. Mais ce qu'elle-même éprouvait comptait-il pour rien ? Son attachement ne compenserait-il pas cette lacune ?

Pour la première fois depuis des années, Jenny examina honnêtement la nature de ses sentiments à l'égard de Mark Temple. Ni haine, ni indifférence, admit-elle. Mais de l'amour. Ce n'était plus l'adoration inconditionnelle d'une adolescente. Aujourd'hui, elle était consciente des défauts du Dr Temple, parmi lesquels prédominait son terrible orgueil ; mais malgré ses imperfections, elle était follement éprise de lui.

« Je vous aime, Mark », murmura-t-elle dans le silence environnant. Elle répéta plusieurs fois cet aveu secret, désespéré, trop tardif. Elle se laissa tomber dans l'herbe et se recroquevilla sur elle-même. Des larmes roulèrent sur ses joues. La gorge nouée, elle se retenait de sangloter.

« Oh, Mark, pourquoi m'avoir fait cette offre pour de telles raisons ? Si seulement vous aviez fait semblant de tenir à moi ! Je vous aurais cru, parce que j'espérais cela depuis si longtemps. Mais non, vous devez absolument affirmer votre détachement. Si vous aviez eu besoin de moi aujourd'hui comme hier soir, j'aurais fait n'importe quoi pour vous, je vous aurais suivi au bout du monde, épousé à l'instant même ! Ah, pourquoi, pourquoi ? »

La mort dans l'âme, elle s'agenouilla au bord de l'étang, et s'aspergea le visage d'eau claire. Personne ne devait soupçonner son chagrin.

Les épaules un peu voûtées, elle se força à reprendre le chemin de l'hacienda. Elle sursauta lorsque Grif apparut brusquement devant elle.

— Oh ! s'exclama-t-elle. Je ne vous avais pas entendu arriver.

Elle refusa de croiser son regard aigu, convaincue qu'il déchiffrerait aisément ses pensées.

— Le patron veut savoir ce qui vous retient.

S'il visait par son ton peu amène à faire comprendre à Jenny qu'elle était indésirable, il y réussit parfaitement. La jeune femme se redressa fièrement.

— Je me mettais justement en route.

Il l'escorta sans un mot jusqu'à la maison. Mais

lorsqu'elle fit mine de monter en voiture pour repartir, il posa sa main sur son bras.

— Il vous attend pour déjeuner.

Elle serra les lèvres, les yeux baissés sur les graviers de l'allée.

— Il comptait sur moi, avant, mais à présent il préférerait sans doute ne pas me revoir.

Au lieu de la lâcher, Grif resserra au contraire son étreinte.

— Il a assez patienté. Entrez, maintenant.

Le chauffeur, quant à lui, ne souhaitait manifestement pas la retenir, et pour une fois leurs désirs concordaient : Jenny avait moins que jamais envie d'affronter Mark Temple, après leur étrange et douloureux désaccord.

Mais s'il exigeait encore une entrevue... Tant pis ! Elle serrerait les dents et s'appliquerait à ne pas dévoiler le pouvoir qu'il détenait sur elle.

Elle suivit Grif dans la bibliothèque, où Mark lisait une revue de médecine, installé à son bureau. Le garde du corps toussa discrètement pour attirer son attention, puis quitta la pièce.

Mark leva la tête avec lenteur, comme s'il répugnait à s'arracher à sa fascinante lecture. Son visage était dénué d'expression, lorsqu'il s'enquit poliment :

— Etes-vous prête à déjeuner ?

Il se leva et jeta le magazine sur une pile voisine. Il avait échangé sa chemise blanche contre une autre, bleu pâle, et ses boucles noires étaient soigneusement peignées et domptées. Tandis que Jenny le fixait, muette, il enfonça la main dans la poche de son jean et la considéra d'un air narquois.

— Quelque chose ne va pas ? Préférez-vous annuler le repas ?

— Je... Je ne sais pas, bredouilla-t-elle. Cela m'est

vraiment égal, Mark. Je pensais que vous auriez probablement déjà terminé...

— Non, vous vous êtes trompée.

— Ou que vous souhaiteriez éviter ma compagnie...

— Pourquoi diable vous renverrais-je, alors que Bridget a prévu une convive supplémentaire ?

Comme elle ne répondait pas, il traversa la pièce et la rejoignit en quelques pas.

— Pensiez-vous m'avoir blessé par votre refus ?

Son cynisme rendait dérisoires les larmes amères versées par Jenny, tout à l'heure. Elle esquissa un signe de dénégation, et contempla les doigts puissants de Mark, pour éviter son regard trop perspicace. Il tendit le bras, et releva doucement son menton pour étudier ses traits troublés. Ce contact sur sa peau alarma immédiatement la jeune femme, qui recula instinctivement. Mais il avança et l'immobilisa par l'épaule.

— Vous mentez. Vous étiez convaincue de m'avoir atteint, n'est-ce pas ?

— Seulement dans votre amour-propre.

Il émit un rire dur, sans joie.

— Un aspect de ma personnalité que vous jugez quelque peu excessif.

— En effet, admit-elle dans un murmure.

Tout en s'efforçant de masquer son propre tourment, elle scruta ses yeux d'un incroyable bleu.

— Oui, répéta-t-elle plus fermement. Vous avez plus que votre part de...

Il étouffa ses paroles par un baiser implacable, brûlant, destiné à dévaster ses fragiles défenses. Il trouva ainsi ce qu'elle essayait vainement de lui cacher, sans qu'elle songe même à lutter contre lui. Son cœur battait à se rompre lorsqu'elle fut enfin libérée et s'écarta de lui, tremblante. Elle le fixa et son air triomphant semblait proclamer : « Qu'avez-vous à répondre à cela ? »

— Inutile de gâcher votre pitié pour moi, conseilla-t-il d'un ton hautain.

— Ne vous inquiétez pas pour cela, riposta-t-elle, furieuse.

Sans trop savoir comment, elle supporta la tension qui régna durant tout le déjeuner dans la salle à manger baignée de soleil. La lumière intense, si forte, donna rapidement à Jenny une migraine épouvantable. Mark fit déboucher une nouvelle bouteille de l'excellent Château-Laffite — avait-il escompté fêter leurs fiançailles ?

Bridget leur servit de délicieux filets de rouget en papillotes, des côtes d'agneau grillées, des courgettes à la vapeur et un plateau de fruits et de fromages pour le dessert. Mais Jenny fut incapable d'apprécier ces plats à leur juste valeur.

Ni Mark ni elle n'alimentèrent une conversation suivie ; ils se contentaient de réponses brèves en cas de besoin. Jenny se sentait responsable du triste état de leurs relations, et s'en irritait de minute en minute. Elle avait choisi la bonne voie, en refusant une parodie de mariage. Elle n'avait rien à se reprocher !

En étudiant Mark à la dérobée, elle surprit une trace de mélancolie sur son visage songeur. Instantanément, sa propre rancœur s'évanouit.

Tandis qu'elle l'observait, il dégusta son Bordeaux, et avec cette gaucherie qui l'affectait parfois, reposa le verre à pied sur le rebord de l'assiette. Le contenu se renversa sur la nappe immaculée.

Il jura entre ses dents et se leva d'un bond avant d'appeler Bridget. La domestique accourut et épongea les dégâts avec une serviette. Jenny, impuissante, assistait à la scène. Une imperceptible rougeur colora les pommettes de Mark, et un muscle se crispait spasmodiquement dans sa joue.

— Ce ne sera rien, Monsieur, assura Bridget en

saupoudrant la tache de sel. Il ne restera pas de trace, vous verrez.

Mais il n'était pas d'humeur à être consolé. Il dévisagea Jenny, lut la compassion qu'elle espérait camoufler, et fit volte-face pour quitter la pièce.

Les yeux embrumés de larmes, Jenny s'aperçut que Bridget consternée se mordillait les lèvres. Leurs regards se croisèrent.

— Il n'est pas toujours aussi... aussi triste, expliqua la jeune fille, navrée. Avant d'être blessé, il lui arrivait de se fâcher, mais il restait toujours poli. Il faut lui pardonner. Le Dr Temple a vécu des moments affreux.

Le mal de tête de Jenny avait atteint une ampleur à peine tolérable.

— Vous lui êtes très attachée, n'est-ce pas ? s'enquit-elle malgré elle.

La bonne hocha la tête avec conviction.

— Bridget ! ordonna Grif d'un ton sec, debout à l'entrée de la pièce. J'ai à te parler dans la cuisine, tout de suite.

Elle pâlit, l'air coupable, et suivit docilement le chauffeur.

« Si je ne sors pas d'ici, je vais être malade », songea Jenny, étrangement calme et détachée.

Elle exhala un long soupir de soulagement en refermant la porte derrière elle, après avoir traversé la demeure silencieuse. Jenny courut presque jusqu'à sa voiture, dut tâtonner pour mettre le contact et démarra en trombe, soulevant un nuage de poussière.

En arrivant chez elle, sa nausée avait disparu, mais pas sa migraine. Elle baissa tous les stores de la maison et mit en marche la climatisation, se dévêtit, et alla se coucher, un gant de toilette humide sur les yeux.

Longtemps après, elle se réveilla, frissonnante, mais la tête dégagée. Pour se réchauffer elle prit un long bain chaud, qui décontracta ses muscles.

Affaiblie, vidée de toute énergie, elle se sentait au bord de la dépression. Pour éviter de sombrer dans la mélancolie, elle se détendit, chassant Mark Temple de ses pensées.

Elle venait d'enfiler une robe bain de soleil en coton et brossait ses boucles emmêlées lorsqu'elle entendit frapper. Mark... ? Le cœur battant, elle s'agrippa au lavabo et étudia son reflet dans la glace, soucieuse de ne pas trahir son émotion. La coloration de ses joues pouvait provenir aussi bien de son trouble que de la chaleur de l'eau où elle s'était si longtemps immergée.

Pieds nus, elle traversa les deux-pièces et ouvrit la porte en retenant son souffle.

Phil Randall attendait sur le seuil. Fut-elle déçue ou soulagée ? Elle n'aurait su le dire.

— Bonjour, Jenny, déclara-t-il, l'air un peu inquiet. Où as-tu passé la journée ?

Constatant sa surprise, il jugea utile d'ajouter :

— Cela fait des heures que j'essaie de t'appeler. Aurais-tu débranché ton téléphone ?

Elle lui fit signe d'entrer.

— Non, je... je suis sortie, ce matin, puis j'ai dormi tout l'après-midi. Je n'ai rien entendu.

Il se laissa tomber sur le canapé.

— Tu avais donc rendez-vous hier soir avec notre nouvel attaché ? observa-t-il avec curiosité.

Elle se percha au bord d'un fauteuil, muette.

— Alors ? interrogea-t-il.

— Alors, quoi ? Tu nous as bien vus, Phil.

— Certes, mais... Explique-moi un peu, Jenny ! Il y a deux jours, sa seule vue te faisait horreur, et hier soir, vous avez dîné ensemble. D'où vient ce brusque revirement ?

Elle sentit une insidieuse rougeur envahir ses pommettes.

— Je ne me rappelle pas avoir proclamé une antipathie particulière à son égard. Et un repas partagé n'engage pas à grand-chose… Phil, si tu es venu ici dans l'unique but de sonder mes sentiments envers le Dr Temple, je te préviens…

Elle se levait déjà, emportée, mais Phil l'apaisa d'un geste.

— Non, pardonne-moi. Je voulais t'inviter à une petite réunion impromptue chez nous, demain soir. J'offre un barbecue à mes meilleurs amis, et la fête ne serait pas complète, sans toi.

Elle étudia brièvement cette proposition. Tout dépendait des autres participants…

— Jan et moi avons eu cette idée hier soir, au restaurant, mais Mark et toi étiez déjà partis quand nous avons voulu vous prévenir.

— Je vois… L'as-tu déjà contacté ?

— Oui. Il viendra.

Il leur serait sûrement impossible de s'éviter…

— Tu es gentil de penser à moi, Phil. Cela me ferait grand plaisir, mais…

Elle eut une inspiration.

— Jan ne verrait-elle pas d'objection à ma présence ?

— Au contraire ! C'est même elle qui a tout mis au point. Elle est consciente d'avoir eu une réaction excessive, après notre dîner chez toi, l'autre jour. Parfois elle me prend pour une espèce de Don Juan convoité par toutes les femmes qui me côtoient. Quelle illusion !

Son visage s'éclaira d'un large sourire un peu gêné.

— Ah, l'amour ! soupira Jenny, solennelle. C'est merveilleux, non ? Ecoute, pourrais-je venir accompagnée ?

— Non. Nous avons tout organisé. Rendez-vous à six heures pour l'apéritif. D'accord ?

— Entendu.

Il se leva, et questionna d'un ton où perçait de l'inquiétude.

— Tu te sens bien, honnêtement ?

— Très bien.

Il ne fut pas convaincu.

— Veux-tu que je passe te chercher, demain ?

« Pour gâcher la soirée de Jan ? », songea-t-elle.

— Pas la peine, je préfère marcher. Cela me fera du bien.

Il faisait si beau, dimanche après-midi, qu'elle fit un long détour à pied en se rendant chez les Randall, afin de mieux profiter de la douceur de l'air printanier. Elle fut une des dernières à arriver. Lupe Garcia et son mari étaient déjà là, ainsi que Jim Pemberton et son épouse, Walter Drummond, et Patty Stokes. Ils se tenaient tous réunis dans le jardin, à l'arrière de la grande maison en bois de style victorien. D'un seul coup d'œil, Jenny nota l'absence de Mark Temple.

Elle fut chaleureusement accueillie par ses amis. L'un d'eux lui mit une bouteille de bière fraîche en main, et elle s'installa confortablement dans une chaise longue pour suivre la conversation animée.

Patty, à côté d'elle, la taquina à voix basse :

— Tu es sortie vendredi soir avec le Dr Temple, paraît-il. Cachottière ! Que me caches-tu d'autre ?

— Tu es ridicule ! siffla Jenny.

Elle ne put cependant s'empêcher de demander :

— Qui donc t'a mise au courant ?

— Jan. D'après elle, vous paraissiez très absorbés l'un par l'autre. Elle prédit que vous formerez le couple de l'année.

Les joues en feu, Jenny parcourut du regard ses camarades assemblés.

— Mon Dieu ! Elle t'a raconté tout cela ?

Patty hocha joyeusement la tête.

— Enfin, Patty, ce n'était qu'un dîner ! Pas du tout un rendez-vous. Nous avons parlé travail.

Pas le moins du monde convaincue, Patty sourit d'un air entendu. Bientôt, toute l'équipe du centre jaserait à propos de Mark et Jenny. Et étant donné ce qui venait de se passer entre eux, ce serait encore plus embarrassant.

Quelque temps après, Walter, assis à sa gauche, héla deux arrivants :

— Mark ! Stella ! Bonsoir !

Jenny, éberluée, se figea. Avec un sentiment de jalousie qui la stupéfia par son intensité, elle dévisagea la ravissante jeune femme qui avançait au bras de Mark.

Elle fut la seule à ne pas se lever pour les accueillir. A grand-peine, elle se força à sourire et ne reçut en retour qu'un hochement de tête de la part de Mark.

Voilà donc comment il allait la traiter désormais : avec une courtoisie froide comme s'en témoignent deux étrangers...

Les autres furent considérablement surpris par l'apparition de ce couple inattendu après les révélations de Jan. Jenny sentit peser sur elle leurs regards curieux et dut se retenir pour ne pas s'enfuir lâchement.

Sa fierté l'en retint, et elle chercha un moyen de se venger. Elle envisagea de flirter avec Walter, pour afficher ouvertement son indifférence à Mark. Mais il ne méritait pas un tel traitement. En outre, elle se rappela avoir intercepté à plusieurs reprises des coups d'œil particulièrement tendres entre lui et Patty. Bien qu'elle eût farouchement nié une telle supposition, l'infirmière serait sans doute ravie d'approfondir ses relations avec le directeur du centre.

Que lui restait-il alors ? Rien et Jenny se contenta donc finalement de rester assise dans son coin durant toute la soirée. Elle mangea sans appétit la délicieuse viande grillée, mais surtout évita soigneusement de regarder dans la direction de Mark et de Stella.

Cette dernière portait un ensemble en soie rouge et blanc visiblement fort coûteux. La tunique longue à décolleté plongeant, le pantalon étroit, faisaient paraître gauches toutes les femmes présentes. Jenny regretta amèrement sa tenue sans prétention. Face à cette créature de rêve, elle devait paraître à peine quinze ans !

Malgré elle, ses yeux erraient fréquemment du côté de Mark. Dans sa chemise noire, son jean blanc et ses bottes de cheval, il ressemblait plus que jamais à un pirate de roman. Stella Rainey l'entoura de sa sollicitude tout au long du repas. Elle insista pour le servir et découper son steak, et ne cessa de demander à voix haute s'il n'avait besoin de rien.

Jenny l'observa, pensive. Il devait détester un tel traitement, mais le toléra stoïquement. Sans doute la richissime Miss Rainey pouvait-elle se permettre ce qui eût valu une verte réprimande à une simple psychologue !

Le soleil embrasait l'horizon lorsque Mark consulta sa montre et murmura quelques mots à l'oreille de sa compagne, dont le visage s'éclaira.

— Nous devons partir, annonça-t-elle. Mon père tient à ce que nous fassions une apparition à la soirée qu'il donne à Brownwood. Il souhaite présenter Mark à ses relations.

Afin de faire sa publicité pour d'éventuels clients ? s'interrogea Jenny. Ou de l'évaluer en tant que gendre éventuel ? Elle se força à le considérer en face, et fut surprise de croiser son regard. Ses yeux sombres étaient indéchiffrables, mais elle sut qu'il devinait sa consternation. Elle ne pouvait l'imaginer marié avec une créature aussi égocentrique et superficielle que Stella Rainey.

Sans sourire, ni parler, il se détourna, salua les autres, et s'en fut au bras de Stella.

Au moins, à présent, personne ne s'aviserait de propager de fausses rumeurs concernant une hypothétique idylle entre Mark et Jenny. Mais, curieusement, cette idée ne la consola guère.

12

Le lendemain matin, Jenny fut tentée de se mettre en congé de maladie, afin d'éviter tout nouvel affrontement avec Mark dans le cadre de leur travail.

« Lâche », s'accusa-t-elle à haute voix en s'étirant paresseusement entre les draps. « Rappelle-toi, hier, tu as décidé de renoncer à la fuite. Reculerais-tu par jalousie ? » Résignée, elle rejeta les couvertures et se leva sans enthousiasme.

Elle s'en félicita, à midi. Durant toute la matinée, les crises s'étaient accumulées. La plus grave fut causée par un adolescent qui avait essayé de se pendre dans la grange de ses parents. Ceux-ci, affolés, l'avaient amené en toute hâte au centre.

Jenny suivait ce garçon depuis des années et se reprocha de n'avoir pas détecté plus tôt les symptômes dépressifs dont il souffrait. Les épaules voûtées de Bobby, son regard méfiant et empreint de souffrance, la peinaient douloureusement. Si seulement elle pouvait lui donner un peu de son propre amour de la vie !

Mais l'état du patient était critique, et nécessitait impérativement un changement de décor et des soins intensifs. En restant chez lui, dans le milieu auquel il avait voulu échapper par le suicide, il risquait de récidiver. Jenny s'entretint donc franchement avec la famille et expliqua le besoin d'une hospitalisation.

Bobby eut une réaction assez typique de profond soulagement : enfin, quelqu'un le comprenait, prenait au sérieux son profond désespoir ! Angoissés par la gravité de son geste, ses parents n'émirent aucune objection. Jenny téléphona à une clinique privée de Fort Worth, à quelques cent cinquante kilomètres de là. Il y serait attendu dans l'après-midi.

D'autres cas à peine moins dramatiques occupèrent constamment la jeune femme. Mais l'heure du déjeuner approchant, elle se sentit nerveuse : le Dr Temple arriverait bientôt.

Peu après midi, elle entendit sa voix grave dans le couloir, et les réponses plus nasillardes de Jim. Lorsque la porte du bureau de Mark se referma, Jenny saisit son sac et se précipita impulsivement dehors. Son frigidaire chez elle était vide, le moment semblait bien choisi pour faire ses provisions.

Grif montait la garde devant l'entrée du centre.

— Bonjour, Grif ! lança-t-elle, déterminée à faire preuve d'amabilité.

Le colosse se contenta de la dévisager fixement. Ce type de réaction l'indignait. En se garant devant le supermarché, elle tremblait presque de rage. Cet homme était inhumain ! Il se comportait comme un animal, incapable d'entretenir des rapports normaux avec les gens.

Dans une allée du magasin, elle se prit à marmonner à haute voix, et eut un sourire moqueur pour elle-même. « Bientôt il faudra m'interner aussi », songea-t-elle avec ironie.

Elle se retourna pour s'assurer que personne n'avait pu surprendre son monologue, et vit Bridget, avançant derrière un chariot lourdement chargé.

— Miss Dahlgren ! s'exclama-t-elle.

Son visage avenant brillait de plaisir, mais s'assombrit rapidement. Pâle et visiblement effrayée, elle regarda rapidement autour d'elle.

— Ne vous inquiétez pas, Bridget, assura Jenny. Ni Grif ni le Dr Temple ne se trouvent ici. Ils ne sauront pas que vous m'avez rencontrée.

— Oh, je... Je ferais mieux de me dépêcher, ou je serai en retard.

— En retard pour quoi ? s'enquit Jenny d'un ton sec. Je sais pertinemment que Grif vous a interdit de m'adresser la parole.

— Oh non ! nia Bridget. Non, ce n'est pas cela. Il ne s'agit pas particulièrement de vous. Simplement... Je ne suis censée parler à personne du Dr Temple. Il n'aime pas cela, voyez-vous. Je n'aurais pas dû, l'autre jour...

— Allons, Bridget ! Vous n'avez pas commis d'indiscrétion. Vous vous êtes contentée de faire allusion au passé terrible du docteur.

La jeune fille secoua la tête, refusant de se disculper.

— Non, ce n'était pas bien. Il déteste que l'on mentionne sa blessure... ou sa vie difficile. Grif a eu raison de me le rappeler.

— Un rappel ? C'est tout ?

— Bien sûr !

— Bridget, Grif vous terrorise, c'est évident. Promettez-moi une chose : si jamais il tente de vous contraindre à quoi que ce soit par la force, avertissez-moi.

L'employée parut stupéfaite.

— Oh non, Miss Dahlgren ! Je n'ai pas peur de Grif ! Il est... comme un oncle, pour moi. Et le Dr Temple aussi.

Jenny resta muette de saisissement. Un *oncle ?*

— Vraiment, vous vous alarmez pour rien ! insista Bridget.

Elle se lança dans des explications qu'elle n'eût sans doute pas fournies en d'autres circonstances.

— Je ne peux pas vous laisser imaginer que Grif soit méchant, bien qu'il en ait l'air, parfois. Jamais personne ne m'a aussi bien traitée que lui et le Dr Temple. Bien sûr, au début, Grif s'opposait à ce que M. Temple m'héberge, à ma sortie d'hôpital. Mais je n'avais nulle part où aller. Il a fini par céder.

— Vous avez été hospitalisée ?

Bridget devait conserver de mauvais souvenirs de cette époque. Sa voix se mit à trembler.

— J'étais enceinte, et de famille très croyante. J'avais trop peur pour me confier à mes parents. Mon ami a rejeté toute responsabilité, alors je... j'ai avorté.

Ses yeux s'emplirent de larmes.

— Ensuite, j'ai voulu me donner la mort. J'ai essayé, mais ma mère m'a trouvée.

Elle montra à Jenny ses poignets marqués de cicatrices larges, profondes, irrégulières. Une tentative de suicide sérieuse, comprit la psychologue. Plus qu'un simple appel au secours. Elle prit la jeune fille par les épaules, et se rappela le visage hanté de Bobby, le matin même.

— Oh, Bridget ! souffla-t-elle. Heureusement, on vous a découverte à temps...

— Je suis de votre avis, aujourd'hui, mais il m'a fallu longtemps. J'étais décidée à ne pas quitter l'hôpital vivante. Mon père ne voulait plus entendre parler de moi. J'attendais le moment propice pour recommencer. J'ai fait semblant de croire à la psychothérapie afin d'être moins surveillée. Je disais tout ce qu'il fallait pour endormir leur méfiance.

Elle émit un petit rire ironique.

— Le Dr Temple s'est chargé de moi au bout d'un mois à peu près. Il a immédiatement percé à jour mon manège. Il m'a consacré bien des heures supplémentaires, et s'est intéressé à moi bien davantage que ne l'avait fait les miens en dix-huit années. Il m'a sauvé la vie.

Le cœur de Jenny battait à se rompre.

— Et il vous a recueillie chez lui ?

— En effet. Je n'avais plus de foyer, et aucune formation professionnelle. Il prétendait que Grif et lui avaient besoin d'une femme pour les choyer. J'ai donc travaillé pour lui. Cela va faire bientôt deux ans, et je suis ravie de mon sort. J'ai l'employeur le plus généreux, le plus merveilleux qui soit.

Jenny essuya subrepticement une larme. Elles semblaient toutes les deux vouer la même adoration à Mark Temple ! songea-t-elle avec humour.

— Je comprends votre reconnaissance, Bridget. Le Dr Temple vous a effectivement tirée d'un mauvais pas.

— Lui, et Grif, précisa-t-elle.

— Et Grif, concéda Jenny. A l'avenir, je m'abstiendrai de toute remarque désobligeante à leur égard.

— Tant mieux !

Un chaleureux sourire illumina le visage de la jeune fille.

Quelques minutes plus tard, Jenny regagna le centre en ayant oublié d'effectuer la moitié de ses achats. Elle se glissa dans la salle de réunion où la synthèse avait déjà débuté, et adressa un sourire d'excuse à Phil, Patty, Lupe et Jim. Lorsqu'elle croisa le regard réprobateur de Mark, il lui fallut bien trente secondes pour s'apercevoir qu'il avait suspendu sa phrase à son entrée.

— Désolée de mon retard, marmonna-t-elle.

Elle se reprocha aussitôt son humilité. Après tout, elle ne s'était absentée que trois quarts d'heure, et les habitudes de l'institution étaient plutôt souples. Elle releva le menton d'un air de défi, et ajouta :

— Je vous en prie, docteur, ne vous dérangez pas pour moi !

Son ton mielleux constituait une véritable provocation, qui choqua ses collègues. Mark la fixa brièvement d'un air courroucé, puis se détendit au prix d'un effort de volonté, et poursuivit son exposé.

Malgré elle, Jenny écouta avec un vif intérêt. Il s'agissait de Charlie Hodges dont l'état empirait régulièrement depuis un an. Il s'était d'abord plaint d'un état dépressif, quoique l'équipe soignante lui ait trouvé un contact bizarre. Jenny avait effectué le premier entretien, et avait soupçonné un trouble du cours de la pensée de nature psychotique.

Elle avait exprimé cette opinion lors de la réunion suivante, mais le consultant de l'époque ne la partageait pas, et avait administré au patient des anti-dépresseurs. Les résultats n'étaient pas brillants. Certains symptômes s'étaient atténués, mais le comportement de M. Hodges devenait de plus en plus étrange et asocial. Depuis le début du traitement, il avait été licencié deux fois, et sa femme l'avait quitté. Pourtant, aucun des psychiatres de passage n'avait daigné étudier à nouveau la première impression de Jenny. Ils s'obstinaient à le traiter comme un simple déprimé.

Ce fut donc avec une satisfaction certaine, voire un sentiment de jubilation, qu'elle entendit le Dr Temple déclarer :

— Ce jeune homme m'a tout l'air d'un schizophrène. A mon avis, il serait plus approprié de lui prescrire du Melleril, qui possède des propriétés à la fois anti-psychotiques et sédatives.

Il haussa les sourcils en voyant Phil et les autres rire entre eux.

— Désolé, fit Jim, réjoui. C'est simplement que Jenny s'évertue depuis des mois à faire donner du Melleril à Charlie Hodges, mais nos médecins n'en ont pas tenu compte. Elle le croit schizophrène depuis le début.

— Vraiment ? fit-il d'un ton glacial.

Tout le plaisir de Jenny s'évapora instantanément. Elle regagna hâtivement son bureau dès la fin de la synthèse, mécontente de l'oscillation perpétuelle de ses émotions. Ah, cet homme ! Tantôt elle méprisait son arrogance, tantôt elle quêtait avidement son approbation. Que se serait-il passé si elle avait accepté de l'épouser ?

Elle y rêvait encore, les yeux dans le vague quand la porte s'ouvrit brutalement. Les visions romanesques d'un séduisant époux en habit noir, d'elle-même en longue robe de dentelle blanche furent instantanément balayées.

Mark se tenait à l'entrée, les traits durs. Elle n'eut même pas le temps de retrouver ses esprits pour demander quel nouvel impair elle avait commis. Il s'adressa à elle d'une voix calme mais pleine de colère contenue :

— Eprouvez-vous un plaisir pervers à me forcer à vous supplier ? Dois-je solliciter à nouveau cette faveur ?

Jenny resta bouche bée. A quoi faisait-il allusion ? Tout de même pas au mariage… ?

— L… laquelle, Mark ?

— Dois-je implorer votre aide chaque fois ?

Hébétée, elle bredouilla :

— Mais… Je ne sais pas…

— A chaque consultation, vous attendrez tranquillement, n'est-ce pas ? Pour me faire prendre conscience de ma dépendance ? Très bien : j'ai besoin de vous, Jenny. *S'il vous plaît,* acceptez-vous de prendre des notes pour moi ?

— Ah ! Je vois…

Son propre manque de tact la consterna. Elle l'avait effectivement évité, mais pour des motifs autres que ceux qu'il invoquait. Jamais elle n'avait souhaité l'humilier ! Malgré sa rancœur, elle ne s'abaisserait jamais à lui rappeler son handicap.

Elle se leva et avança vers lui, se forçant courageusement à affronter son regard.

— Mark, je suis navrée. J'avais oublié. Je n'avais pas compris que vous souhaitiez ma présence régulièrement.

— Décidez-vous. Aviez-vous oublié, ou mal compris ?

— Les deux. Honnêtement. Je vous assisterai volontiers.

— Volontiers ? railla-t-il. N'exagérez rien. Je ne suis pas près de croire que vous ayez plaisir à passer plusieurs heures de suite en ma détestable compagnie. Depuis samedi, nous ne sommes guère à l'aise ensemble.

Mark Temple, mal à l'aise à cause du rejet d'une femme qu'il n'aimait même pas ? Cette idée lui paraissait totalement incongrue.

— Ecoutez, Mark...

— Non, écoutez-moi plutôt. Il n'est pas question pour moi de vous monopoliser longtemps pour des tâches de secrétaire. J'en ai parlé à Walter, il va me trouver quelqu'un d'autre. D'ici là, nous devrons malheureusement tolérer cette situation. Désolé, mais je n'ai pas le choix.

Il pivota sur ses talons tandis qu'elle cherchait encore un moyen d'apaiser le mal qu'elle lui avait involontairement infligé.

Découragée, elle exhala un soupir de résignation et le suivit dans son bureau, où elle prit place auprès de lui. Sans même s'assurer qu'elle était prête, il prit le téléphone et demanda à Jim d'introduire le premier patient.

Tout au long de la consultation, Jenny observa la diversité de ses méthodes face à différentes personnes et son estime pour lui grandit encore. Il paraissait comprendre chacune d'emblée, et savait d'instinct quand la soutenir, quand l'écouter avec compassion, et quand la bousculer avec fermeté. C'était un psychothérapeute brillant et dévoué, qui se poussait jusqu'aux ultimes limites de ses forces, sans prendre un instant de repos. De côté, Jenny le voyait fatigué, presque épuisé. Peut-être n'était-il pas entièrement rétabli des suites de sa blessure ? De temps à autre, il levait la main gauche et se massait inconsciemment l'épaule droite.

Vers quatre heures, Carol lui transmit un appel de l'extérieur. Il s'efforça de rester courtois, mais paraissait visiblement déterminé à esquiver l'invitation apparemment pressante qu'on lui transmettait. Après plusieurs refus, il finit par déclarer, exaspéré :

— Stella, je suis désolé, mais c'est non. A présent je dois vous quitter, la salle d'attente est pleine. Amusez-vous bien.

L'atmosphère de la pièce était étouffante. Quand Jim ouvrit la porte pour s'assurer que tout allait bien, Mark lui suggéra sèchement de faire réparer sans tarder la climatisation.

Décontenancé par cette rebuffade, Jim disparut rapidement. Mark ôta son veston avec humeur et le jeta sur une chaise. Jenny remarqua des gouttes de sueur sur son front lorsqu'il reprit sa dictée.

Elle plaça ensuite les notes et les ordonnances devant lui, et le regarda signer avec difficulté, la mâchoire serrée, les doigts crispés sur son stylo.

— Si je vous apportais une boisson fraîche ? offrit-elle, émue.

Il ne leva pas la tête.

— Non, merci.

— Vraiment, Mark, il fait si chaud ici...

— J'ai dit non ! coupa-t-il.

Sa brusquerie la heurta moins qu'elle ne l'aurait cru.

Elle comprenait mieux ce qu'il devait ressentir. Elle emporta les feuilles complétées à Patty.

— Tout se passe bien ? N'est-il pas de trop mauvaise humeur ? questionna l'infirmière.

Jenny sourit à son amie.

— Ne t'inquiète pas pour moi.

Elle regagna le bureau où Mark se tenait posté devant la fenêtre, le dos tourné. En l'entendant entrer, il s'éclaircit la gorge et déclara sans bouger :

— Cette situation est intenable. Désolé de vous y avoir entraînée.

Elle s'avança, considéra son attitude rigide, mais n'émit aucun commentaire. Il finit par lui faire face et la scruta avec gravité.

— Je ne plaisantais pas en affirmant avoir mûrement pesé ma demande en mariage. Je savais — non, je *sais* ce que je veux, aussi je ne regrette pas d'avoir risqué ma chance. Mais peut-être aurais-je dû présenter autrement ma requête. Ou bien me rendre compte plus tôt que je ne vous plaisais guère. J'avais pensé...

Son visage se rembrunit.

— Je n'avais pas envisagé les difficultés que votre refus entraînerait.

Un léger sourire erra sur les lèvres de Jenny.

— Vous n'imaginiez pas qu'une femme saine d'esprit puisse décliner une telle proposition ?

Elle fut soulagée en le voyant adopter un ton moqueur.

— Si je l'admets, vous ajouterez un point à mon orgueil démesuré, je parie ? Sans doute avez-vous raison, mais sincèrement, j'espérais présenter un certain intérêt pour vous, en contrepartie de ce que vous-même m'auriez apporté.

L'espace d'un instant, il étudia son bras inanimé, puis croisa à nouveau les yeux de Jenny.

— Sur le plan physique, je ne suis pas parfait, bien sûr, mais j'estimais posséder d'autres atouts...

— Indiscutablement, renchérit-elle. Quant au physique, précisément...

Ses propres idées la firent rougir et elle baissa les paupières, totalement inconsciente de son charme ingénu.

— Eh bien... Je ne saurais nier mon attirance pour vous.

Devant son expression surprise, elle ajouta :

— Je ne suis sûrement pas la première à vous trouver éminemment désirable, docteur Temple ?

Il se rapprocha et la contempla avec intensité.

— Je serais presque tenté de vous croire.

— Vous auriez raison.

La bouche de Mark se crispa, et une lueur de colère brilla dans son regard bleu.

— Et pourtant, vous m'avez rejeté...

— Et depuis, je n'ai cessé de me demander si je ne m'étais pas trompée, concéda-t-elle après une hésitation.

Avec une infinie lenteur il étendit le bras vers elle pour l'attirer contre lui. Elle appuya sa joue contre sa poitrine, perçut les battements réguliers de son cœur. Son propre pouls s'accélérait dangereusement au contact de Mark. Sans intention consciente, elle l'enlaça.

— Jenny, murmura-t-il, les lèvres dans ses cheveux châtains. Et si... si je renouvelais ma demande ?

Elle osait à peine respirer. En quelques secondes, elle passa à nouveau en revue le pour et le contre. C'était sa dernière chance : jamais il ne la libérerait si elle devenait sienne, pas plus qu'il ne la supplierait encore si elle refusait. La raison ne l'emporta pas, cette fois, face à ce qu'exigeait son cœur. Elle aimait cet homme. Elle saisirait cette occasion de partager sa vie, même s'il ne devait pas éprouver ses sentiments.

— Oui, souffla-t-elle enfin.

— Comment ? fit-il d'une voix altérée. Qu'avez-vous dit ?

Elle renversa la tête en arrière et lui adressa un sourire timide.

— J'ai dit oui, Mark. Je veux vous épouser.

Elle mesura son soulagement à la brusque détente de ses muscles rigides. Jenny eut envie de lui demander pourquoi cela importait tant pour lui mais il embrassait déjà avec ferveur sa bouche offerte. Ses baisers furent doux, sensuels, généreux — une promesse de l'avenir qui les attendait. Il semblait pourtant maîtriser à grand peine une passion brûlante qu'elle n'avait jamais perçue avant.

— Je suis heureux, Jenny. Vous n'aurez pas à regretter votre décision.

Il souriait aussi, à présent, et le bleu de ses yeux était profond, insondable.

13

La puissante automobile filait sur l'autoroute. Jenny, tendue, fixait la nuque de Grif. A côté d'elle, Mark était plongé dans ses pensées ; peut-être regrettait-il la cérémonie précipitée qui s'était achevée une heure plus tôt ?

Quel étrange mariage ! En l'espace de quatre minutes, ils avaient échangé un serment solennel dans le salon du juge du district, M. Ferguson. On était loin de l'imposante cérémonie sur fond de cathédrale illuminée dont Jenny avait rêvé. Au lieu d'une éclatante toilette blanche et mousseuse, elle avait porté une élégante robe turquoise clair en crêpe de chine, ornée d'une ceinture plus sombre. Mark était éblouissant dans son costume trois-pièces anthracite de coupe sobre. Les accents émouvants des grandes orgues étaient absents, ils s'étaient mariés sans musique. Et au lieu de roses, la mariée avait tenu un bouquet d'orchidées blanches, symbole non d'amour, mais de la vie aisée que lui offrait son futur époux.

Les yeux pétillants, le magistrat avait assuré à Jenny avoir connu Mark tout enfant. Sans doute un ami de sa famille, présuma-t-elle. Grif, réticent, et la bonne de la maison, avaient fait office de témoins. Seul l'humour bienveillant du vieux M. Ferguson avait prêté quelque vie à cette formalité étrangement dépourvue d'émotion.

Le soir où Jenny avait enfin capitulée, Mark avait invité Jenny à dîner au ranch. La laissant dans la cuisine aux bons soins de Bridget, il avait emmené Grif dans la bibliothèque, sans doute pour lui communiquer ses projets. Une violente querelle avait suivi. Le fidèle chauffeur était prêt à tenir tête à son employeur, dans l'intérêt de ce dernier. Jenny percevait distinctement les éclats de voix, mais sans saisir les paroles prononcées.

Bridget n'avait pas idée de la cause de l'affrontement, mais devinait qu'il concernait la jeune femme. Diplomate, elle déploya d'admirables efforts pour ignorer le vacarme. Jenny se contenta de sourire tristement et elles finirent par échanger un regard complice.

Mark informa Bridget pendant qu'elle servait le dîner. Elle eût une réaction touchante de spontanéité :

— Oh, Miss Dahlgren !Cela me fait tellement plaisir !

Dans un élan exubérant, elle alla embrasser la fiancée. Mark assista à la scène avec surprise mais Jenny préféra ne pas fournir d'explications sur leur intimité nouvelle. Il n'avait pas à *tout* savoir...

La discussion animée avec Grif l'avait rendu pensif. A plusieurs reprises, il sembla sur le point de faire une confidence difficile mais se retint chaque fois. Avait-il changé d'avis sans toutefois rompre son engagement ? Jenny s'était rapidement accoutumée à l'idée d'épouser enfin son amour de toujours ; à présent, la perspective contraire l'eût fait souffrir terriblement. Mais le bonheur de Mark était plus important. D'une voix neutre, elle lui avait suggéré de tout annuler s'il le souhaitait. Il lui rappela d'une voix cassante les avantages que tirerait chacun de cet arrangement, et annonça sa ferme intention de le réaliser.

En arrivant au centre, mardi après-midi, il avait le plus calmement du monde fait part de la nouvelle à Walter Drummond. Il laissait à Jenny le choix d'informer ou non les autres membres de l'équipe. Elle s'était donc confiée en bredouillant à Patty Stokes. L'infirmière, abasourdie, l'avait d'abord contemplée, les yeux écarquillés, comme si elle venait de recevoir une décharge électrique puis elle bondit en battant des mains, embrassa son amie, et parut au total fort impressionnée. Trois heures plus tard, grâce à elle, la nouvelle s'était propagée, non seulement à tout le personnel, mais à la moitié de la population de Santa Anna.

Jenny avait dû affronter un déluge de questions, et pour une fois, se trouva complètement désemparée pour répondre. Elle se tut donc, se contentant d'arborer un sourire énigmatique. Comment aurait-elle pu avouer la vérité — que Mark l'épousait non par amour, mais pour se mettre à l'abri d'une autre femme ?

Elle s'était mise en congé pour le reste de la semaine, incapable de jouer encore la comédie. Personne ne s'en étonna, car on la croyait très occupée aux préparatifs de la cérémonie. Elle passa en effet beaucoup de temps en compagnie de Mark, à remplir les formalités nécessaires. Grif, plus que jamais maussade et intimidant, les conduisit de boutique en boutique à Dallas, où elle acheta de nouvelles toilettes pour leur lune de miel. Jenny se réjouit, s'enorgueillit, même, de l'attention flatteuse que suscitait Mark auprès des vendeuses. Il devait y être accoutumé, car il n'en parut aucunement gêné.

Jenny s'attendait constamment à voir surgir un obstacle, empêchant leurs noces. Patty, Walter, ou Phil n'allaient-ils pas lui conseiller de renoncer à une telle folie ? Sa famille approuverait-elle son choix ? Mais ses collègues la jugeaient apparemment en pleine possession de ses moyens. Quant à Catherine et Paul Dahlgren, ils se déclarèrent enchantés à l'idée que leur fille épouse le Dr Marcus Bradford Temple.

— Le psychiatre ? avait interrogé son père d'une voix ravie.

— Comment le sais-tu ?

— Je me rappelle bien ce nom. L'Oncle Bob en parlait souvent. Il disait de lui : « jamais un pari perdant ne m'a aussi bien réussi ».

Il n'avait pas expliqué cette mystérieuse allusion, car Mme Dahlgren l'avait interrompu pour demander si la cérémonie pouvait être retardée de huit jours.

— Le week-end suivant, nous pourrions venir, ma chérie. Cette semaine nous devons rester ici pour le vernissage de mon exposition au Musée des Beaux-Arts.

Jenny aurait évidemment préféré pouvoir la satisfaire, mais Mark n'accepterait certainement pas de modifier son plan, elle le savait. Il avait décrété que le mariage aurait lieu vendredi soir, et rien ne l'en dissuaderait.

— Nous passerons vous voir dès que possible, proposa-t-elle à sa mère.

Mais que penserait Mark d'une visite à sa belle-famille, à Amarillo ?

Inexorablement, donc, à la date choisie, Jenny et Mark s'étaient juré fidélité, pour le meilleur et pour le pire, sous le regard chaleureux du juge Ferguson.

Une fois la cérémonie terminée, Jenny éprouva un sursaut de remords. Elle était folle, folle à lier ! Comment avait-elle pu se prêter à une telle farce ? Vivre à deux n'était pas facile, même pour les couples amoureux ; mais tenter l'expérience sans même s'aimer... Mark n'aimait personne, hormis lui-même. Elle le trouvait fascinant et romanesque, et il méprisait ces attributs. Peut-être même avait-elle pitié de lui, ce qu'il ne lui pardonnerait jamais. Elle lui vouait une admiration sans borne dont il n'avait que faire. Il ne voulait rien d'elle.

— Fatiguée ? s'enquit-il.

Il l'examinait attentivement. Depuis combien de temps ? Elle coupa court à ses pensées avec soulagement.

— Oui, soupira-t-elle. La journée a été éprouvante. Je n'ai pas l'habitude de me marier, ajouta-t-elle pour détendre l'atmosphère.

— Je l'espère bien, répliqua-t-il sèchement, sans apprécier sa tentative de plaisanterie.

Sa froideur fit rougir Jenny. Mais cet homme célèbre, imbu de sa personne, était à présent son mari. Rien ne l'obligeait à supporter son attitude hautaine.

— Evidemment ! renchérit-elle, décidée à le provoquer. Je n'ai jamais même été tentée d'épouser quiconque. En revanche, vous-même avez dû avoir beaucoup de peine à esquiver les multitudes de propositions...

Comme il restait de glace, elle enchaîna :

— Après tout, n'ai-je pas été confrontée à l'une de vos ferventes admiratrices, l'autre soir ? Celeste. Pauvre Celeste, coupable seulement de vous aimer !

En entendant sa respiration saccadée, elle sut que sa remarque avait porté. Elle sentit ses doigts s'enfoncer cruellement dans son épaule.

— Mark... commença-t-elle, contrite.

— Que savez-vous de Celeste ? gronda-t-il, furieux. Rien, n'est-ce pas ? *N'est-ce pas ?* insista-t-il en la secouant.

— Rien ! admit-elle.

— Très bien.

Il la repoussa sans ménagement.

— Je vais vous dire une chose importante, que je ne

compte pas répéter : je n'aime pas parler du passé. Il est mieux dans l'oubli, et vous êtes libre d'interpréter cette attitude comme il vous plaira. Quant à Celeste, je refuse catégoriquement d'en discuter, et je vous interdis de prononcer à nouveau son nom en ma présence. Est-ce clair ?

Vexée, Jenny resta muette. Mark haussa le ton.

— Répondez-moi. Est-ce clair ?

— Parfaitement ! jeta-t-elle en s'écartant de lui.

Il ne fit aucun effort de réconciliation et la laissa bouder dans son coin. Après quelques minutes, il étira ses longues jambes, reposa sa tête sur le dossier, et sembla s'endormir.

Jenny comptait rester vigilante, mais elle dut s'assoupir, blottie contre la portière ; elle se réveilla en entendant Mark l'appeler. Il l'aida à descendre de voiture, Grif s'était en effet garé à l'entrée de l'hôtel où leurs chambres étaient réservées.

Etouffant un bâillement, la jeune femme leva la tête pour contempler le luxueux gratte-ciel situé au bord de la San Antonio River. Les lumières brillant aux innombrables fenêtres, les coloris chauds, les clients élégamment vêtus qui flânaient dans le hall, formaient un tableau accueillant dans l'obscurité de la nuit.

Elle sentit la main de Mark sur sa taille, et se redressa instantanément, comme prise en faute. Elle évita de croiser son regard et avança docilement, guidée par son bras possessif. Ils avancèrent jusqu'à la réception, où Mark les inscrivit et signa maladroitement le registre en s'impatientant de sa gaucherie. Jenny était terriblement consciente de son irritation croissante et remarqua à peine les magnifiques figuiers ornant la vaste entrée, les sofas de cuir et les tapisseries mexicaines suspendues aux murs. Elle éprouva d'abord de la compassion pour Mark puis se rappela sa détestable attitude dans la limousine et se détourna de lui.

Grif était logé à côté de leur suite. Le garde du corps aurait sans doute préféré partager leurs appartements, pour ne pas perdre de vue une seconde son précieux employeur. Jenny faillit même le lui suggérer : elle en voulait trop à Mark pour avoir envie d'être seule avec lui.

Le psychiatre laissa Grif inspecter rapidement les lieux. Dès qu'il fut parti, Jenny s'enferma dans le seul refuge sûr : une des salles de bains.

Après un bain d'une heure, elle se résigna à quitter finalement son abri non sans avoir jeté un coup d'œil à son image dans la glace ; elle n'aurait pas dû permettre à Mark de lui offrir cet extravagant déshabillé de Chantilly blanc. Il la faisait ressembler à une adolescente fragile, aux yeux démesurément grands, et le vêtement était fait pour séduire… ce qui n'était pas prévu dans leur « arrangement ».

Néanmoins, Mark avait souligné la part que devrait prendre la bonne entente physique dans leur vie commune. Ce qui signifiait que, ce soir… ?

Jenny exhala un soupir et ouvrit la porte. La pièce était plongée dans une tiède pénombre ; seule une petite lampe de chevet éclairait faiblement le lit immense.

La chambre était décorée avec un luxe de bon aloi, sobre et discret. Les tentures murales de batik vert et brun aux motifs hardis, subtilement assorties aux lourds rideaux et au couvre-lit, trouvaient un complément parfait dans le ton amande de l'épaisse moquette de laine. Les confortables fauteuils de chintz émeraude, les étagères de rotin chargées de bibelots précieux en ivoire et en porcelaine, le porte-plantes en rotin à niveaux décalés qui croulait sous la verdure, et enfin les quelques tableaux originaux à l'huile, apportaient au lieu une personnalité distinctive, un raffinement remarquable.

Mais où était passé Mark ? Sur la pointe des pieds, Jenny traversa l'autre salle de bains et scruta le salon, vide. Il ne lui manquait nullement, du reste, s'assura-t-elle en retournant dans la chambre à coucher. Simplement, comme Grif, elle ne voulait pas qu'il arrive quelque chose.

Elle remarqua alors la porte-fenêtre ouverte et les rideaux doucement gonflés par la brise nocturne. Inquiète, elle gagna le bord du balcon et appela d'un ton pressant :

— Mark ?

Sa haute silhouette se profilait sur fond des lumières de San Antonio. Il tenait un verre de whisky. Il avait dû se baigner également, car ses cheveux bruns semblaient humides, plus bouclés qu'à l'accoutumée. Son peignoir en soie havane, ceinturé à la taille, lui allait merveilleusement bien.

— Je suis là, répondit-il. Pensiez-vous que j'aurais sauté ?

Elle l'étudiait d'un air soupçonneux, un pied encore à l'intérieur.

— Venez donc, invita-t-il, moqueur. Vous n'avez rien à craindre, voyez : ma main est occupée.

Elle s'exécuta avec lenteur, consciente du vent qui plaquait le négligé contre son corps svelte, en dévoilant ainsi traîtreusement ses courbes gracieuses. Elle le rejoignit, et côte à côte, ils admirèrent le splendide panorama.

Vingt étages plus bas, le fleuve était partiellement dissimulé par les arbres bordant les rives. A minuit passé, quelques café, signalés par leurs terrasses éclairées, restaient encore ouverts.

— Quelle belle vue, remarqua-t-elle nerveusement.

Elle étudia furtivement les alentours, mal à l'aise dans cette tenue légère. On n'apercevait aucun des balcons voisins.

— Ne vous inquiétez pas, jeta Mark. Personne ne peut nous voir. Nous sommes tout à fait à l'abri des indiscrets. Si cela vous chante, nous pouvons nous dévêtir entièrement, sans gêner quiconque.

Cette idée incongrue fit rire Jenny. Soudain Mark l'enlaça et elle le considéra avec surprise. Qu'avait-il fait de son apéritif ? Ah oui... la petite table, là...

Il l'embrassa sur le front puis descendit pour s'emparer de ses lèvres entrouvertes. Mue par son instinct, elle se blottit contre lui, consciente de son désir naissant, familier, que lui inspirait le contact de Mark.

Lorsqu'il s'écarta enfin, il lui adressa un sourire désarmant et s'enquit :

— Fini de bouder ?

— Je... Je ne sais pas.

— Ah, une femme sûre d'elle, comme je les aime ! taquina-t-il.

Il se pencha à nouveau vers elle, et mordilla doucement le lobe de son oreille. Elle frissonna et noua ses bras autour de son cou.

— Je vous accorde une deuxième chance, déclara-t-il. Votre mauvaise humeur est-elle dissipée, à présent ?

— Oui, murmura-t-elle. Oui, Mark !

Il la guida vers le lit, puis s'immobilisa. Sans cesser de la fixer, il défit les perles qui fermaient le déshabillé, écarta le tissu diaphane en un mouvement ralenti, délibéré, et laissa tomber le vêtement à terre. Jenny se tint nue devant lui.

Pourtant, étrangement, elle n'avait pas peur. Il enveloppait son corps mince d'un regard si chaud, si admiratif, qu'elle en conçut une profonde fierté. Timidement, elle leva les bras pour lisser tendrement les boucles brunes emmêlées par le vent. Puis elle caressa avec ravissement son visage si beau, et s'approcha de lui en souriant.

Mark l'observait sans parler. Lorsque la pointe de ses seins effleura son peignoir, elle tressaillit et se rapprocha encore. Elle laissa une de ses mains s'insinuer sous l'étoffe, contre la peau de Mark, et s'arrêter sur son cœur qui battait à tout rompre.

— Petite sorcière, murmura-t-il tout contre ses cheveux soyeux. Ce soir enfin, tu vas m'appartenir, tu seras *ma* petite sorcière...

Ses sens embrasés par cette voix suggestive, Jenny détacha sa ceinture et fit glisser son kimono sur ses larges épaules... Ce fut l'instant le plus difficile.

Les muscles du bras droit s'étaient quelque peu atrophiés. Le membre sans vie était entièrement dépourvu de tonicité.

Jenny scruta avec sollicitude le visage de son mari. Immobile, méfiant, il attendait sa réaction. Elle eut l'impression qu'il se préparait à son mouvement de recul.

— Est-ce aussi affreux que vous le pensiez ? railla-t-il.

De toute évidence, il n'avait pas admis les conséquences de son accident et son handicap. Jenny eut envie de le rassurer, mais à quoi bon ? Il ne la croirait pas et verrait seulement de la pitié, une compassion hypocrite dissimulant sa répugnance.

Elle comprit plus profondément le sentiment de vulnérabilité qu'il devait éprouver depuis cet attentat : il avait suffi d'une seconde de folie de la part d'un déséquilibré pour le diminuer ainsi... irrémédiablement.

Elle frôla d'une main ferme mais douce les muscles rigides. Cette fois, ce fut à Mark de frissonner, comme de douleur. Il l'observa anxieusement, s'attendant visiblement à la voir s'écarter avec dégoût.

Jenny se rappela l'admiration avec laquelle il avait découvert son corps dans sa nudité et elle décida de lui montrer aussi honnêtement son propre désir. Elle l'enlaça avec ferveur et se serra tout contre lui, avant de lever la tête pour lui sourire.

— Je te veux, Mark, chuchota-t-elle. Mais je n'ai guère d'expérience alors…

Il lui coupa la parole d'un baiser, et, sans savoir comment, Jenny se retrouva étendue sur le lit, Mark allongé à côté d'elle.

Les lèvres sur sa tempe, il laissa ses doigts vagabonder sur son cou, son buste rond, sa taille. Il s'attarda sur son ventre, décrivant des arabesques sur sa peau satinée.

Jamais elle ne s'était sentie habitée d'une vie aussi intense, riche et prometteuse. Le dos cambré, elle cherchait à se rapprocher encore de lui, à rendre complète leur union, à ne faire plus qu'un avec lui.

— Mark, gémit-elle. Je t'en prie !

Il déposa une pluie de baisers sur ses paupières, ses joues, puis s'empara de sa bouche avec une passion débridée. Avec une infinie tendresse, il cultiva l'ardeur de Jenny, comparable à la sienne, et la fit culminer en un paroxysme de sensations.

Le monde extérieur n'existait plus. Emportée par une vague de plaisir, Jenny laissa échapper un petit cri de bonheur. Ce devait être le paradis. Jamais elle n'avait rien connu de tel.

Epuisée, comblée, elle se détendit enfin contre l'épaule de Mark.

14

Le lendemain matin, Jenny reprit lentement conscience en s'étirant avec volupté. Les rayons du soleil qui filtraient à travers les rideaux avaient la douceur du petit jour. Elle contempla avec plaisir le dos de Mark, allongé sur le côté gauche. Sa main s'avançait déjà pour caresser son torse, mais elle se retint, préférant ne pas l'éveiller.

Ou bien craignait-elle de susciter sa colère ? La nuit dernière, il avait paru oublier la gêne éprouvée à exhiber son bras inanimé. Mais un homme aussi orgueilleux ne pardonnerait sans doute pas facilement à celle qui le verrait à un tel désavantage. Ce serait trop humiliant pour lui. Malgré son succès constant auprès des femmes, Jenny se demanda s'il n'avait pas tout simplement décidé de ne plus jamais avoir d'aventures.

Songeuse, elle se redressa sur un coude et sourit en observant à nouveau son mari endormi. Ainsi abandonné dans le sommeil, il semblait avoir besoin d'une compagne pour veiller sur lui, le préserver contre de nouvelles épreuves.

Cette fois elle ne résista pas à l'envie de poser les doigts sur sa nuque, de les enfoncer dans ses mèches brunes, souples. Il remua les épaules, bâilla, et se retourna paresseusement.

Il resta un long moment à la regarder, considérant tantôt le drap dont elle se couvrait pudiquement, tantôt ses grands yeux noisette. Lentement, un sourire se peignit sur ses traits.

— Je suis content de te retrouver là.

— Où voudrais-tu que je sois ? s'étonna-t-elle.

— Hmm, je ne sais pas… Tu aurais pu regretter ta décision, suggéra-t-il d'une voix rauque.

Elle le fixa sans comprendre, puis, le voyant remonter la couverture pour dissimuler son bras blessé, elle devina. D'un geste spontané, elle posa une main sur la sienne pour l'immobiliser, dévoilant par inadvertance sa poitrine.

Etouffant une exclamation, Mark admira sans retenue ses seins hauts et fermes, le doux éclat de sa peau satinée.

— Mark… commença-t-elle.

A contrecœur, il cessa sa contemplation et l'écouta.

— Mark, après la nuit que nous venons de partager, je ne risque guère de vouloir partir… Jamais.

— Non ? fit-il, enroué.

— Non. Tu es aussi bon mari que psychiatre, ce qui n'est pas peu dire…

Au lieu de s'amuser de cette boutade, il resta quelques instants pensif.

— Qui joue au psychothérapeute, à présent ? N'essaies-tu pas de panser mon amour-propre ?

— N'ai-je pas toujours affirmé que tu en avais trop ? riposta-t-elle avec une touchante innocence. Cela ne servirait à rien.

Cette fois il consentit à sourire, et même à éclater d'un rire franc. Il attira fougueusement Jenny contre lui et l'embrassa avec tendresse.

Tandis qu'ils s'habillaient, elle l'épia à la dérobée, au cas où il aurait besoin d'aide mais s'entêterait à ne pas la demander. Il lui fallut plus de temps qu'à un homme valide, mais au total il se débrouillait bien. Au moment de boutonner sa chemise, cependant, il dut s'y reprendre à plusieurs fois, et jura entre ses dents. Suspendant son geste, Jenny le guetta anxieusement, le cœur battant. Il ne perdit pourtant pas son calme, et elle exhala un soupir de soulagement lorsqu'il rentra enfin les pans dans son pantalon. Sans doute l'entendit-il, car il lui décocha un coup d'œil ironique.

Quelques minutes plus tard, assise au bord du lit défait, elle enfilait ses sandales, quand Mark la rejoignit. Il resta debout, la dominant de sa haute taille.

— Ne prends pas cela au tragique, Jenny. C'est moins difficile qu'il n'y paraît.

Ne sachant que répondre, elle leva le visage vers lui. Il étendit le bras gauche vers elle.

— J'ai même appris à accepter de l'aide, tu vois ? Veux-tu fermer mes boutons de manchette ?

Elle savait qu'il valait mieux faire preuve de désinvolture dans ces cas-là.

— Voyons, Mark ! taquina-t-elle. Tu aurais pu le faire toi-même !

— Exact, convint-il avec humour. J'y suis déjà parvenu... avec mes dents. L'inconvénient est de se retrouver avec une manche humide, ce qui est non seulement déplaisant, mais assez disgracieux.

— En effet. Voilà, cher monsieur. Puis-je nouer ta cravate ?

— Non, merci. Je n'en mets pas, aujourd'hui.

— Quels sont tes projets ?

Il lui sourit.

— Je propose d'en débattre au petit déjeuner.

En fin de compte tous trois, Grif inclus, désiraient visiter les mêmes choses à San Antonio. Ils passèrent quatre journées à explorer les vieux quartiers, le Palais du gouverneur espagnol, la Plaza Hemis-Fair, et s'amusèrent ensemble des curieux objets rassemblés dans la collection du cirque Hertzberg.

Mais avant toute chose ils se rendirent à pied au vieux fort d'Alamo, de triste renommée dans la mémoire de tous les Texans. Durant la guerre de 1836, quand le Texas luttait pour obtenir son indépendance du Mexique, deux cents insurgés y avaient été massacrés jusqu'au dernier par les cinq mille soldats du général mexicain Santa Anna.

Dans la chapelle de la mission, Jenny se sentit submergée de chagrin en se remémorant l'histoire du lieu. Elle détourna la tête, mais Mark avait aperçu les larmes perlant entre ses cils.

Il lui offrit son mouchoir sans mot dire, et elle crut l'avoir gêné.

— Je suis désolée, murmura-t-elle, confuse.

— J'avais oublié ton incurable romantisme, taquina-t-il gentiment.

— Tu ne me trouves pas ridicule ? demanda-t-elle timidement.

— Si, naturellement. Tu as le cœur trop tendre. Cela te fera souffrir.

Sans lui laisser le temps de se vexer, il ajouta :

— Je ne m'en plains pas, du reste. Ta sensibilité est tout à mon avantage. Quoi qu'il en soit, je te trouve charmante telle que tu es.

Ses lèvres effleurèrent son front comme pour sceller le compliment. Jamais elle ne se serait attendue à une telle démonstration de tendresse de sa part, surtout en public.

Le soir, le trio descendit le fleuve San Antonio en bateau. Confortablement installé sur un banc, Mark gardait le bras autour des épaules de Jenny et la jeune femme en fut secrètement ravie. En compagnie de Grif, ils admirèrent les jardins botaniques, les palmiers, les vieux chênes dont les branches surplombaient l'eau.

Quand les touristes assis aux terrasses des cafés sur le Paseo del Rio, la promenade de la rivière, leur faisaient signe, ils répondaient joyeusement.

« On doit nous prendre pour un jeune couple amoureux », songea Jenny. Elle épia Mark à la dérobée ; il semblait content et détendu, et n'arborait pas son expression cynique. Son physique remarquable attirait les regards appréciateurs des femmes, qui affichaient cependant un air déçu lorsqu'elles apercevaient Jenny. Elle considéra son profil avec fierté, et se sentit terriblement émue. Il tourna alors la tête et scruta ses yeux éloquents. Son sourire s'agrandit et il la rapprocha de lui pour lui murmurer à l'oreille :

— *Hasta la noche, amor chiquita.* Que la nuit tarde !

Son pouls s'accéléra, et elle lui rendit son sourire complice.

Dimanche après-midi, ils flânèrent sur la Paseo del Rio, où s'achevait ce jour-là l'exposition des Artistes Obscurs. Mark avait proposé à Jenny de chercher une toile à accrocher dans leur chambre. Elle découvrit finalement un tableau à l'huile représentant un paysage du Texas qui lui rappela le ranch de Mark. Ce dernier jugea également l'œuvre idéale pour l'hacienda.

Pendant qu'il payait le peintre, la jeune femme s'aventura un peu plus loin, et aperçut Grif en pleine transaction. Son choix de deux aquarelles naïves, dont l'une représentait un caniche noir, et l'autre un blanc, la stupéfia. Apparemment pudique, il les fit envelopper de papier kraft. Quel homme étrange ! Jenny, éberluée, haussa les épaules et rejoignit son mari.

Le lendemain, le trio explora l'Institut ethnographique du Texas, puis ils fouillèrent longuement parmi les étalages du *Mercado*. Mark marchanda avec un plaisir évident, affichant un subtil mépris qui défiait implicitement le vendeur. Il acheta ainsi à un prix dérisoire une superbe gibecière de cuir décorée artisanalement, qu'il offrit aussitôt à Jenny.

Elle le persuada d'essayer un sombrero mexicain, et posa à côté de lui tandis que Grif les prenait en photo.

— Je savais bien que tu ferais un superbe Pancho Villa, chuchota-t-elle.

Ils rirent tous deux.

Les nuits étaient un véritable enchantement. Lorsqu'ils regagnaient leur suite, après le dîner, il suffisait d'un regard ou du plus léger contact pour les enflammer tous deux. Mark savait éveiller en Jenny des émotions sensuelles qui déferlaient en elle comme de puissantes vagues. Plus tard, une fois leur mutuel désir assouvi, elle se blottissait contre lui dans l'obscurité, et s'endormait toujours ainsi, protégée dans le creux de son bras.

Malgré ses craintes, Jenny trouvait sa lune de miel idyllique. Elle eût été parfaite, sans l'incident qui assombrit leur dernière soirée à San Antonio. Après un excellent repas au *Little Rhein Steak House,* ils se promenaient sur les quais avant de regagner l'hôtel. Brusquement, Grif poussa son employeur contre Jenny, se rua en avant et dévala un escalier vers la berge du fleuve.

Elle chancela et s'agrippa à Mark, qui suivait des yeux son garde du corps. Jenny l'imita, et reconnut la superbe silhouette de Celeste Grant. Elle levait la tête vers le couple, l'air profondément malheureux.

— Que cherchez-vous ? gronda Grif, menaçant.

— Je dois parler à Mark, plaida-t-elle.

Le médecin s'empara du bras de Jenny et l'entraîna précipitamment vers le restaurant où ils s'engouffrèrent. Ils sortirent par-derrière et rentrèrent par un autre chemin, en silence. Dans l'ascenseur, l'expression maussade de Mark mit Jenny en garde et elle s'abstint de l'interroger. Lorsqu'ils eurent réintégré leurs appartements, il ferma la porte à clé et mit la chaîne, puis se dirigea droit vers le bar pour se verser un whisky. Grif les rejoignit peu après. Les deux hommes se retirèrent au salon et discutèrent longuement, à voix basse.

Lorsque Mark revint, Jenny se retint de poser des questions. Mais elle élaborait mentalement d'innombrables hypothèses concernant la belle Celeste. Pourquoi Grif la maintenait-il si soigneusement à l'écart ? Pourquoi affectait-elle à ce point son mari ? Quel passé inavouable avaient-ils en commun ?

Quand ils se couchèrent, Jenny, effrayée par l'inexplicable incident avec l'intruse, souhaitait surtout un contact rassurant. Elle enlaça étroitement la taille de Mark, et s'endormit enfin, la joue contre sa poitrine.

Elle se réveilla en pleine nuit et tâtonna instinctivement dans le lit, mais ne trouva pas son mari. Consciente d'une brise fraîche dans la pièce, elle se leva et gagna silencieusement la porte-fenêtre. Mark était sur le balcon, appuyé à la rembarde, l'air abattu. Elle eut envie d'aller le réconforter, mais sans doute ne désirait-il pas partager avec elle son tourment. Après quelques minutes, elle se força à retourner s'allonger.

Aucun des deux ne fit part à l'autre de son insomnie. Le lendemain, sur la route du retour, cette préoccupation les sépara d'une façon presque tangible.

Durant leur voyage, les affaires de Jenny avaient été déménagées à l'hacienda. Bridget avait déjà rangé ses vêtements dans les tiroirs et les penderies.

Les hautes fenêtres de la vaste chambre offraient une vue magnifique des terres du ranch s'étendant à l'est. On distinguait au loin un moulin à vent, et la route blanchâtre qui serpentait entre les hauteurs verdoyantes où paissaient des moutons.

Le lit immense était recouvert d'une épaisse étoffe artisanale blanche, et jonché de multiples coussins en coton matelassé. La moquette douce et profonde, couleur café au lait, était quelques tons plus sombres que la toile de jute tendue aux murs. Deux confortables fauteuils brun foncé, situés à proximité de lampadaires et d'étagères, constituaient d'agréables coins-lecture. Une commode en chêne, une coiffeuse et une imposante armoire rustique, complétaient l'ameublement, sans pour autant donner un aspect encombré à la pièce si spacieuse.

La salle de bains fascina Jenny. Deux vasques ovales de céramique chocolat s'intégraient à un long comptoir carrelé. Une mosaïque mexicaine or et brun recouvrait les parois. la moquette marron foncé s'arrêtait au bord de la baignoire carrée encastrée dans le sol, et munie d'un aquamasseur. Une immense baie vitrée coulissante formait le côté extérieur, et ouvrait sur une loggia envahie de verdure et de fleurs, et fermée par un mur suffisamment élevé pour assurer une parfaite privauté.

Le soir, Mark observa Jenny occupée à ranger et à déplacer ses objets de toilette. Visiblement, elle ne paraissait pas satisfaite du résultat.

— Pas assez de place ? s'enquit-il.

Surprise, elle leva la tête et le vit debout dans l'entrée, en train de défaire sa chemise avec nettement plus d'aisance qu'il n'avait pour la boutonner.

— Oh, non... Simplement, je crains de t'envahir un peu, avec toutes mes affaires.

Il huma l'air avec appréciation, et remarqua :

— Mais cela sent très bon... Une telle invasion n'est pas pour me déplaire.

— Mais... Cela va restreindre ton espace !

Il ôta son vêtement d'un haussement d'épaules, et considéra attentivement la jeune femme.

— Cette maison est de taille à accueillir une famille nombreuse. Essaies-tu de me faire regretter notre mariage ?

— Non, bien sûr.

— Trouves-tu notre vie conjugale plus difficile que tu ne l'avais escompté ?

— Bien sûr que non ! répéta-t-elle avec emphase.

Mark était près d'elle et la magie du désir agissait déjà, puissante comme un philtre.

— Tant mieux.

Il renversa son visage en arrière et s'empara de ses lèvres, en un baiser aussi autoritaire qu'irrésistible. Son bras gauche la serrait contre lui, la soulevant presque du sol.

Tout le calme de Jenny s'envola. Incapable de museler sa passion, elle l'embrassa en retour avec une ardente intensité. Lorsqu'il s'écarta enfin, il la contempla pensivement, les yeux mi-clos.

— Tu affirmes ne pas souffrir d'être ma femme, et je sens ton plaisir dès que je te touche.

Il grimaça un sourire.

— Tu sembles apprécier autant que moi ces moments de fièvre... Pourtant, tu es réservée, comme en cet instant, chaque fois que nous parlons. Tu as eu cette attitude toute la journée. Que se passe-t-il donc ?

Elle baissa les paupières pour éviter son regard perspicace. Après quelques minutes il enfila rageusement sa chemise et entreprit de la boutonner, les traits fermés. Déconcertée, Jenny releva la tête.

— Que... Que fais-tu ?

— Inutile de t'imposer ce spectacle lorsque ce n'est pas nécessaire, jeta-t-il en indiquant son épaule droite du menton. Je m'y suis habitué, en un an. Mais évidemment, cela ne peut que te dégoûter.

— Mark, non !

Elle immobilisa sa main avec douceur.

— Tu te trompes. C'est tout le contraire. Quand je te vois, j'ai peine à me maîtriser. Et je déteste perdre ainsi le contrôle de moi-même.

Il n'esquissa pas le moindre mouvement.

— Avec moi tu es en sécurité, Jenny. Tu n'as pas à te dominer. Si nous allions nous coucher, et profiter d'un moment de bonheur ?

« Mais nous pourrions en construire un bien plus grand ! » protesta-t-elle intérieurement. « Si seulement tu acceptais de m'admettre dans l'intimité de ton cœur, et non de ton corps uniquement ! Je veux te connaître. Raconte-moi ton passé, ton accident, Grif, Celeste. Parle-moi de ce lointain été, où j'étais une enfant et toi un homme. Je t'aime, que tu le veuilles ou non. Vas-tu encore longtemps feindre de l'ignorer ? ».

— Il n'y a pas que cela dans la vie, Mark, articula-t-elle d'une voix altérée. Je devrais me sentir en confiance avec toi, dis-tu, mais tu refuses la réciproque. Tu as fait de moi ta femme, pourtant tu m'interdis toute allusion à ton passé, à ta blessure, à Celeste. Tu te défends contre moi...

Le voyant se rembrunir, elle s'interrompit.

— Bon sang, Jenny, vas-tu me harceler avec cela jusqu'à la fin de mes jours ? Ne peux-tu te taire une bonne fois, là-dessus ?

Elle secoua la tête, désespérée. Leur mariage était un simple arrangement entre eux, il l'avait assez clairement établi. Entre eux, il n'était pas question d'amour. Elle s'était soumise à ces conditions, s'était engagée à ne pas le questionner.

— Très bien, admit-elle, vaincue. Je me tairai.

Les yeux assombris par le mécontentement, il s'arracha à ses mains avec impatience, boutonna sa chemise, et tourna les talons. Il ne la rejoignit que longtemps après.

15

Ce fut une étrange impression, le lendemain matin, de se faire conduire au centre en limousine. Au petit déjeuner, Mark avait annoncé qu'il verrait des patients à son cabinet, avant sa consultation de l'après-midi. Quand Jenny avait osé suggérer de prendre sa propre voiture, il l'avait foudroyée du regard, avant de décréter, d'un ton sans réplique, qu'elle viendrait avec lui.

— Oui, ô mon seigneur et maître, avait-elle marmonné.

Il fit mine de ne pas l'entendre, mais elle surprit une expression vaguement amusée sur le visage de Grif, qui sortit aussitôt pour se rendre au garage. Ce faible signe constituait presque une démonstration d'amitié. Peut-être parviendrait-elle un jour à découvrir sa véritable personnalité ?

En arrivant, Jenny gagna directement le bureau des secrétaires, où Patty buvait un café en compagnie de Carol et Helen. Les trois femmes embrassèrent la jeune mariée avec effusion.

— Assieds-toi là et raconte-nous tout, déclara Patty en la poussant vers une chaise.

Carol lui offrit une tasse et prit place à côté d'elle.

— Oui, vite ! renchérit-elle. Nous sommes dévorées de curiosité ! Comment s'est passée ta lune de miel ?

— Oh, vous connaissez le scénario habituel, éluda Jenny.

— Justement, non ! rétorqua Patty avec un vif regret. Et je désespère de le découvrir jamais !

— Ne l'écoute pas, Jenny, conseilla Helen. A mon avis, nous fêterons d'autres noces avant longtemps.

— Quelle idée ! riposta Patty d'un air faussement fâché. Mais dis-nous, Jenny : était-ce merveilleusement romantique ?

— Merveilleusement.

— Quel effet cela fait-il de se retrouver seule quatre jours durant avec un mari aussi incroyablement beau ?

— Nous n'étions pas seuls, rectifia Jenny en réprimant un sourire. Grif nous accompagnait.

— *Comment ?* s'exclamèrent ses amies avec un bel ensemble.

— Naturellement, confirma-t-elle avec désinvolture.

— Mais... pas *constamment,* tout de même ? protesta Patty.

— Il n'a pas partagé votre chambre à coucher ! renchérit Carol.

— Eh bien... euh... non, en effet, avoua-t-elle en rougissant.

— Aha ! s'exclama Helen, ravie. Je m'en doutais ! Tu as bien l'air d'une femme amoureuse. Et satisfaite, de surcroît.

Jenny ne souhaitait pas s'étendre sur ce sujet. Aussi détourna-t-elle la conversation.

— Helen, tu as bien fait allusion à un éventuel mariage imminent ?

Visiblement gênée, Patty se leva pour proposer une seconde tasse de café à la ronde.

— Ces deux chipies me taquinent sous prétexte que Walter et moi sommes sortis ensemble quelques soirs de suite, récemment. Elles refusent d'admettre que nous soyons simplement amis.

— Je les comprends ! jeta Jenny en riant. Cesse donc de te leurrer et réjouis-toi de ta chance !

L'infirmière chercha son regard, que Jenny soutint franchement ; Walter Drummond n'ayant jamais été pour elle qu'un collègue apprécié.

— Walter et toi formeriez un couple formidable, si tu veux mon avis.

— Sincèrement ?

Jenny la prit affectueusement par les épaules.

— Bien sûr. Et je te recommande fermement de te marier.

Sur ces paroles, elle se hâta de prendre congé de ses amies dont la curiosité paraissait insatiable et retrouva avec plaisir le cadre familier de son bureau. Un entretien avec un patient récemment sorti d'hôpital l'occupa une bonne partie de la matinée. Quand Walter et Jim passèrent la voir, elle dut leur répéter que son séjour à San Antonio s'était très bien passé.

Plus tard Phil entra et prit place sur une chaise, le visage épanoui.

— Je ne suis pas sûr de t'avoir dit à quel point j'étais heureux pour Mark et toi.

— Merci, Phil. La nouvelle a dû prendre tout le monde de court. Nous n'avons pas eu le temps de nous organiser, les uns comme les autres.

— Je conteste cette affirmation. Mark, lui, semblait très bien maîtriser la situation. Je le soupçonne d'avoir prévu cela de longue date.

Elle préféra ne pas le détromper. A quoi bon ?

— Jan est absolument enchantée, enchaîna-t-il. Elle ne cesse de clamer à qui veut l'entendre qu'elle l'avait bien prédit. J'avoue que cela a considérablement facilité nos relations et je devrais probablement remercier Mark !

Jenny hocha la tête, compréhensive.

— Je suis navrée qu'elle ait continué de nous attribuer plus qu'une bonne amitié.

— On ne peut le lui reprocher. Je tiens beaucoup à toi et elle en est consciente. Tu représentes un peu la petite sœur que j'aurais voulu avoir.

Elle battit des cils pour refouler ses larmes.

— Oh, Phil, cela me touche tant.

— N'en parlons plus, marmonna-t-il en se levant.

Arrivé à la porte, il hésita et se retourna.

— Jenny, je vous souhaite un grand bonheur, à tous les deux. Mais nous sommes amis depuis longtemps, toi et moi. Si jamais il te fait souffrir, j'oublierai sa haute taille et son garde du corps, et je lui administrerai une fameuse correction !

Elle rit et riposta :

— Les hommes finissent toujours par faire pleurer les femmes. Ne l'avais-tu pas encore remarqué ?

Il sourit et la laissa à son travail.

— Je parie que ton mari a réservé à l'avance tous tes déjeuners, vint déclarer Patty, quelques minutes après. Finis, nos bavardages de midi ! gémit-elle.

— Mais pas du tout ! Rien ne nous empêche de nous retrouver encore. Mark sera sûrement trop occupé pour me monopoliser.

— Tant mieux ! Que dirais-tu d'aujourd'hui ?

Jenny ignorait totalement la nature des projets de Mark, mais elle était gênée de l'avouer. Elle prétexta une visite chez Mme Carson. A onze heures moins cinq, cependant, la secrétaire lui transmit une communication de la part du Dr Temple sur la ligne numéro trois.

— Je t'appelle entre deux patients, annonça-t-il d'emblée. Je serai bref : Grif viendra te chercher à onze heures quarante-cinq. Tu iras manger avec lui à la cafétéria.

— Et toi ?

— Thurston m'a demandé de voir un de ses malades à midi. Apporte-moi un sandwich, à treize heures.

— Mais...

— Je dois te quitter, conclut-il avant de raccrocher.

— Oui, ô mon seigneur et maître, soupira-t-elle avec irritation dans le combiné muet.

L'idée de rester seule avec Grif ne lui plaisait guère... Elle eut brusquement une inspiration à son sujet. Le répertoire des institutions de santé mentale lui fournit les coordonnées de Gray State Hospital, où Mark avait été interne à l'époque où il avait connu son chauffeur. Celui-ci s'y trouvait peut-être alors comme patient ?

Pendant que la standardiste recherchait une ancienne amie d'université de Jenny, psychologue à l'hôpital, elle s'efforça de ne pas imaginer la colère de Mark s'il venait à apprendre sa démarche. Enfin, une voix jeune et amicale répondit.

— Ici Carol Branch.

— Carol ! Ici Jenny, comment vas-tu ?

Après cinq minutes de conversation animées Jenny mit fin à leurs réminiscences.

— J'ai un grand service à te demander, Carol.

— Je te dois bien cela. Tu m'as si bien aidée, autrefois aux examens ! De quoi s'agit-il ?

— Rechercher dans les archives un dossier au nom de Tyler Griffith. Je crois qu'il a été hospitalisé chez vous, il y a environ neuf ans.

Elle avait retenu son nom complet en voyant Mark l'inscrire sur le registre de l'hôtel.

— Date de naissance, et numéro de Sécurité sociale ?

— Je ne les connais pas. A mon avis il doit avoir... disons quarante-cinq ans. Si cela peut t'être utile, il doit mesurer près de deux mètres et peser plus de cent kilos. Il est brun, avec des yeux noirs et une vilaine cicatrice sur la joue. Il est... assez impressionnant d'aspect.

— Je vais voir si je le trouve. Ne quitte pas.

Elle attendit assez longtemps. Enfin Carol reprit l'appareil.

— J'aurais dû reconnaître Grif à ta description ! s'exclama-t-elle. Il n'a pas dû beaucoup changer.

— C'est donc bien un ancien patient ?

— Mon Dieu, oui ! Une véritable légende.

C'était donc si grave que cela ! Un frisson parcourut Jenny.

— Mais tu n'as pourtant pas pu le voir, toi, Carol ? Tu ne travailles à l'hôpital que depuis cinq ans.

— Tu as raison, mais on raconte son histoire à tous les arrivants, en guise d'exemple. Cela t'intéresse ?

— Beaucoup, confirma Jenny, inquiète.

— Il y a neuf ans, un jeune interne assez sûr de lui serait arrivé ici, décidé à tout réformer. Les conditions des malades, oubliés de tous, l'horrifiaient. Un jour, pendant sa visite, ce médecin a remarqué Grif, recroquevillé dans un coin, se remettant d'une rixe avec son voisin de chambre qui lui avait valu la balafre que tu as mentionnée. Il a essayé de lui parler, sans succès. Il est revenu quotidiennement des semaines durant, sans se décourager. Il a compulsé le dossier, déjà ancien, dans lequel Grif était diagnostiqué schizophrène. Il s'est entêté en dépit de tout, et a fini par gagner la confiance de Grif. Et sais-tu ce qu'il a alors découvert ? Que le pauvre homme était complètement sourd ! Il a fait venir un oto-rhino-laryngologiste qui a recommandé un traitement chirurgical. Aussi incroyable que cela paraisse, le directeur s'est opposé à l'opération ; d'après lui, un malade aussi dangereux n'en valait pas la peine.

« L'interne n'a pas renoncé. Il a financé lui-même l'intervention, puis a sollicité une entrevue avec le gouverneur de l'Etat, pour lui exposer la situation à *Gray*. L'administrateur fut promptement limogé et remplacé. Par la suite, les examens ont démontré que Grif n'était pas plus fou que toi ou moi. Il était pourtant resté enfermé vingt années durant, depuis l'époque où sa surdité avait causé de graves problèmes de communication. La morale de ce récit étant, bien sûr, que le personnel psychiatrique doit veiller à ne pas étiqueter les gens pour les jeter aux oubliettes.

— Et le brillant psychiatre ? s'enquit Jenny, le cœur battant.

— Il se nomme Marcus Bradford Temple. Tu en as peut-être entendu parler. Ne trouves-tu pas cette anecdote merveilleuse ?

— Très... édifiante, convint-elle.

— Au fait, pourquoi t'intéresses-tu à Tyler Griffith ? questionna Carol. Tu ne l'aurais pas rencontré, par hasard ? D'après les anciens d'ici, il se serait ensuite dévoué corps et âme à l'extraordinaire Dr Temple.

— Ce ne serait guère surprenant, fit Jenny. Excuse-moi, on frappe. Je te rappellerai, un de ces jours. Au revoir !

Une demi-heure plus tard, elle était encore assise à son bureau, perdue dans ses pensées, lorsque Grif entra silencieusement, et toussota pour attirer son attention.

— Hmm. Pardon, madame Temple.

— Grif ! s'exclama-t-elle en sursautant. Nous allons déjeuner, n'est-ce pas ?

Il acquiesça d'un air morne, et la suivit pour quitter le bâtiment. Arrivée à la voiture, Jenny réfléchit rapidement et décida de monter à l'avant, et non derrière la paroi de verre qui la séparait ordinairement du chauffeur. Grif s'immobilisa, perplexe.

— Vous ne pouvez pas faire cela, madame, protesta-t-il.

— Mais si.

— Cela ne plairait pas au Dr Temple.

— A mon avis, il n'y verrait aucun inconvénient. Ne s'assoit-il pas avec vous quand vous êtes seuls ?

— Parfois, si. Mais c'est différent. Ce ne serait pas correct.

Elle ouvrit de grands yeux innocents.

— Pourquoi donc ? Je vous fais confiance et vous pouvez vous fier à moi. Je me garderais bien d'avoir un comportement qui puisse gêner en quoi que ce soit le Dr Temple. Croyez-moi, je l'admire autant que vous.

Grif étudia ses arguments quelques instants, puis haussa les épaules et alla s'installer au volant.

Dans la cafétéria, à table, elle reprit la conversation.

— Puisque nous allons probablement nous trouver fréquemment ensemble, nous ferions mieux de prendre un bon départ tous les deux. Je n'ai peut-être pas été très aimable envers vous. Il s'est passé tant de choses, récemment !

Il hocha la tête, sans cesser de fixer son assiette. Jenny poursuivit sans se décourager.

— Un de mes défauts est de me forger trop vite une opinion sur les gens. Je me suis trompée à votre sujet, ce n'est pas la première fois. Je tiens à vous dire que j'en suis navrée.

Il reposa sa fourchette et la regarda en face.

— Pourquoi estimez-vous m'avoir mal jugé ?

Elle ne comptait avouer à personne, et surtout pas à lui, la teneur de sa conversation téléphonique avec Carol.

— Eh bien, au début je vous croyais... euh, dangereux.

— Mais je *suis* dangereux, madame Temple. Que quelqu'un s'en prenne à mon patron, et il pourra le vérifier.

— Je comprends votre loyauté envers Mark, mais vous pouvez sûrement relâcher votre vigilance, à présent. Il n'a rien à redouter des gens de Santa Anna.

— Si j'avais été plus attentif l'année dernière, il

aurait encore l'usage de son bras droit. Imaginez-vous les remords que j'ai depuis ?

Ses yeux noirs, si neutres d'ordinaire, luisaient de rage.

— Je ne me laisserai plus berner de la sorte. Je me méfie, à présent.

— Grif, il faut me croire, je vous en supplie, plaida-t-elle. S'il était en mon pouvoir d'effacer le drame de l'an passé, je le ferais sans hésiter ! Peut-être pensez-vous que mes sentiments pour Mark ne peuvent être bien profonds, puisque nous nous sommes rencontrés il y a si peu de temps. Mais je vous assure que mon affection pour lui remonte beaucoup plus loin.

Elle avait capté son intérêt, à présent. Jenny inspira à fond, avant de se confier à lui comme elle né l'avait jamais fait à quiconque.

— Voyez-vous, j'ai connu Mark Temple chez mon oncle, un été. Je n'étais encore qu'une enfant. Vous en a-t-il parlé ?

Il acquiesça, réticent.

— A-t-il également mentionné que j'étais tombée follement amoureuse de lui ?

Elle fut surprise de le voir faire un signe de dénégation.

— Il n'a pas dû s'en rendre compte. Pourtant, mon adoration n'était guère discrète. Et je... Je ne m'en suis jamais vraiment remise. A ce jour, je le trouve toujours aussi extraordinaire.

Impénétrable, il se contenta de grogner son assentiment.

— Quoi qu'il en soit, s'empressa-t-elle d'ajouter, s'il n'a réellement pas décelé ma passion d'adolescente, je préférerais qu'il reste dans l'ignorance. Cela lui donnerait sur moi un avantage injuste. Vous me comprenez ?

Il l'étudia encore quelques minutes, puis marmonna :

— Je crois que oui.

— Je peux donc compter sur vous pour garder mon secret ?

Il ne put réprimer un demi-sourire qui la ravit.

— Oui. Pour le moment, du moins.

Elle décida de se satisfaire de cette marque de confiance. C'était un bon début. Sans doute Grif n'avait-il entièrement foi qu'en le Dr Temple.

Jugeant un sandwich insuffisant pour nourrir son mari, elle lui commanda un repas complet à emporter. Dans la voiture, elle expliqua à Grif comment atteindre un de ses coins à pique-nique préférés, au nord de la ville. Dès que Mark fut avec eux, il prit cette direction.

Le médecin sourit brièvement à Jenny avant de se reposer contre le dossier, les yeux fermés. Elle examina ses traits tirés, et s'en voulut de n'avoir pu le convaincre de se reposer, cette semaine. Sans ouvrir les paupières, il s'empara de sa main.

— Ne commence pas à t'inquiéter, conseilla-t-il doucement. J'ai mal dormi cette nuit, c'est tout.

Elle oublia toute sa rancœur de la veille, et murmura :

— Je suis désolée, Mark. Un de ces jours, j'apprendrai à me taire.

— Pas complètement, j'espère.

Elle déposa un baiser léger sur sa joue.

— Hélas, non ! Mais je n'aime pas les disputes. Si cela doit nous faciliter les choses, je m'efforcerai d'étouffer ma curiosité naturelle.

Il enlaça tendrement sa taille souple et elle noua ses bras autour de son cou. En la sentant se blottir contre lui, il la considéra d'un œil amusé.

— En fin de compte, pourquoi éviter les querelles ? Si les réconciliations doivent toujours se passer ainsi... Tu sens bon.

— Toi aussi. Et si nous rentrions à la maison ?

— Ne me tente pas. A ce propos, je suis affamé. Où est mon sandwich ?

Il se redressa, et s'aperçut alors qu'ils s'éloignaient de Santa Anna.

— Mais… Où va Grif ?

— A la campagne. C'est mon idée, Mark. J'ai prévenu Walter que nous arriverions un peu en retard. Inutile de te rendre malade en mangeant trop vite.

Il haussa les sourcils, l'air soupçonneux.

— Tu me trouves assez mauvais caractère sans cela ?

Elle sourit, espiègle, et il se renfonça dans son siège, apparemment content.

Grif se gara en bordure d'un champ. Tous trois foulèrent prudemment le seigle qui montait déjà à hauteur de cheville, jusqu'à un vieil arbre noueux dont une branche basse formait un siège idéal. Le couple s'y installa, tandis que Grif s'étendait à proximité, dans l'herbe. Mark dévora à belles dents le sandwich au poulet, la salade de pommes de terre, le fromage et les deux poires choisies par Jenny.

— Ce fut bon, commenta-t-il avec satisfaction, son repas terminé.

— Quel appétit ! remarqua-t-elle, amusée.

— Je t'avais prévenue. Ah, la matinée m'a paru interminable !

En prenant garde de ne pas salir son costume sur l'écorce, il se rapprocha du tronc pour y prendre appui.

— Je crains de m'être habitué à une existence oisive.

— Tu es un paresseux invétéré ! taquina-t-elle… sérieusement, Mark, ajouta-t-elle après un silence. Il ne faut pas te surmener… A quoi bon précipiter les choses ?

— Hmm ?

Les yeux clos, il goûtait la chaleur du soleil sur sa peau hâlée.

— Il vaudrait mieux pour toi reprendre progressivement, et ne travailler à plein temps qu'après quelques mois.

Il rouvrit les paupières. Grif aussi l'observait discrètement, malgré la distance qui les séparait.

— Trop tard. Mon emploi du temps est déjà complètement bloqué pour les semaines à venir. J'aime cela, d'ailleurs, même si je parais un peu fatigué, aujourd'hui.

— Es-tu certain d'avoir l'autorisation de ton médecin ?

— Crois-tu vraiment qu'une telle objection suffirait à me gêner ?

En la voyant s'apprêter à protester, il éclata de rire.

— Très bien, très bien, « petite mère ». Si cela peut te tranquilliser, il m'a confirmé que tout allait bien avant mon départ de Los Angeles.

Pour prévenir toute autre question de la part de Jenny, il changea de sujet et montra à Grif les deux monts qui se découpaient sur l'horizon, près de Santa Anna.

— Le chef comanche Santana y a trouvé refuge, au début du XIXe siècle. D'où le nom de la ville.

— Je croyais qu'il provenait du général mexicain, commenta le chauffeur.

— C'est une erreur très répandue, convint Jenny. Le bourg avait été baptisé « Santana », mais d'après la légende, l'employé des postes, en 1879, aurait fait une faute d'orthographe. Elle est restée.

— Autant que je sache, intervint Mark, le général Santa Anna n'a jamais atteint cette région. Les Comanches, en revanche, se servaient de ces hauteurs comme point de ralliement.

— Plus tard, compléta Jenny, la cavalerie nordiste y a installé des postes de garde, pour guetter une éventuelle attaque des Fédérés sudistes.

— Et les brèches ? interrogea Grif en fixant les plaies

béantes qui défiguraient le flanc sud de chaque montagne.

— Ce sont des carrières de calcaire, répliqua le psychiatre, laconique. Quelle mutilation, n'est-ce pas ?

Grif émit un grognement de mépris à l'égard de l'humanité dans son ensemble, puis se mura à nouveau dans son mutisme. Pour la première fois, Jenny se sentit vraiment quelque chose en commun avec lui...

Dans le hall du centre de thérapie, Grif s'installa dans le meilleur fauteuil avec un magazine. La main sur l'épaule de Jenny, Mark parcourut le couloir avec elle, jusqu'au bureau de la jeune femme.

Elle se tourna pour l'étudier, incapable de croire réellement que cet homme au physique dévastateur fût son mari. Dans son complet beige bien coupé, avec ses yeux bleus presque turquoise, ses superbes cheveux noirs, il paraissait trop beau pour être vrai. Une vague de désir l'embrasa brusquement.

Mark sourit en contemplant son expression. Il effleura sa bouche tremblante d'un baiser et chuchota :

— Ne me regarde pas ainsi, sans quoi je prendrai des mesures draconiennes.

— A savoir ? murmura-t-elle.

— Ne jouez pas les ingénues avec moi, madame Temple. Je serais ravi de vous ramener chez nous toutes affaires cessantes, si Walter n'avait prévu une réunion administrative pour laquelle je suis déjà en retard. En outre, il serait dangereux de prendre une telle habitude — t'écouter chaque fois que tes prunelles de velours me font de troublantes propositions.

Il prit une expression machiavélique en la voyant frémir d'indignation. Après une caresse sur sa joue en guise de salut, il s'éloigna en direction du bureau de Walter. Elle le suivit des yeux sans chercher à cacher son amour.

16

CET emploi du temps devait rapidement s'établir comme routine. Chaque matin, Jenny était déposée au centre, puis Grif conduisait le médecin à son cabinet privé. Lorsqu'il en avait la possibilité, Mark venait chercher Jenny pour déjeuner, et ils pique-niquaient fréquemment dans le champ de seigle, tandis que le printemps s'épanouissait dans une agréable chaleur. Quand il devait voir un patient, il envoyait Grif, que la jeune femme eut ainsi l'occasion de mieux connaître.

En l'étudiant discrètement dans la cafétéria, elle fut surprise de constater qu'elle l'intimidait autant qu'il l'avait inquiétée. Ses vingt années d'internement avaient dû imprimer sur son caractère une marque indélébile ; sans doute n'admettait-il pas grand monde dans son intimité. Mais leur commun attachement à Mark Temple les rapprochait, formant la base d'une éventuelle amitié.

Un jour, Mme Carson téléphona au centre pour inviter son ancienne locataire à déjeuner. En apprenant qu'elle devait retrouver Grif, elle convia promptement ce dernier. Jenny s'attendait à un refus de la part du taciturne chauffeur, mais il hocha la tête en signe d'assentiment.

Durant le repas, pris dans la cuisine fort encombrée

de Mme Carson, il ne fut guère loquace. Du reste, même Jenny eut peine à placer quelques remarques, car l'intarissable propriétaire racontait dans le détail les préparatifs de la prochaine soirée paroissiale.

— Et vous, ma chérie, viendrez-vous avec le Dr Temple ? s'enquit-elle.

— Je n'y ai pas réfléchi, admit Jenny. Je demanderai à Mark si cela l'intéresse.

— Mais oui ! Et emmenez M. Griffith, surtout !

Elle adressa à Grif un sourire radieux, et posa les doigts sur son bras. Contrairement à ce qu'aurait cru Jenny, au lieu de repousser Mme Carson, il supporta placidement son exubérance.

— Je serais ravie de vous y voir… Tyler. Puis-je vous appeler Tyler ?

Il acquiesça lentement. Jenny eut une subite inspiration :

— Si je peux convaincre Mark, nous passerons vous prendre, madame Carson. Ce devrait être possible, n'est-ce pas, Grif ?

Il hocha à nouveau la tête, les yeux toujours posés sur sa voisine qui battit joyeusement des mains.

— Quelle merveilleuse idée !

En se rendant à la salle de bains, Jenny aperçut dans la chambre de Mme Carson un détail qui la stupéfia : deux petits tableaux nouvellement encadrés, représentant l'un un caniche noir, et l'autre un caniche blanc… A San Antonio, Grif avait dû noter la ressemblance du premier avec Muffy. Lui qui savait distinguer un Picasso authentique d'une copie, avait acheté ces œuvres sans valeur pour faire plaisir à une femme que la moitié de Santa Anna jugeait folle !

Quel homme étrange, vraiment ! Et pourtant… Combien de personnes, avant Mme Carson, l'avaient considéré comme un être extraordinaire, un véritable don des cieux ?

Trois après-midi par semaine, Mark recevait les malades en consultation pour leurs traitements. Au début, Jenny continua de prendre ses notes mais elle ne pouvait longtemps négliger ainsi ses propres tâches, et on employa une secrétaire à mi-temps pour remplir ce rôle.

Joanna, une jolie jeune fille fraîchement émoulue de son école de secrétariat, donna rapidement toutes les apparences d'être tombée follement amoureuse du beau psychiatre. Mark fut aussi agacé par cette rumeur que Jenny en fut amusée : n'avait-il pas prétendu que le mariage le mettrait à l'abri de telles mésaventures ?

Au moins, Stella Rainey ne le persécutait plus au téléphone. Et si Leah Carew s'obstinait à flirter avec lui à chacune de ses visites au centre, elle avait renoncé à l'appeler à son domicile. La nouvelle des noces s'était rapidement répandue ; pendant des semaines, les patients félicitèrent successivement le nouveau couple, souhaitant en particulier à Jenny un grand bonheur, puisqu'ils la connaissaient tous de longue date.

En fin de journée, ils regagnaient le ranch et se détendaient avant le dîner, souvent par une promenade à cheval dans le crépuscule. Grif les laissait seuls durant ces sorties, mais guettait toujours anxieusement leur retour, devant l'hacienda.

Jenny appréciait plus qu'elle ne l'eût imaginé ces moments partagés avec son mari. Au lieu de pousser son étalon, il semblait satisfait de rester à ses côtés, tantôt silencieux, tantôt discutant le cas d'un patient qui le préoccupait. Il sollicitait alors son avis. Elle en avait été gênée, au début, craignant de lui paraître terriblement ignorante. Mais il écoutait attentivement ses observations, sans jamais se moquer d'elle, et elle devint plus confiante.

— Si je profère une énormité, tu la corrigeras, n'est-ce pas ? s'enquit-elle un soir.

Ils s'étaient arrêtés au réservoir le plus proche de la maison, pour permettre à leurs montures de se désaltérer.

Mark venait de décrire le comportement d'un malade qu'il avait reçu ce matin-là pour la première fois. Il lui demandait si le diagnostic posé dans une clinique psychiatrique privée des environs lui paraissait exact.

— Souhaites-tu une telle franchise de ma part ? s'enquit-il en l'étudiant.

— Bien sûr.

— Je le pensais bien. Oui, je te le dirais, car tu es capable de le supporter, à mon avis.

Mark mit pied à terre et elle l'imita. Ils laissèrent les bêtes paître librement, et allèrent s'asseoir dans l'herbe au bord de l'eau.

— Jusqu'à présent, tes remarques m'ont paru extrêmement pertinentes. Elles m'ont souvent aidé à mettre de l'ordre dans mes propres idées.

— Tu me décernes donc une mention « passable » ?

Il rit doucement, s'étendit sur le dos, et la tira sur sa poitrine où il la maintint fermement.

— Plutôt « très bien », souffla-t-il dans son oreille. Et ce serait vrai même si tu ignorais tout de la psychologie.

Il l'embrassa langoureusement, caressa avec volupté la courbe de ses seins. Inévitablement, ces caresses éveillèrent en elle une passion qui enflamma ses joues, tandis qu'elle se blottissait contre lui.

Tout en lui rendant ses baisers avec ardeur, elle glissa sa main sous sa chemise pour parcourir son torse couvert d'une fine toison brune. Son cœur battait à se rompre autant que celui de Mark, dont elle percevait les battements saccadés. Le souffle court, elle quitta sa bouche et posa la joue sur son épaule, pour tenter de se calmer.

— Mark, plaida-t-elle d'une voix altérée. Pourquoi faisons-nous cela ?

— Oui, pourquoi ? répéta-t-il d'un ton moqueur.

Il la tenait enlacée, sans aucune intention de la libérer.

— Mais... pourquoi ici ? Tu ne comptes tout de même pas...

— Si.

Avec une infinie lenteur, il entreprit de déboutonner son corsage, dont il la débarrassa avec un plaisir manifeste. Puis il défit plus laborieusement l'attache de son soutien-gorge, qu'il jeta négligemment dans l'herbe. Ses yeux brillaient d'un éclat impatient dans l'ombre du soir mais il ne pouvait s'arracher à la contemplation de Jenny, fasciné par sa beauté.

Le désir l'emporta bientôt. Avec des gestes empreints de maladresse il voulut ôter sa ceinture à boucle d'argent ; Jenny, gagnée par une brûlante fièvre, l'aida de ses doigts agiles. Trop tard, elle comprit son erreur. Sa précipitation avait blessé Mark dans sa fierté.

— J'y serais arrivé seul, marmonna-t-il.

— Bien entendu, convint-elle avec une feinte désinvolture pour masquer son remords.

Il se tenait un peu à l'écart, manifestement irrité. Jenny admira malgré elle la perfection de son corps sculptural, cherchant un moyen de se faire pardonner. C'était trop absurde ! Cet homme qu'elle aimait au point de ne pouvoir résister à l'envie de le toucher, la soupçonnait de commisération à son égard !

— Oh, Mark ! s'écria-t-elle. Comment peux-tu t'offusquer de mon ardeur ?

Elle déposa une pluie de baisers sur son épaule, noua ses bras autour de son cou et l'attira plus près d'elle.

— Je te veux, Mark, chuchota-t-elle. Ne sois pas fâché, je t'en supplie !

Il resta quelques instants immobile, le visage figé. Jenny, anxieuse, n'entendait que le hennissement des chevaux, le bruit mat de leurs sabots sur la terre. Enfin Mark exhala un soupir et se détendit.

— Très bien, petite sorcière, capitula-t-il. Je me soumets à tes ordres.

Il semblait soulagé ; lui aussi souhaitait ce moment de tendresse partagée dans la prairie. Il ne put réprimer les gémissements rauques que lui arrachaient les caresses de Jenny, et se laissa porter comme elle par les vagues de plaisir qui les soulevèrent comme une puissante lame de fond.

Ils restèrent ensuite longtemps enlacés, les yeux fermés, en paix avec eux-mêmes et avec le monde. Un sourire rêveur flottait sur les lèvres de Jenny. Jamais auparavant elle n'avait goûté un tel bien-être, une telle sérénité, qu'en cet instant, au sein de la nature renaissante dans le printemps victorieux.

Son cœur se gonflait d'un amour qu'elle avait peine à taire. Mais comment réagirait Mark ? Il n'avait jamais parlé que des joies physiques qu'ils s'offraient mutuellement. Jamais du sentiment profond qu'elle-même éprouvait en ce moment. Et s'il ressentait quelque chose de comparable ?

Elle eut envie de le lui demander, de confier ses propres émotions. Mais il risquait d'être horrifié, ou pire, apitoyé par ses révélations. Il lui en voudrait peut-être d'espérer de leur union autre chose qu'il n'avait promis. En outre, l'énigme relative à Celeste demeurait entière... trop troublante pour être rejetée.

Alors qu'elle hésitait encore, sur le point de s'ouvrir à lui, le destin décida pour elle. Un cri lointain, si grave qu'il ne pouvait venir que de Grif, retentit.

— Mark ! Madame Temple ! hélait-il. Où êtes-vous ?

Mark se redressa en un éclair.

— Bon sang ! J'avais complètement oublié Grif et Bridget !

Dans la semi-obscurité, il tria rapidement leurs vêtements et lança à Jenny son jean et son chemisier, avant de se vêtir lui-même en toute hâte.

Aussi soulagée que déçue par cette intervention, Jenny se rhabilla, lissa ses cheveux où s'accrochaient des brins d'herbe, et surveilla Mark qui s'efforçait frénétiquement de fermer ses boutons. Les appels se rapprochaient, mais elle n'osa pas lui proposer son aide. Aussi fut-elle surprise lorsqu'il déclara sèchement :

— Voilà l'occasion ou jamais, Jenny. Peux-tu me rendre présentable en soixante secondes ? Grif ne mettra guère plus de temps à nous trouver.

Elle s'exécuta diligemment et tira les pans de sa chemise. La jeune femme l'aidait à enfiler ses bottes lorsque le chauffeur, essoufflé, apparut auprès d'eux. Comme des coupables pris en flagrant délit, ils s'immobilisèrent tous deux tandis qu'il les fixait, les dominant de sa taille massive.

— Ça va ? demanda-t-il sévèrement.

— Très bien, répliqua Mark d'un ton contrit qui fit pouffer Jenny. Serions-nous en retard pour le dîner, par hasard ?

Manifestement exaspéré, Grif haussa les épaules et émit un grognement réprobateur.

— Oui, confirma-t-il enfin.

— Désolé. Si tu veux ramener les chevaux à l'écurie, nous irons présenter nos excuses à Bridget. Vous étiez inquiets, je présume ?

— Mais pas du tout ! railla le garde du corps en s'éloignant avec les bêtes.

Bridget fit de son mieux pour rester impassible lorsque Mark et Jenny arrivèrent dans la salle à manger. Mais en s'examinant mutuellement dans la pièce brillamment éclairée, ils ne purent s'empêcher d'éclater de rire. Des herbes sèches constellaient encore les cheveux de Mark, et leurs vêtements chiffonnés trahissaient impitoyablement leur secret.

Tout au long du repas régna une atmosphère joyeuse, qui étonna Jenny. La nature clandestine de leur escapade semblait les avoir autorisés à se comporter de façon toute différente, comme un couple d'amoureux épris de la vie et l'un de l'autre.

Mark leva son verre et proposa un toast :

— A nous deux.

Grif, appuyé au chambranle de la porte, les surveillait d'un air impassible mais ses yeux trahissaient son amusement. Bridget entra et les considéra d'un air ravi.

— Oh, madame Temple ! s'exclama-t-elle brusquement. J'oubliais de vous dire que Mme Carson est passée pendant, euh… votre promenade à cheval, acheva-t-elle en rougissant.

— Merci, fit Jenny sans se démonter. Je l'appellerai après le dîner. Elle voulait sans doute me rappeler la fête paroissiale de demain.

Elle se tourna vers son mari et s'enquit :

— Y as-tu réfléchi ?

— As-tu envie d'y aller ?

— Cela me ferait plaisir, si tu supportes d'être le point de mire de tout le monde. Ce sera ta première soirée officielle à Santa Anna, Mark. Il faudra t'attendre à affronter la curiosité amicale de tes concitoyens.

— Promets-tu de ne pas m'abandonner une seule seconde ?

— Craindrais-tu Miss Rainey, par hasard ?

— Ce n'est pas impossible, admit-il sans fausse modestie.

— Inutile de t'en préoccuper, à mon avis. Elle ne fréquente guère les réunions de ce genre. Mais si vous le souhaitez, docteur Temple, je me tiendrai constamment à vos côtés afin de repousser d'éventuelles avances intempestives.

— Parfait, conclut-il. Dans ce cas, nous pouvons nous y risquer… Grif, annonça-t-il au chauffeur. Tu es libre demain soir.

— Mais pas du tout ! protesta Jenny. Grif nous accompagne, Mme Carson compte sur lui.

Le psychiatre, ébahi, haussa les sourcils et considéra Grif, qui se contenta de hocher la tête.

— Eh bien… pourquoi pas ? convint-il, désemparé.

— Peut-être aimeriez-vous venir aussi, Bridget ? proposa Jenny.

— J'allais justement vous demander congé pour la soirée, avoua timidement la jeune fille. On m'a déjà invitée à la fête.

Tous les regards se posèrent sur elle.

— Formidable ! s'exclama Jenny.

— Qui, *on ?* s'enquit Mark.

— Jeff Brandon, Monsieur.

Le médecin sourit en signe d'assentiment, et Grif, sans doute inconsciemment, en fit autant. Les deux hommes estimaient visiblement ce garçon digne d'escorter leur « pupille ».

La soirée paroissiale fut un succès. Les citoyens de Santa Anna étaient venus nombreux, et bavardaient gaiement tout en remplissant leurs assiettes à l'immense buffet. Le dîner hétéroclite se composait des plats apportés par les dames de la commune — poulets frits, lasagne, macaroni au gratin, salades variées, pains faits maison, et diverses tartes et gâteaux.

Jenny connaissait presque tout le monde, et tous semblaient impatients de rencontrer son célèbre mari. Mark n'avait guère le temps de manger entre deux présentations, mais il acceptait de bonne grâce l'accueil enthousiaste qu'on lui faisait. Le jeune couple n'eut pas même l'occasion d'échanger quelques paroles avec Bridget et Jeff, ni avec Grif et Mme Carson, qui paraissait du reste n'avoir besoin de personne. L'ancienne propriétaire de Jenny conversait avec animation, accompagnant ses propos de grands gestes éloquents. Pour l'entendre dans le brouhaha général, Grif devait se pencher tout près d'elle, donnant ainsi une impression d'intimité entre eux. Mme Carson prit soin de se montrer ostensiblement avec son cavalier devant toutes ses amies.

Lorsqu'ils l'eurent raccompagnée chez elle et repris le chemin du ranch, Jenny appuya la tête sur l'épaule de Mark et exhala un soupir de satisfaction.

— Ce n'était pas si terrible que cela, n'est-ce pas ?

— Terrible ? répéta-t-il, surpris. Pas le moins du monde. Pourquoi, avais-je l'air de m'ennuyer ?

— Non, mais je craignais que tu ne trouves cela un peu ridicule en comparaison des cocktails de Beverly Hills.

Il s'esclaffa et riposta :

— Qu'est-ce qui te fait croire que je fréquentais ce milieu, à Los Angeles ?

— Cela ne t'attirait pas ?

Au lieu de répondre, il secoua lentement la tête en signe de dénégation, un sourire amusé aux lèvres. Elle se remémora son manque de goût pour les sorties lorsqu'il était étudiant.

— Quoi qu'il en soit, reprit-elle, je suis ravie que tu aies passé une agréable soirée.

— J'avoue qu'à un moment donné, j'ai eu envie d'assommer le premier qui s'aviserait encore de s'extasier sur tes incroyables qualités ! Ce n'est pas drôle, protesta-t-il en la voyant rire. Il n'est pas facile d'épouser une célébrité.

— A qui le dis-tu ! rétorqua-t-elle.

Ils pouffèrent tous les deux, et son cœur se gonfla de bonheur. « Oh, Mark ! Je t'aime tant ! Si seulement je pouvais te l'avouer... Peut-être en trouverai-je bientôt le courage. »

Parfois, en fin d'après-midi, Mark devait retourner à son cabinet voir un patient qui n'avait pu venir dans la matinée. Jenny l'attendait généralement en ville, au lieu de retourner au ranch. Soit elle rendait visite à Mme Carson, et entraînait Grif avec elle, soit elle se promenait avec Patty ou une autre amie, ou encore elle lisait tout simplement une revue dans la salle d'attente de son mari.

Environ un mois après le mariage, elle patientait ainsi en compagnie de Grif dans l'antichambre du cabinet, notant avec plaisir que le chauffeur semblait de plus en plus détendu avec elle. Peut-être leur difficile relation du début provenait-elle autant de sa propre hostilité que de l'attitude soupçonneuse de Grif ?

Ils se levèrent de concert lorsque la porte s'ouvrit. Mark raccompagna sa cliente, une veuve âgée qui connaissait Jenny depuis des années.

— Ah, ma petite Jennifer Caroline ! s'exclama-t-elle en prenant sa main. Je ne saurais vous dire à quel point la nouvelle de vos noces m'a fait plaisir ! Il n'a été question que de cela à notre club de dames. Et vous avez épousé un homme si merveilleux, si patient, qui sait écouter les bavardages des vieilles dames comme moi !

L'air ravi, Mark avait entouré les épaules de Jenny, et la considérait comme pour s'assurer qu'elle enregistrait bien les éloges qu'on lui adressait.

— C'est vrai qu'il est merveilleux, n'est-ce pas ? renchérit la jeune femme, mutine. Et nous ne sommes pas seules à le penser ! ajouta-t-elle avec une mine de conspiratrice.

— Certainement pas ! s'exclama Mme McKinson. Quant à vous, jeune homme, vous avez là la plus adorable femme de tout le comté. J'espère que vous saurez l'apprécier et la choyer.

Jenny eut un sourire triomphant, et Mark resserra son étreinte sur elle.

— Croyez-moi, je suis conscient de ses qualités, déclara-t-il solennellement, une lueur malicieuse dans les yeux. Je ferai de mon mieux pour prendre soin de Jennifer Caroline, madame McKinson. Je vous le promets.

Elle prit congé, et Mark rangeait les tiroirs de son bureau quand la porte du cabinet s'ouvrit de nouveau. Sans doute la patiente avait-elle oublié quelque chose, songea Jenny en se retournant.

Mais elle se retrouva nez à nez avec l'étonnante Celeste Grant, hésitante sur le seuil. Grif bondit pour l'empêcher d'avancer, au moment où Mark arrivait dans l'antichambre.

— Mark... implora Celeste, les bras tendus en un geste de supplication.

Pris de court, mais plus calme qu'aux précédentes rencontres, le médecin alla se placer aux côtés de Jenny.

— Très bien, Grif. Laisse-la entrer.

Le garde du corps s'écarta à contrecœur.

— Bonjour, Celeste, fit Mark.

— Mark, chéri ! s'exclama-t-elle d'une voix rauque. Tu m'as évitée ! J'ai tout fait pour te retrouver, pour t'approcher. Mais tu restes enfermé, ou tu t'entoures de tous ces étrangers.

La gravité implacable de Mark aurait dû décourager n'importe qui.

— Ces personnes ne me sont pas étrangères. Vous avez déjà rencontré Grif, mon chauffeur, lorsque nous... nous connaissions à Los Angeles. Et je vous présente ma femme, Jenny. Chérie, voici Celeste Grant.

Le visage de Celeste refléta une stupeur incrédule.

— Ta femme ? Mais... Mais, Mark, tu n'es pas marié !

— Maintenant, si, rectifia-t-il.

Les yeux agrandis, elle fixa le psychiatre, et Jenny éprouva à nouveau de la compassion pour elle.

— Tu t'es marié, marmonna-t-elle. Tu en as épousé une autre.

Mark hocha la tête.

— Voici ma femme, répéta-t-il en attirant Jenny tout contre lui.

Celeste cessa enfin de contempler Mark et entreprit de dévisager Jenny. Son désarroi se mua en une colère méprisante.

— Tu méritais mieux, Mark. Elle est plutôt ordinaire, non ?

— Non, contra-t-il tranquillement, en admirant le visage de Jenny.

— Alors, chétive, si tu préfères. Sèche, maigre...

— Cela suffit, Celeste, coupa-t-il. Ces critiques mesquines et fausses ne vous mèneront à rien. Les présentations étant faites, vous feriez mieux de partir. Nous rentrons chez nous.

Celeste se tourna vers la sortie, puis pivota brusquement, se ravisant.

— Tu crois t'être vengé de moi, n'est-ce pas ? Quand j'ai refusé de t'épouser, tu as fui au Texas. Et par rancune, tu t'es marié avec la première venue qui s'est contentée de toi, pauvre infirme que tu es ! Je ne voulais déjà pas de toi avant, que ferais-je d'un homme diminué ? Avec un seul bras, tu es incapable de satisfaire une *vraie* femme.

— Taisez-vous ! rugit Grif en s'avançant vers elle, l'air menaçant.

Mark l'arrêta d'un signe de tête. Seule la crispation de sa mâchoire trahissait son trouble.

— Très bien, Celeste, restons-en là. Vous m'avez rejeté, brisé le cœur, et je me suis consolé avec Jenny en guise de représailles. A présent, je vous demande seulement de me laisser tranquille. Selon vos propres termes, je ne suis plus en mesure de vous plaire désormais. Alors ne perdez plus votre temps ici, retournez en Californie.

— Je partirai, affirma Celeste, l'air mauvais. Mais pas avant de t'avoir fait payer cela. Je m'attaquerai à ton point le plus sensible. Tu me comprends, n'est-ce pas ? Quant à ta brute de chauffeur…

Elle jeta un coup d'œil dédaigneux à Grif.

— Il ne pourra rien empêcher. Si tu veux continuer cette comédie de mariage, libre à toi. Mais *quelqu'un* en pâtira… Peut-être devrais-tu te débarrasser de ta femme, en fin de compte ?

Grif leva le bras comme pour la frapper.

— Maudite créature !

Mais elle s'enfuit, et Mark le rappela, serrant Jenny si fort qu'elle le sentait frémir de rage.

Hagard, il la relâcha enfin et se passa la main sur le visage, repoussa les mèches qui barraient son front. Avec une grimace, il se mit à masser son épaule blessée, inconsciemment, comme chaque fois qu'il était particulièrement fatigué ou abattu. Ce geste n'émut pas Jenny, à présent ; elle était trop désemparée.

Que se passait-il donc entre ces deux êtres ? s'interrogea-t-elle. Depuis la première apparition de Celeste elle l'avait soupçonnée d'avoir rejeté Mark dans le passé. Et ce soir, il l'avait lui-même reconnu. Pourtant, bien que Mark ne l'intéressât plus, elle semblait déterminée à lui nuire.

Dans une sorte de brouillard, elle entendit Mark suggérer à Grif de raccompagner Celeste en Californie.

Le garde du corps rétorqua avec irritation qu'il s'était déjà montré bien trop généreux envers cette diablesse, et qu'il aurait intérêt à mieux s'occuper de son épouse, à l'avenir.

— Je ne permettrai pas à Celeste Grant de vous approcher, conclut-il d'un ton définitif. Un point, c'est tout.

Jenny ne se rendit pas tout de suite compte que Grif était brusquement devenu son allié. A quoi faisait-il allusion, à propos de la générosité de Mark ? Jenny ne cessa de se tourmenter à ce sujet durant le trajet de retour au ranch. Plongé dans ses propres réflexions, Mark observa lui aussi un mutisme complet.

Désespérant de trouver un meilleur moyen, elle attendit qu'il prenne sa douche, pendant que Grif vaquait à ses occupations à l'autre bout de la maison. Elle s'empara de son trousseau de clés sur la commode et s'introduisit clandestinement dans la bibliothèque. Dans le tiroir fermé à double tour où il rangeait ses documents bancaires, elle feuilleta ses vieux carnets de chèques, et trouva nombre de talons au nom de C. A. Grant. En douze mois, il lui avait versé un total dépassant vingt mille dollars !

Saisie de nausée, elle regagna son lit. Mark aimait Celeste, elle en avait la preuve à présent. Et malgré le dédain de la jeune femme, il l'entretenait depuis au moins un an !

17

Elle ne voulait pas y croire. Mark était un homme honorable. Il ne lui aurait pas menti ainsi, ne se serait pas servi d'elle pour se venger d'une autre !

Mais n'avait-il pas reconnu les accusations proférées par Celeste.

Allongée dans son lit, incapable de trouver le sommeil malgré l'heure tardive, Jenny songeait aux semaines écoulées depuis leur mariage. Elle revoyait leurs ébats passionnés ou les moments où il se livrait à elle dans sa vulnérabilité, la priant de l'aider à nouer sa cravate ou à enfiler ses bottes.

Il devait tout de même l'aimer au moins un petit peu ! Comment sinon pourrait-il lui avoir tant donné ? Même s'il avait avoué regretter Celeste, il devait tenir d'une certaine façon à son épouse...

Lorsqu'il vint se coucher et posa sa main sur elle, elle n'hésita pas une seconde avant de se blottir contre lui. Ils s'aimèrent avec une sorte de désespoir, cette nuit-là, comme s'ils voulaient ainsi conjurer le fantôme de Celeste Grant. Mais ils étaient trop tendus pour laisser s'épanouir entre eux le plaisir et la tendresse. Ils s'écartèrent ensuite, et Jenny resta longtemps immobile, à fixer le plafond.

Le lendemain matin, au petit déjeuner, Mark avait les yeux cernés ; il avait dû dormir aussi mal qu'elle. Visiblement préoccupé, il buvait d'un air absent son café, n'adressant la parole à personne.

Debout dans l'entrée, Grif ne dissimulait pas son inquiétude, et Bridget s'affairait autour du médecin avec sollicitude. En le voyant reposer une tranche de pain grillé à peine entamée, elle proposa timidement :

— Docteur Temple, si je vous faisais une omelette ? Les œufs brouillés n'ont pas l'air de vous plaire, aujourd'hui.

Il leva la tête, brusquement ramené à la réalité.

— Hmm ? Non, merci. En revanche, j'aimerais encore un peu de café.

La jeune fille lui en versa, et l'observa à la dérobée tandis qu'il buvait. Il repoussa sa tasse vide, l'air absent.

— Je n'ai plus faim.

Il inclina la tête en direction de Jenny, en signe d'excuse, et se mit debout sans même la regarder.

Après son départ, le cœur lourd, Jenny se mit à réfléchir. De toute évidence, ils avaient besoin de parler, tous les deux. Comment pourrait-elle l'y amener sans encourir son irritation ? Elle exhala un long soupir, et se tourna juste à temps pour surprendre le regard apitoyé qu'échangeaient Grif et Bridget. « Pauvre Mme Temple ! », semblaient-ils dire.

Pourquoi cette compassion ? Que savaient-ils qu'elle-même ignorait ? Elle ne cessa d'y songer dans la voiture, en route vers Santa Anna.

Malgré l'intérêt qu'elle trouvait généralement à son travail, Jenny eut peine à se concentrer efficacement, à partir de ce moment. Elle ressassait inlassablement chaque phrase prononcée par Mark, essayant de découvrir quelles avaient été ses relations avec Celeste Grant. Une seule chose était certaine : il n'était pas heureux.

Depuis le soir fatal de l'incident à son cabinet, il ne venait se coucher qu'une fois Jenny endormie. Le sommeil devait le fuir, car des cernes ombraient ses yeux, ses traits étaient tirés. Son appétit s'en ressentait ce qui préoccupait manifestement Grif et Bridget.

Lorsqu'ils lui assurèrent qu'un régime n'était nullement indiqué dans son cas, seul un léger froncement de sourcils indiqua qu'il avait entendu. Il semblait si lointain, hors d'atteinte. Etait-il miné par le chagrin d'avoir perdu la ravissante Celeste ?

Même si cela devait entraîner un divorce, Jenny était fermement résolue à l'interroger. Après tout, à quoi s'obstiner à vivre en couple si le mari négligeait sa femme et refusait de lui livrer ses soucis ?

Pourtant, chaque fois qu'elle rassemblait son courage pour lui parler, Mark l'en empêchait inconsciemment. Il la rejoignait au salon où elle s'efforçait de lire, prenait place à côté d'elle sur le sofa, et l'étreignait avec une intensité douloureuse. Il avait alors une apparence presque somnambulique, comme s'il ne contrôlait pas vraiment ses actes, et Jenny croyait lire de la tristesse dans les profondeurs de ses yeux assombris. Puis, toujours comme un automate, il se relevait et quittait la pièce, et Jenny se prenait à espérer le retrouver plus tôt dans leur lit, cette nuit-là. Allait-il enfin l'enlacer à nouveau, l'embrasser avec fougue et l'appeler sa petite sorcière ? Mais elle l'attendait des heures durant, et il finissait par regagner silencieusement la chambre, la croyant endormie, et s'étendait loin d'elle.

A de tels moments, Jenny avait envie de hurler, de le supplier de la laisser partir. Mieux valait renoncer totalement à ses sentiments pour lui, que de les entretenir par de rares caresses et des regards mélancoliques. Elle souffrait plus cruellement à chaque déception, quand elle osait imaginer qu'il la désirait encore, avant la lente désillusion. Il eût été plus humain de lui avouer une fois pour toutes qu'il regrettait de l'avoir épousée.

Si lui paraissait de plus en plus rongé par son mal, Jenny arborait sans cesse un regard empreint de tristesse. Tous deux avaient perdu le sens de l'humour et devenaient irritables. Au centre, plus personne ne taquinait M. et Mme Temple à propos de leur bonheur conjugal tout neuf.

Ils se querellèrent violemment au sujet de Tony Pickett. Ainsi que l'avait prédit Mark, le jeune homme avait cessé de prendre ses médicaments, qu'il tenait pour un poison traîtreusement administré par ses parents. On le vit hanter les rues de la ville, la nuit, se faisant passer pour un agent secret. Il essaya même d'arrêter un pompiste qui lui refusait un plein d'essence gratuit pour son travail « au service de l'Etat ». Lorsqu'il se mit à porter une arme, sa sœur vint voir Jenny.

C'était le premier cas relevant d'un placement d'office depuis l'arrivée de Mark à l'institution. Décidée à l'impressionner par sa compétence, à défaut de pouvoir susciter son amour, Jenny établit un dossier soigneusement documenté sur les comportements psychotiques de Tony, étayés par les déclarations des témoins de chaque scène. Elle avait préparé tous les papiers nécessaires quand le sheriff amena Tony à Mark en vue d'une évaluation.

Non sans une certaine fierté, elle le regarda parcourir ses notes et hocher la tête en signe d'approbation.

— Très bien, je vais voir le patient, à présent. Tu peux sortir.

— Ne préfères-tu pas que je reste, Mark ? J'aidais toujours mon oncle…

Il fit non de la tête.

— Mark, ne sois pas têtu, plaida-t-elle. Je te serai utile surtout dans ces circonstances.

— Et à quelles circonstances fais-tu allusion ? s'enquit-il sèchement, visiblement impatienté.

— Mais... ton bras...

Il se leva de son siège et avança vers elle, l'air menaçant, la faisant reculer vers la porte ouverte.

— Je... Je suis navrée, Mark. Je n'aurais pas dû dire cela.

— Tu as bien fait, au contraire, railla-t-il. Cela me donne l'occasion de te rappeler que mes capacités de psychiatre ne sont nullement affectées par mon handicap physique. Le rôle que tu tenais sera parfaitement rempli par Joanna, si tu consens enfin à nous laisser.

Ce fut comme s'il l'avait giflée. Elle escorta Tony dans le bureau et s'éclipsa aussitôt non sans avoir eu le temps de remarquer le sourire triomphant de Joanna, installée près de son mari.

Quelques jours plus tard, encore sous le choc de cette humiliation, Jenny eut un entretien avec Carrie Dennis qui lui mit du baume au cœur. La jeune fille venait de sortir d'hôpital et semblait cette fois bien stabilisée avec son traitement au lithium. Ses dernières analyses sanguines étaient satisfaisantes, et Carrie reconnut se sentir beaucoup mieux.

— Je suis contente d'avoir suivi vos conseils, Miss Dahlgren, déclara-t-elle. Vous aviez raison, j'avais besoin d'être réhospitalisée. Voyez, je ne tremble plus et je n'ai plus de faiblesses.

Jenny n'entendait pas souvent de commentaires aussi gratifiants de la part des clients.

— Formidable, Carrie, félicita-t-elle avec chaleur. Que pensez-vous de vos médicaments, à présent ?

— J'en ai besoin, je m'en rends compte. Je promets de ne pas les arrêter.

— Parfait !... Que diriez-vous d'une psychothérapie de groupe, une fois par semaine ?

Carrie marqua une hésitation.

— Je préfèrerais m'en passer. J'ai l'impression de pouvoir y arriver seule.

Malgré les arguments persuasifs que déploya Jenny, elle persista à refuser obstinément toute aide autre que des médicaments. Mais elle s'engagea à faire effectuer régulièrement des dosages de lithium au laboratoire.

— Si vous changez d'avis, à propos du groupe, téléphonez-moi, conclut Jenny.

— Entendu, Miss Dahlgren.

— Au fait, Carrie, ajouta Jenny en la raccompagnant. Je ne m'appelle plus Dahlgren, à présent, mais Temple. Je me suis mariée durant votre hospitalisation.

Les yeux violets de la jeune fille s'agrandirent de surprise puis un sourire ravi éclaira son visage.

— Vous avez épousé le Dr Temple ? s'exclama-t-elle. Quelle chance ! Il est tellement beau ! Et gentil, précisa-t-elle d'un ton défensif. Je vous envie…

Peut-être à tort, songea Jenny, après le départ de sa patiente. Un observateur extérieur pouvait juger enviable son mariage. Mais en y regardant de plus près, il ne manquerait pas de détecter le désarroi qui les submergeait tous deux.

Au cours des premières semaines, leur entente avait été presque trop parfaite. Aujourd'hui la vérité éclatait : Mark se moquait bien d'elle. Il comptait vraisemblablement se débarrasser de sa femme puisqu'il n'avait pas réussi à se venger de Celeste Grant comme il l'escomptait.

Jenny essayait de rejeter cette idée mais en son for intérieur, elle se revoyait encore une fillette de onze ans, éperdument amoureuse de l'inaccessible « Dr Temple ». Rien n'avait changé…

Elle apercevait parfois Celeste Grant en ville, ce qui avait pour résultat de l'attrister plus encore. Parfois, la ravissante jeune femme les épiait dans la cafétéria. A une occasion, Jenny, restée dans la limousine, la vit suivre Mark et Grif dans la pharmacie. Quelques minutes plus tard, le chauffeur ressortit, visiblement à contrecœur. Pourquoi ? Mark avait-il tenu à un tête-à-tête avec la belle Celeste ?

Elle ne le saurait jamais, car lors de tels incidents Mark se comportait comme si de rien n'était. Peut-être était-ce bon signe ? Tant qu'il ne demandait pas le divorce, Jenny pouvait toujours espérer.

Un soir, après le travail, elle lui proposa une promenade à cheval, pour tenter de lui parler. Il refusa, prétextant du travail en retard — son excuse habituelle pour l'éviter, ces derniers temps. Elle haussa les épaules, irritée.

— Tant pis. J'irai seule.

A ces mots, il se leva et alla lui barrer le passage.

— Non. Tu ne sortiras pas.

— Si, affirma-t-elle avec calme.

Il la considéra de ses yeux bleus, intenses, l'air implacable. Mais Jenny était trop furieuse pour se laisser intimider.

— Si tu veux te terrer dans cette demeure jusqu'à la fin de tes jours, libre à toi. Mais tu ne me forceras pas à t'imiter.

Etrangement, Mark semblait déplorer cet affrontement. Il expliqua d'une voix radoucie :

— Les hommes sont tous occupés à réparer les barrières. Personne ne pourra t'aider, à l'écurie.

— Tu me crois incapable de seller ma monture ? jeta-t-elle avec dédain.

Elle regretta instantanément cette phrase, se rappelant que lui n'était plus en mesure d'harnacher une bête. Ses traits s'étaient durcis.

— *Ta* monture ? répéta-t-il. Mais n'oublie pas Jenny, que ces chevaux m'appartiennent, jusqu'à nouvel ordre. Et je ne t'ai pas autorisée à les monter, aujourd'hui.

Jenny devint livide. Impuissante, elle sentit les larmes affluer à ses yeux.

Il s'abaissait donc à de tels arguments ? Sans doute répugnait-il à partager avec une femme qu'il n'aimait même pas, une fortune amassée à force de dur labeur. Elle secoua la tête, indignée.

— Je te prie de m'excuser. Naturellement, je n'aurais pas l'audace de faire librement usage de ce qui t'appartient.

— Jenny...

— Si tu daignes me laisser passer, je te laisse à tes passionnantes lectures.

Elle le contourna mais il la retint fermement par le bras.

— Ecoute-moi, murmura-t-il d'un ton qui semblait inquiet. Je suis navré d'avoir proféré une horreur pareille. Crois-moi. Ce qui est à moi est à toi, bien entendu.

— C'est très aimable, mais ce ne sont pas tes biens qui m'intéressent, Mark. Tu peux les garder sans crainte.

Il resserra son étreinte, visiblement alarmé.

— Tu parles comme si tu avais l'intention de partir.

— Je vais faire un tour dans *ma* voiture.

Elle esquissa un sourire amer.

— Tu ne m'interdiras tout de même pas cela ? La carte grise est à mon nom, je crois.

Il inspira à fond et déclara :

— Mes excuses étaient sincères. Accepterais-tu de te promener en ma compagnie ?

A présent, elle n'avait plus la moindre envie de se retrouver seule avec Mark. Blessée, irritée, et désemparée, elle souhaitait seulement réfléchir, seule. Mais peut-être devrait-elle profiter de l'occasion pour interroger enfin Mark.

Indécise, elle se mordilla les lèvres, sourcils froncés. Mark se passa les doigts dans les cheveux, sans cesser de la guetter attentivement.

— S'il te plaît ?

— Je ne sais pas... Oh, très bien, capitula-t-elle enfin.

Il parut infiniment soulagé.

En sortant par la porte de derrière, ils croisèrent Grif, qui semblait revenir des champs. Après les avoir salués, il s'enquit :

— Vous partez, patron ?

— Nous allons nous promener. Si tu nous accompagnais ?

Jenny fixa son mari avec colère, bouche bée : comment pourrait-elle l'amener à des confidences, en présence d'un témoin ? Sabotait-il délibérément sa tentative ?

— Si vous voulez, répondit le chauffeur sans enthousiasme.

Grif avait horreur de l'exercice, Jenny le savait pour en avoir discuté avec lui. Il était capable de se déplacer avec une rapidité foudroyante mais sa stature massive le gênait pour de longues marches.

— Mark, suggéra-t-elle d'une voix posée, si tu laissais Grif se détendre en regardant les informations de six heures à la télévision ? Il m'a l'air fatigué et assoiffé.

Contrairement à ce qu'elle avait prévu, le garde du corps lui-même insista pour les suivre, quoiqu'il contemplât la maison avec une nostalgie évidente, en fermant le portail.

Jenny, quant à elle, débordait d'énergie. Sans se soucier de la lenteur de Grif, elle marcha à vive allure et aurait facilement distancé les deux hommes si Mark, soupçonneux, n'avait accéléré pour la rattraper.

Le sentant sur ses talons, elle se dirigea vers son refuge préféré, le réservoir le plus proche de l'hacienda. Tandis qu'elle gravissait la pente, Mark fit un geste pour la retenir, mais elle l'esquiva.

— Pourquoi tant de hâte ? maugréa-t-il.

— Peut-être ai-je envie d'un peu de solitude avant que tout le monde n'arrive.

Elle gagna la berge du plan d'eau et s'assit en tailleur, l'air contrarié. La dominant de sa haute taille, Mark étudia les boucles désordonnées qui retombaient sur sa nuque. Il tendit la main comme pour les caresser, mais se ravisa et l'enfonça dans sa poche.

— Je croyais que Grif te devenait sympathique.

— Je l'aime beaucoup. Ce qui ne m'empêche pas d'avoir envie d'une conversation privée avec toi.

Il s'écarta de quelques pas, tourna le dos, et laissa son regard errer au loin. Puis il pivota à nouveau pour lui faire face.

— Est-ce pour cela que tu m'as entraîné ici ? Pour parler ?

— C'est toi qui as insisté pour m'accompagner. Et veux-tu bien ne pas rester ainsi ?

Il s'accroupit pour se mettre à son niveau.

— Je te rappelle que tu m'avais invité à une promenade à cheval, auparavant. Pourquoi recourir à un tel stratagème ? Nous pouvions très bien discuter à la maison.

— Peut-être, mais nous ne le faisons jamais.

— En revanche, ici... ?

Elle baissa les yeux et exhala un profond soupir.

— Ici nous avons failli y parvenir, une ou deux fois.

A présent elle le fixa avec insistance.

— Mark, nous devons absolument communiquer ! Vraiment ! J'ai peur...

Elle crut le voir pâlir légèrement.

— De quoi as-tu peur, Jenny ?

— De ce qui nous arrive, à tous les deux.

— Je vois, constata-t-il d'un air soulagé.

Il se leva et revint sur ses pas, pour inviter Grif à retourner les attendre à la maison. Puis il rejoignit Jenny et s'assit auprès d'elle.

— Eh bien, allons-y. Qu'est-ce qui te préoccupe ?

— Tu ne le sais pas ? Ne me dis pas qu'à ton avis, nos relations sont excellentes !

— Non ?

— Non ! Ne fais pas l'innocent !

Sans élever la voix, il s'enquit :

— Et que souhaiterais-tu modifier, exactement, dans nos rapports ?

Elle le dévisagea, incrédule. Etait-il réellement satisfait de leur situation ?

— D'une part, j'aimerais que nous parlions, de temps en temps. Et pas seulement du temps ou des récoltes.

— En d'autres termes, tu me soumettrais à un interrogatoire, et je serais censé fournir les réponses que tu cherches. Te dévoiler les noirs secrets de mon âme afin que tu connaisses tout de moi. Exact ?

Gênée d'avoir été ainsi percée à jour, elle rougit.

— Je me contenterais d'apprendre ce que devient ta mère, par exemple, marmonna-t-elle. Te rends-tu compte que tu n'as jamais mentionné son nom en ma présence ? Du moins, depuis l'été de mes onze ans, quand tu m'as menti en affirmant ne pas en avoir.

— Tu t'en souviens donc encore ? Oui, si tu veux, on peut appeler cela un mensonge. Mais pour te consoler, sache que j'avais déjà menti plus d'une fois. J'ai fait dans ma vie beaucoup de choses dont je ne suis pas fier. Quant à ma mère, puisqu'elle t'intéresse tant, elle est décédée il y a six ans. Cela satisfait-il ta curiosité morbide ?

Outrée, elle le foudroya du regard.

— « Curiosité morbide ! » Comment oses-tu m'accuser de la sorte ? Je suis ta femme, Mark ! Il me semble naturel de savoir si mes beaux-parents sont en vie ou non ! Et je suis en droit d'obtenir une explication sur ce qui se passe ici depuis dix jours ! Pourquoi es-tu aussi sombre et morose ?

— Tu n'as aucun droit de ce genre ! explosa-t-il. Je t'ai déjà interdit de me poser des questions !

Il se mit debout et la tira sur ses pieds, faisant un effort visible pour se maîtriser.

— Rentrons.

Tremblante, au bord des larmes, elle résista.

— Je préfèrerais rester un moment seule.

— Non ! gronda-t-il.

Il desserra son étreinte et se mit à lui masser l'avant-bras avec douceur, en des mouvements circulaires, apaisants. Puis il reprit d'un ton moins péremptoire :

— Tu ne serais pas en sécurité, ici. Il pourrait t'arriver quelque chose…

— Que pourrait-il m'arriver de pire ? s'indigna-t-elle d'une voix mal assurée. Ne t'ai-je pas déjà épousé ?

Il la considéra un long moment avant de la relâcher et de s'éloigner en direction de l'hacienda. La mort dans l'âme, elle le suivit en silence.

Elle avait lamentablement échoué. Il fallait s'y attendre ; cet homme était farouchement décidé à préserver sa vie privée. Sous prétexte qu'ils avaient passé ensemble un mois merveilleux, elle n'avait aucune raison d'espérer recueillir un jour ses confidences.

Elle laissa échapper un rire amer, douloureux et ne vit pas le coup d'œil inquiet que lui jeta Mark. « Folle, naïve ! » s'admonestait-elle. « Tu croyais pouvoir retenir l'illustre Dr Temple ! C'est Celeste Grant qu'il veut.

Pas une femme enfant au corps d'adolescente, aux yeux démesurément grands. »

Elle trébucha et faillit tomber, mais Mark la rattrapa avec une promptitude foudroyante, puis la soutint fermement par le bras. Pour la première fois, son contact ne la fit pas tressaillir de joie. Elle s'écarta de lui, butée, et marcha plus prudemment.

Il n'était pas encore couché quand elle finit par succomber au sommeil, cette nuit-là. Le lendemain matin, son côté du lit n'était pas défait : il avait dû dormir dans une chambre d'amis.

C'était mieux ainsi, se répéta Jenny, lorsqu'il en fit une habitude, par la suite. Il s'enfermait de plus en plus dans son mutisme, comme s'il craignait d'être à nouveau questionné.

Il n'avait pas à s'inquiéter ! songea-t-elle. Jamais plus elle ne s'exposerait à essuyer une telle rebuffade !

18

JENNY grâce à son travail put conserver son équilibre. Au moins, les journées les plus remplies lui offraient sept ou huit heures de répit, pour oublier momentanément son chagrin.

Un matin, plusieurs jours après sa dernière tentative de dialogue, elle vit Helen faire irruption dans son bureau.

— Ouf, tu n'es pas occupée ! s'exclama-t-elle.

— Que se passe-t-il ? s'enquit-elle en écartant le dossier qu'elle étudiait.

— Carrie Dennis est dans le couloir, hystérique. Elle veut retourner à l'hôpital. Peux-tu la recevoir ?

— Bien sûr.

La jeune fille blonde, frêle et pâle, paraissait effectivement égarée, lorsqu'elle s'assit face à la psychologue. Ses nerfs semblaient tendus à se rompre. Jenny lui sourit d'un air encourageant mais Carrie se contenta de la dévisager, attendant visiblement quelque chose.

— Eh bien, Carrie, commença alors Jenny. Que vous arrive-t-il ?

— Je me sens affreusement mal !

— Affreusement mal ? Pourtant, vous n'avez pas interrompu votre traitement, et vos dosages de lithium sont normaux...

— Ça ne va pas ! répéta Carrie, obstinée. C'est terrible ! J'ai envie d'aller à Brownwood et dépenser de l'argent !

Jenny la considéra attentivement. L'état exalté de la jeune fille avait quelque chose d'inhabituel.

— Avec quoi les paierez-vous ?

— Avec des chèques ! lança Carrie avec véhémence. Elle semblait parfaitement consciente de l'incongruité de ses projets.

— Votre compte bancaire est-il approvisionné ?

— Non, mais je m'en moque !

— Hmm…

Jenny étudia encore le visage boudeur de son interlocutrice, cherchant ce qui distinguait cet épisode maniaque des précédents. Brusquement, elle comprit : jamais Carrie n'avait ainsi proféré des menaces, ni envisagé un acte déraisonnable avant de l'accomplir. Elle agissait toujours par impulsion, sans réfléchir.

— Carrie, reprit-elle d'une voix très calme. Que se passera-t-il si vous signez des chèques sans provision ?

— Je ne sais pas.

— Si, vous le savez pertinemment. Répondez-moi.

— Je serai probablement arrêtée, ou renvoyée à l'hôpital…

— Est-ce ce que vous souhaitez ?

Carrie toisa longuement Jenny, avant de s'effondrer.

— Oui ! admit-elle en se détournant pour cacher ses larmes. Oui, c'est ce que je veux !

— Pourquoi ?

— Parce que… Parce que mon père et ma mère viendront me rendre visite et me dire qu'ils m'aiment, et le Dr Temple sera gentil avec moi, et… et on s'occupera de moi.

— Vous avez l'impression de ne plus compter pour personne en ce moment ?

— Quand je vais bien, on me délaisse. Mes parents

passent leur temps au ranch, et ils doivent travailler encore plus dur pour rembourser mes dettes.

— Et vos amis ?

Malgré ses pleurs, Carrie laissa échapper un rire amer.

— Ils ne veulent plus de moi. Mes camarades de lycée sont toutes mariées et mères de famille, ou bien parties à l'université. Quant aux garçons, leurs parents leur interdisent de me fréquenter — après tout, j'ai déjà eu trois maris, même si je n'ai vécu avec aucun. Mon père et ma mère doivent toujours m'aider à obtenir un divorce par la suite. Je ne leur cause que des problèmes !

— Vous ne semblez guère avoir d'estime pour vous-même.

— Je ne suis bonne à rien !

Jenny ressentit la souffrance de la jeune femme comme s'il s'agissait de la sienne propre. Elle posa sa main sur celle de Carrie qu'elle serra doucement. Que de familles elle avait vues, perturbées par la maladie mentale d'un de ses membres, mais encore plus désarmées quand le patient s'avisait de guérir ! Paradoxalement, tout le système semblait vaciller lorsque le symptôme disparaissait. Pourvu que ce ne soit pas le cas chez les Dennis !

— Carrie, reprit-elle prudemment. A mon avis vous n'avez pas besoin d'être réhospitalisée. Je ne vous ai jamais vue aller mieux qu'en ce moment.

— Vraiment ? s'étonna Carrie, interloquée. Mais je me sens si seule, je m'ennuie tellement chez moi…

— Et si vous cherchiez du travail ?

— Du travail ! Mais je ne sais rien faire !

— Rien ne vous empêche d'apprendre. D'après mes souvenirs, vous obteniez de bons résultats scolaires.

Elle réfléchit rapidement.

— Vous pourriez essayer chez le glacier, par exemple. J'ai entendu dire qu'on y cherchait une serveuse à temps partiel. Ce serait facile de vous renseigner sur place avant de rentrer chez vous.

Le visage mince de Carrie reflétait son doute. Mais elle se laissa encourager par la psychologue, et finit par partir avec un certain espoir.

Une demi-heure plus tard, elle poussa la porte de Jenny sans laisser à la secrétaire le temps de l'annoncer. Les yeux brillants, un sourire radieux aux lèvres, elle déclara fièrement :

— On me donne ma chance ! Mme Ramsey m'a embauchée ! Je commence tout de suite. C'est incroyable ! Elle est au courant de mes problèmes et me prend à l'essai tout de même !

Les menus incidents de ce genre, qui émaillaient la vie professionnelle de Jenny, lui permirent de rester saine d'esprit au moment où le mutisme têtu de Mark la faisait désespérer de son mariage. Si elle ne prit aucune mesure pour y mettre fin, ce fut seulement par fatigue.

Selon les dires de Mme Ramsey, Carrie s'avéra une excellente employée, pleine d'imagination qui s'entendait à merveille avec la clientèle, enfantine en particulier. Jenny reçut ensuite une autre nouvelle encore plus gratifiante : Bobby, le jeune adolescent sauvé de justesse d'une grave tentative de suicide, vint lui rendre visite. La clinique psychiatrique de Fort Worth l'avait laissé sortir quelques semaines auparavant.

— Je voulais simplement vous remercier de ce que vous avez fait pour moi, ce jour-là, expliqua-t-il timidement. L'hospitalisation a vraiment transformé mon point de vue.

— J'en suis enchantée, Bobby, répliqua-t-elle sincèrement. Je me demandais comment vous alliez, et j'ai songé à appeler vos parents. Mais je préférais attendre que vous soyez prêt à me contacter vous-même.

Il hocha la tête.

— Mon père et ma mère ne sont pas au courant de ma démarche d'aujourd'hui. Je crois que mon geste les a gênés, vis-à-vis de vous. Ils s'imaginent que vous allez mettre toute la ville au courant.

Cette idée la choqua profondément.

— Il n'en est pas question, Bobby, cela va de soi ! Ce qui se passe en ce lieu est strictement confidentiel. N'hésitez jamais à venir nous voir à cause de cela.

— Je n'étais pas inquiet, confirma-t-il. Je tâcherai de prouver à mes parents qu'ils avaient tort. Mais parfois, ils optent pour une opinion, et sont incapables d'en démordre.

Il esquissa un sourire, et elle constata avec plaisir qu'il semblait retrouver son sens de l'humour. Il avait meilleure mine et ses yeux avaient perdu cet air hagard, quoiqu'il parût encore en proie à la tristesse.

— Je tenais aussi à vous prévenir qu'à la clinique, le Dr Thomas m'a recommandé un médecin de Santa Anna. Je le verrai toutes les semaines jusqu'à ma guérison complète. Il s'appelle Temple, je ne sais pas si vous en avez entendu parler…

— Oui, Bobby, je connais le Dr Temple. C'est un excellent psychiatre. Je pense que vous progresserez rapidement, avec lui.

Mark était sans nul doute un praticien dévoué, toujours prêt à consacrer son temps et son énergie à ses patients. Sans doute eût-il été plus attentionné à l'égard de Jenny si elle avait été une malade, et non son épouse !

La jeune femme se tournait de plus en plus vers Phil et Patty, en quête de l'affection qui lui était refusée chez elle. Ils s'abstenaient heureusement de toute allusion à sa mélancolie. Elle n'aurait pu nier l'évidence, mais se sentait totalement incapable de révéler la nature de son désarroi.

Paradoxalement, à mesure que croissait la réserve de

Mark, Grif déployait des efforts touchants pour développer leur amitié, comme s'il devinait la profondeur de sa peine. Leurs déjeuners ne se déroulaient plus dans le silence ; ils discutaient avec animation, à propos de romans ou de poésie, et elle découvrit la passion de Grif pour la littérature. Il s'efforçait même d'être aimable avec Patty, quand celle-ci acceptait l'invitation de Jenny de se joindre à eux.

Elle apprit ainsi avec surprise que, sous des dehors rudes, Grif cachait un cœur tendre et timide et qu'il redoutait d'exposer sa vulnérabilité. Il apportait souvent de petits cadeaux à Mme Carson, et escorta même la veuve au cinéma de Brownwood, pendant un de ses rares soirs de congé. Aussi disparates fussent-ils, ils semblaient très épris l'un de l'autre, à la grande joie de Jenny.

Leur relation n'était pas la seule à s'épanouir, tandis que se dégradait celle des Temple. Les rumeurs au sujet de l'idylle de Walter Drummond et Patty Stokes allaient bon train, et au centre, on prédisait un mariage pour la fin de l'été.

— Je crois qu'il n'aurait jamais songé à m'épouser, sans l'exemple de Mark, déclarait Patty, sans relever l'air sceptique de Jenny.

Le monde entier semblait goûter les joies des douces journées de juin, méditait-elle. Seuls, Mark et elle ne partageaient pas la gaieté générale.

Au ranch, Bridget s'ingéniait pourtant à contenter M. et Mme Temple avec ses somptueux repas. Mark était trop soucieux pour apprécier ses efforts. Quant à Jenny, elle s'efforçait vaillamment de leur faire honneur afin de ne pas blesser la jeune fille. Grif, lui aussi, essayait de les égayer, dévoilant un autre aspect secret de sa personnalité : il possédait un répertoire infini d'histoires drôles, qui faisaient rire Jenny aux larmes, mais laissaient froid son mari.

Jenny cherchait du réconfort auprès de Grif lors des longues soirées solitaires jusqu'au soir où, passant devant la bibliothèque, elle surprit involontairement une conversation entre les deux hommes.

— Ne t'attache pas trop à elle, Grif, conseillait Mark à voix basse. Cela devra finir bientôt, tu le sais.

— Est-ce vraiment indispensable, patron ?

— Oui. Ce fut une erreur, dès le début. Tu as tâché de m'en convaincre. J'aurais dû t'écouter.

— Mais vous ne l'avez pas fait. Vous l'avez épousée.

— Oui, convint-il d'un ton étrange, indéfinissable. Cependant, un mariage n'est pas indéfectible, surtout si l'on dispose de relations bien placées. Ce qui est mon cas. Et une psychologue peut se voir offrir un poste impossible à refuser, loin, très loin de Santa Anna.

— Vous n'envisagez tout de même pas d'organiser une chose pareille ?

— Peut-être... C'est une façon de résoudre le problème.

— Vous croyez nécessaire de recourir à de telles mesures ?

— Probablement.

— Et si vous lui disiez la vérité, tout simplement ?

— Non ! trancha Mark. Je ne veux plus songer à tout cela. J'en ai assez de chercher sans relâche une issue facile. Il n'est pas possible d'épargner Jenny...

Elle n'entendit pas la suite. Consternée, elle regagna en toute hâte la chambre désertée depuis des semaines par son mari, tira une valise d'un placard, et la remplit au hasard. Au bout d'un instant, au prix d'un effort considérable, elle se calma suffisamment pour choisir de façon plus rationnelle les vêtements à prendre — surtout, aucun de ceux offerts par Mark. Elle ne pouvait espérer emporter tout ce qu'elle possédait, mais tant pis.

Ainsi donc, Mark souhaitait se débarrasser d'elle ? Il

voulait l'expédier à bonne distance de Santa Anna ? Eh bien, pour ce soir, il devrait se contenter de ne plus subir sa présence sur son ranch. Par la suite... elle déciderait plus tard.

Elle traversa sans bruit l'hacienda silencieuse et gagna le garage. Heureusement, elle avait conservé ses clés de voiture, bien que Grif l'ait conduite partout depuis le mariage. Elle démarra et s'éloigna à faible vitesse afin de n'alerter personne.

Lorsque ses phares éclairèrent le portail d'entrée de la propriété, un homme armé lui barra la route. Zut ! Elle avait oublié le garde !

En reconnaissant Jeffrey Brandon, elle faillit rire de soulagement et lui adressa un large sourire.

— Jeff ! Comment vas-tu ? Et ta mère, toujours en bonne santé ?

— Tout le monde va bien, Jenny, merci. Ou peut-être devrais-je dire « madame Temple » ?

— Mais non, voyons ! Pour toi je serai toujours Jenny.

Et bientôt pour tout le monde, ajouta-t-elle mentalement. Dès l'annonce du divorce...

— Je vais en ville chercher du cacao, Jeff. Il n'y en a plus à la maison, et Mark a envie de chocolat chaud. Quelle idée, n'est-ce pas, par ce temps ?

Il ne dissimula pas son scepticisme.

— Pourquoi ne m'a-t-on pas averti de ton passage ?

— Grif est déjà couché, et Mark somnole dans son fauteuil préféré, improvisa-t-elle.

— Je suis ennuyé, Jenny. Le patron a donné des consignes strictes : tu ne dois pas sortir seule. Je ferais mieux d'appeler pour vérifier...

Ainsi, Mark voulait l'empêcher de s'éloigner sans surveillance ? Pourquoi donc cette réclusion ? Ce n'était pas elle qui l'intéressait, mais Celeste !

Dès que Jeff s'assit dans la camionnette où se

trouvait l'émetteur-radio, Jenny appuya à fond sur l'accélérateur et prit l'autoroute en direction de la ville.

Mme Carson regarda discrètement par la fenêtre avant d'ouvrir la porte. Prenant une pose théâtrale, elle recula d'un pas, les mains croisées sur sa poitrine, tandis que Muffy jappait furieusement à ses pieds.

— Mais c'est ma petite Jenny ! Je ne m'attendais pas à votre visite...

— A une heure pareille, compléta la jeune femme en posant sa valise. Je sais. Je n'ai pas coutume de me présenter chez les gens sans prévenir, mais... j'ai besoin d'un abri pour la nuit. Puisque mon ancien appartement est déjà loué, pourriez-vous m'héberger sur le canapé du salon ?

— Absolument, ma chérie ! Mettez-vous à l'aise, je vais coucher Muffy dans la cuisine.

Elle s'éclipsa pendant quelques minutes, et reparut sans le caniche, portant une main aux bigoudis qui formaient comme un casque sur sa tête.

— Je n'ai plus besoin de la salle de bains. Pendant que vous ferez votre toilette, je vais préparer votre lit.

Saisie d'un doute, elle retourna à la fenêtre et scruta la rue déserte.

— Vous n'êtes tout de même pas venue à pied ? Je ne vois pas votre voiture.

— Je me suis garée devant le centre puis j'ai marché jusqu'ici.

— Avec vos lourds bagages ?

— Je ne voulais pas qu'on puisse me retrouver.

— Ah...

Dans un effort pour juguler sa dévorante curiosité, Ruth Carson ferma lentement la bouche, mais ne put s'empêcher de la rouvrir.

— C'est votre *mari* que vous fuyez ? Mon Dieu, Jenny ! Auriez-vous eu une querelle d'amoureux ?

— Non... Oui... balbutia-t-elle en soupirant. Je

préfère ne pas en parler, madame Carson. Ce n'était pas exactement une dispute, mais... notre mariage est terminé. Irrémédiablement.

De toute évidence, son ancienne voisine ne comprenait rien à ses propos, et, incrédule, espérait que Jenny exagérait la gravité de la situation. Rompre avec ce beau médecin à l'allure si romanesque ! Après tout, l'idylle de sa jeune locataire avait constitué l'événement de l'année, pour Mme Carson — mise à part sa propre rencontre avec l'irrésistible Tyler Griffith.

— Vous ne parlez pas sérieusement, ma chérie ! se récria-t-elle, horrifiée. Vous ne songez pas réellement à quitter cet homme délicieux ? Lui qui ressemble à un pirate, ou... mieux, à un conquistador !

— Je sais, acquiesça Jenny d'une voix morne. Mais je suis partie tout de même, et je tiens à garder secret le lieu de ma retraite. Si cela vous incommode de me recevoir dans ces conditions, n'hésitez pas à me le dire, je peux toujours frapper chez Patty Stokes...

L'aimable dame n'aurait pour rien au monde voulu perdre une miette du petit drame qui se jouait sous son toit.

— Mais pas du tout ! déclara-t-elle avec emphase. Ma petite Jenny, vous êtes ici chez vous, vous le savez bien.

Comme pour prouver son hospitalité, elle prépara une portion de gâteau aux pêches encore chaud, nappé de crème fraîche. Elle la présenta à Jenny lorsque celle-ci sortit de son bain, enveloppée du kimono de soie rouge qu'elle s'était offert au printemps, pour son anniversaire.

Malgré sa fatigue et son manque d'appétit, la jeune femme n'eut pas le cœur de refuser. Si son ancienne propriétaire l'accueillait avec une telle chaleur, c'était notamment parce qu'elle souffrait de sa solitude et se réjouissait d'avoir quelqu'un à choyer. Jenny ne put cependant se contraindre à bavarder, trop accablée par son chagrin.

Ruth Carson lui trouva un air d'enfant fragile, tandis qu'elle mangeait lentement le dessert. Ses yeux trop grands semblaient perdus et blessés. Emue, Mme Carson lui caressa doucement la main et l'envoya se coucher. Jenny s'exécuta docilement, et écouta les bruits de vaisselle dans la cuisine, essayant de chasser la douleur qui s'emparait d'elle.

Elle avait vraiment quitté Mark ! La conversation surprise entre lui et Grif lui revint à l'esprit, et elle passa en revue tout ce à quoi elle renonçait. Mais la seule chose qui comptait, elle ne l'avait jamais possédée : le cœur de son mari. Il lui avait farouchement interdit l'accès à ce domaine, réservé à Celeste Grant.

Mme Carson avait à peine éteint la lumière et regagné sa chambre, lorsqu'un pas ferme résonna sur les marches du perron. Trois coups sonores furent frappés à la porte.

19

JENNY se dressa d'un bond, certaine de l'identité de l'arrivant. Elle enfila précipitamment son peignoir.

— Ciel, ciel, marmonna Mme Carson en allumant la lampe du salon. Ce n'est rien de grave, j'espère.

Elle paraissait à la fois secrètement ravie de toute cette agitation, et réellement effrayée.

— Je vais répondre moi-même, décréta Jenny. Inutile de vous mêler à tout cela plus que je ne l'ai déjà fait en vous demandant l'hospitalité.

Elle rassembla tout son courage, carra ses épaules, et entrebâilla la porte intérieure en bois massif. A travers le treillis grillagé, elle distinguait la haute silhouette de Mark, son visage durci, ses yeux rétrécis.

— Que veux-tu ? s'enquit-elle d'une voix glaciale, trompeusement calme.

— Entrer.

— Non.

Ce refus péremptoire dut le surprendre, car il resta quelques instants muet. Puis il baissa le ton et gronda :

— Ouvre-moi, Jenny, sinon j'enfonce tout.

Il saisit la poignée et la secoua vigoureusement pour appuyer sa menace.

— Brute ! siffla-t-elle.

Elle obtempéra néanmoins, et il pénétra dans le salon. La dominant de toute sa taille, il la toisa avec une fureur qu'égalait la colère de Jenny.

Plus exaspérante encore pour elle, était l'intérêt manifeste que suscitait chez Mme Carson le spectacle qui se déroulait sous ses yeux.

— Eh bien ? fit Jenny, peu avenante. Tu es dans la place, à présent. Que veux-tu ?

— Toi, évidemment.

— Moi ?

— Toi, répéta-t-il, excédé. Je viens te ramener à la maison.

— Il n'en est pas question, Mark. Je te quitte. Dès demain matin, j'irai voir un avocat pour entamer une procédure de divorce.

— *Comment ?*

En d'autres circonstances, elle eût trouvé comique son expression abasourdie. L'illustre Dr Temple envisageait peut-être froidement de se défaire d'une épouse encombrante, mais il ne lui plaisait guère que cette dernière prenne en mains la situation.

— Tu m'as très bien comprise, Mark, confirma-t-elle calmement. Je ne veux plus être ta femme. Tu seras débarrassé de moi. Tu en as de la chance !

— Ne dis pas de sottises.

Il se tourna et alla ramasser la valise, y enfourna les vêtements qu'il reconnaissait, et la ferma d'un coup sec. Puis il se dirigea vers la porte.

— Viens, nous rentrons. Nous ne pouvons pas discuter ici.

— Il n'y a rien à discuter. Je reste.

— Ah, tu crois cela ?

Jamais encore elle ne l'avait vu aussi fermement résolu.

— Grif ! cria-t-il en direction de la rue obscure.

En quelques instants, le chauffeur arriva sur le seuil et entra, le visage dénué de toute expression.

— Oui, monsieur ?

Mark lui tendit les bagages.

— Mets ça dans la voiture.

— Grif, non, je vous en prie ! supplia Jenny. Ne lui obéissez pas ! Je ne veux pas retourner au ranch !

Visiblement contrit, le garde du corps étudia tour à tour Mark, Jenny, et Mme Carson, puis de nouveau son employeur. Il hocha silencieusement la tête et alla porter le sac dans la limousine.

En trois enjambées, le médecin rejoignit Jenny et emprisonna son bras de la main gauche.

— Allons-y, à présent. Je ne suis peut-être pas en mesure de te porter, mais je te traînerai, s'il le faut. Crois-moi, il serait préférable de marcher, ce serait plus digne.

Mme Carson, impuissante, le vit contraindre Jenny à s'engouffrer dans l'automobile. Avec un soupir, elle se posta à la fenêtre et regarda disparaître le long véhicule. Cette scène romanesque avait peut-être été exaltante, mais la rage à peine contenue des deux époux lui avait parue redoutable.

Ah ! Comme l'existence pouvait être compliquée, pour les jeunes gens ! Quel dommage que Jenny et son charmant mari s'affrontent ainsi. Combien de temps leur faudrait-il pour reconnaître, comme elle-même l'avait compris depuis sa rencontre avec Tyler Griffith, que la vie offrait ses plus belles joies dans la simple présence d'un aimable compagnon ?

Sur la route du retour, Jenny se sentait plus déroutée que furieuse, malgré le quasi-enlèvement perpétré de force par Mark.

— Pourquoi fais-tu cela ? l'interrogea-t-elle enfin.

Il ne daigna pas répondre, ni même lui accorder un regard. Son profil dur et méprisant resta figé.

— Je dois ramener ma voiture, déclara-t-elle fermement. Faisons demi-tour.

— Inutile d'y compter ! jeta-t-il d'un ton coupant. Puis il fixa à nouveau la chaussée, rendant impossible toute discussion.

Lorsqu'ils descendirent de la limousine, il lui prit le bras comme à une enfant indisciplinée et la guida directement à la chambre, laissant à Grif le soin d'apporter la valise. D'un coup de pied sec, il referma la porte derrière eux, et poussa Jenny vers le lit où elle s'assit docilement. Puis il recula de quelques pas, et la considéra avec froideur.

— Je t'écoute.

— Que veux-tu dire ? s'étonna-t-elle naïvement.

— Ne fais pas l'innocente. J'attends une explication, et je te conseille d'en fournir une bonne.

Avec un serrement de cœur, elle se demanda pourquoi il y tenait tant. D'après ce qu'il avait confié à Grif, tout à l'heure, il aurait dû être soulagé par son départ ! Recroquevillée sur elle-même, elle resserra frileusement son kimono de soie sur sa poitrine, consciente malgré elle de la séduction qu'exerçait sur elle Mark. Dans son polo brun et son pantalon beige, il semblait encore plus grand que d'ordinaire, les épaules plus carrées. Ses cheveux bruns, emmêlés par le vent, bouclaient sur son front ; il avait oublié d'aller chez le coiffeur, songea-t-elle distraitement. Il avait également dû mincir encore, car son visage anguleux semblait presque émacié.

Elle se rappela à l'ordre : il n'avait jamais apprécié sa sollicitude, et n'en était guère digne, de surcroît. Se détournant, elle chercha ce qu'elle pourrait répondre.

« Avouer que je l'ai entendu projeter de disposer de moi comme d'un objet encombrant ? Mais cette nuit n'a-t-elle pas déjà été suffisamment pénible ? A quoi bon augmenter encore ma vulnérabilité, en admettant à quel point il a pu me blesser ? »

Impossible de s'ouvrir réellement à lui, de lui parler honnêtement. Elle en éprouva un profond désespoir. Seul un mensonge la mettrait à l'abri de nouveaux tourments.

— Cela doit blesser ton amour-propre, de te découvrir moins irrésistible que tu ne le croyais.

Il ne fit pas de réponse. Sans avoir le courage de le regarder, elle enchaîna, les yeux rivés au sol :

— Sans ton orgueil démesuré, peut-être serais-tu à même de comprendre que tu n'incarnes pas exactement l'idéal féminin. Tu as réussi à faire de ma vie un enfer, ces dernières semaines.

Elle perçut un mouvement devant elle ; Mark s'était rapproché.

— Tu te juges donc capable de me résister ?

— Naturellement ! affirma-t-elle avec un courage feint.

Il avança encore, jusqu'à frôler ses genoux. Elle risqua un rapide coup d'œil, et vit sa bouche sensuelle prendre un pli sardonique. Puis il referma sa main gauche sur l'épaule de la jeune femme.

— « Naturellement ! », railla-t-il en la relevant avant de la serrer contre lui.

Jenny ferma les paupières et se raidit, afin de ne pas céder au torrent d'émotions qui la submergeait. Elle dut rassembler toutes ses forces pour ne pas hurler, pour empêcher ses bras de se nouer autour de la taille de Mark, pour ne pas appliquer ses lèvres contre sa poitrine. Depuis presque un mois, elle n'avait plus été aussi proche de lui, et elle humait avec délices l'odeur poivrée de son eau de toilette.

Il la relâcha brusquement et se mit à caresser son dos, avec une infinie lenteur. Bientôt il l'enlaça avec force, et s'empara de sa bouche, voluptueusement, comme pour la tenter plutôt que la rassasier. Il écarta les pans du kimono et effleura la pointe de ses seins.

— Non, protesta-t-elle faiblement, cambrée vers l'arrière. Mark, non !

— Non ? murmura-t-il en relevant la tête, les yeux embrumés.

Tant de longs jours tristes depuis qu'il l'avait touchée ainsi pour la dernière fois ! Elle s'était habituée à sa tendresse après leur mariage, et en avait cruellement besoin. Ce délicieux supplice lui était devenu indispensable. Elle aurait voulu être enlacée ainsi jusqu'à la fin des temps.

— Oui ! céda-t-elle, en effleurant d'une main tremblante la joue de Mark. Je t'en conjure, Mark, aime-moi !

Il afficha une expression énigmatique pour étudier le visage suppliant de sa femme.

— Aimer, répéta-t-il avec mépris. Aimer ! En vérité, tu ne peux me résister, petite sorcière. Cela n'a rien à voir avec l'amour. C'est de l'attirance physique pure, rien de plus.

Le désir de Jenny s'évanouit instantanément, remplacé par une fureur aveugle. Elle s'arracha à son étreinte et recula, humiliée et effrayée par la passion qui l'avait ainsi envoûtée. N'avait-elle donc aucune volonté, aucun orgueil ?

— Tu es répugnant, jeta-t-elle d'une voix tremblante. Pourquoi es-tu allé me chercher chez Mme Carson ?

— Parce que tu m'appartiens.

— Non ! Tu ne pourras pas m'emprisonner. Je te hais.

« Mais je me déteste davantage encore », ajouta-t-elle mentalement. Mark se figea.

— Tu es mon épouse, jusqu'à nouvel ordre. Tu es

censée demeurer sous le toit conjugal, du moins tant que durera notre union.

Elle se sentit prise de nausée. « Tant que durera notre union »... Cela faisait donc si mal, d'entendre ces mots prononcés à haute voix ?

— Et ensuite ? articula-t-elle avec peine.

Il se détourna.

— Ne t'inquiète pas. Je pourvoirai à tes besoins matériels.

Matériels ? Etait-ce donc tout ce qui importait, pour lui ? S'imaginait-il qu'elle se préoccupait de perdre sa fortune ? Elle se rappela soudain les nombreux chèques à l'ordre de Celeste Grant.

— C'est ainsi que tu te débarrasses des femmes qui t'encombrent ? persifla-t-elle. Tu achètes leur silence ?

Les yeux assombris par la colère, il pivota pour lui faire face.

— De quoi diable parles-tu ?

— De Celeste ! explosa-t-elle. Combien lui as-tu versé, depuis un an ?

Il s'avança vers elle et riposta :

— Tu ne sais pas ce que tu dis.

Imprudente, Jenny ne se contrôlait plus.

— Ces petits cadeaux étaient sans doute destinés à te rappeler à son bon souvenir, n'est-ce pas ? Pour qu'un jour elle t'accepte à nouveau ?

— Tais-toi ! hurla-t-il en plaquant sa main sur sa bouche. Tais-toi, petite idiote !

Elle se dégagea vivement et le gifla. Plus surpris que blessé, Mark tituba en arrière. Jenny regretta aussitôt son geste impulsif, mais s'efforça de ne pas le montrer. Ne méritait-il pas un plus grave châtiment, pour s'être laissé aimer alors que son propre cœur appartenait à une autre ? Pour l'avoir convaincue de l'épouser ? Pour son comportement odieux ?

— Tu ne supportes même pas de m'entendre prononcer son nom, n'est-ce pas ? Je ne suis que ton humble épouse, après tout ! C'est elle que tu chéris !

Sa voix devenait de plus en plus aiguë, Jenny était au bord de l'hystérie.

— Puisqu'elle est si parfaite, je te souhaite bien du bonheur avec elle ! J'espère que…

— Mais tais-toi, bon sang ! gronda-t-il.

Il l'empoigna et la secoua, deux fois, trois fois. Puis une expression de douleur traversa son visage convulsé de rage, et il desserra les doigts.

— Jenny, que sommes-nous en train de faire ? C'est de la folie !

Blême, visiblement remué, il se passa la main dans les cheveux et inspira profondément. Jenny retrouva brusquement son calme, et répliqua d'un ton coupant :

— Non. Si j'ai été folle, c'est en acceptant de t'épouser. Mais ce soir, pour la première fois depuis longtemps, je reprends mes esprits. Je regrette de tout mon cœur que tu aies eu la funeste idée de revenir à Santa Anna. Je maudis le destin d'avoir fait croiser nos chemins.

« Et si je mens, mon Dieu, ne le lui laissez pas deviner, je vous en prie. »

Hagard, il recula de quelques pas, fixant sur elle un regard incrédule. Après un long silence tendu, il se tourna pour partir, et quitta la pièce en trébuchant.

Jenny ne trouva pas le sommeil, cette nuit-là. Le silence trop profond lui pesait. Le grand lit paraissait glacé. Elle avait mal à la tête. En fait, elle souffrait trop pour parvenir au repos.

Elle prit de l'aspirine et alluma la radio. Plus tard, elle marcha de long en large dans la chambre, et tenta même de s'épuiser par une vigoureuse séance de gymnastique, mais rien n'y faisait. Avec un soupir, elle enfila de nouveau son kimono, et descendit sans bruit vers la cuisine dans l'intention de manger quelque chose.

En traversant le salon obscur, elle vit briller une lumière dans l'entrée. Elle s'arrêta net, surprise, face à Grif assoupi sur un fauteuil, véritable barricade humaine devant la porte.

Il dut entendre son cri étouffé car il se réveilla en sursaut et bondit sur ses pieds. Il reconnut la frêle silhouette de la jeune femme, dans la pénombre, et son expression menaçante se radoucit.

— Vous devriez être couchée, Jenny, marmonna-t-il. Il est tard.

Il ne l'appelait par son prénom que depuis une semaine, et cette marque d'amitié l'avait profondément émue.

— Je n'arrive pas à dormir, expliqua-t-elle. J'ai pensé me préparer un bol de lait chaud. C'est supposé agir comme soporifique, non ?

Il jeta un coup d'œil inquiet en direction de la cuisine, puis la considéra à nouveau.

— Mmm... Possible. Je n'ai jamais essayé.

— Moi non plus. J'ai toujours trouvé cette idée vaguement répugnante, avoua-t-elle.

Il répondit par un sourire complice, un peu gêné.

— Quel drôle d'endroit pour faire un somme, Grif. Vous aussi, vous seriez mieux au lit.

Au mot « lit », une lueur d'envie passa dans ses yeux, puis, contrairement à son habitude, il bredouilla :

— Je... Il faut bien que... que quelqu'un veille sur la maison, vous comprenez. Je suis quand même le garde du corps du Dr Temple. Si vous remontez dans votre chambre, je... je vous apporterai votre lait chaud.

— Mais non, voyons ! Je suis déjà écœurée à cette simple pensée. Je devrai trouver autre chose... Du fromage et des biscottes, par exemple. Quoi qu'il en soit, je m'en charge. Vous n'avez pas à le faire à ma place. Je vous suggère plutôt de suivre votre propre conseil, et d'aller vous coucher.

Il resta posté dans l'entrée, la regardant se diriger vers la cuisine. Elle s'immobilisa sur le seuil et se pétrifia en découvrant la silhouette affaissée de Mark, assis à la table de chêne. Sa main gauche cachait ses yeux, et une tasse de café refroidissait devant lui.

Le cœur serré de compassion, elle recula silencieusement, sans avoir été remarquée.

« Le diable t'emporte, Mark Temple », songea-t-elle en retournant lentement à sa chambre, par un autre chemin afin d'éviter Grif. « Pourquoi faut-il que tu éveilles chaque fois en moi tant d'amour, de compréhension, de désir ? Je suis folle d'avoir tant besoin de toi, alors que c'est Celeste seule qui te désespère ainsi ! »

Abattue, elle se glissa dans le vaste lit vide, où elle finit par succomber aux larmes de découragement qu'elle s'efforçait de refouler depuis trop longtemps. Elle pleura avec soulagement, s'abandonnant à son chagrin. Et sentant enfin son oreiller trempé, elle se revit brusquement, à onze ans, enfermée dans sa chambre au comble du désarroi parce que le « Dr Temple » l'avait grondée, à table.

Ce soir lointain, il était venu s'excuser de sa dureté. Comme ce geste l'avait réconfortée ! Et Jenny espérait de toutes ses forces que Mark surgirait cette fois encore pour la consoler. Il lui expliquerait avec douceur que tous leurs différends des dernières semaines provenaient d'une lamentable erreur, d'un stupide malentendu. Il lui avouerait enfin son amour.

Epuisée, elle sombra dans un sommeil agité, poussant de temps à autre un gémissement plaintif. Et si quelqu'un ouvrit la porte pour écouter son souffle irrégulier, avant de se retirer sans bruit, elle ne le sut jamais.

20

ELLE n'entendit pas davantage son réveil, le lendemain matin. Il était presque huit heures, lorsqu'elle jeta un regard ensommeillé sur le cadran digital de la radio, et se leva d'un bond, alarmée et désorientée. Elle enfila à la hâte une jupe kaki et un chemisier blanc, une paire de sandales, et prit à peine le temps de se brosser les dents et de s'asperger le visage d'eau froide. Un coup de peigne dans les cheveux, une touche de blush sur ses joues blêmes, et elle courut à la cuisine.

Mark et Grif se levaient déjà pour se rendre au garage quand elle fit irruption, haletante. Bridget finissait de préparer un plateau qu'elle comptait sans doute porter au lit à la paresseuse Mme Temple.

— Tu es réveillée, observa Mark d'un ton neutre.

— Vous alliez partir sans moi ! s'exclama-t-elle, blessée. Comment étais-je censée arriver au centre ?

— J'ai pensé qu'une journée de repos te ferait le plus grand bien.

Pendant quelques instants, elle le fixa, perplexe. Si elle n'avait de bonnes raisons de penser le contraire, elle aurait pu croire à de la sollicitude. Telle était en tout cas l'attitude de Bridget, dont l'air préoccupé était clair. La jeune fille savait-elle que Jenny avait tenté de prendre la fuite ? Quoi qu'il en fût, son visage n'exprimait en rien une critique.

Grif, en revanche, était parfaitement au courant de son départ avorté, et même de son refus de retourner au ranch. Pourtant, lui aussi paraissait n'éprouver que de la compassion.

Elle secoua la tête, renonçant à comprendre. Puis, posant les yeux sur son mari, elle déclara avec ironie :

— Merci de ta prévenance. Mais il est hors de question pour moi de ne pas aller travailler.

— Rien ne t'y oblige, riposta-t-il. Le centre peut très bien fonctionner provisoirement sans toi, comme quand tu es malade.

— Mais puisque je suis en parfaite santé, il n'y a pas lieu d'imposer cette charge supplémentaire à mes collègues. Ou bien essaies-tu de me retenir prisonnière ici ?

Grif fit la grimace tandis que les lèvres de Mark se crispaient. Il leva la main vers Jenny comme pour la secouer, puis se détourna en haussant les épaules.

— Prends le temps de déjeuner, marmonna-t-il. Je t'attends dans la voiture.

Elle se contraignit à avaler quelques bouchées de l'omelette cuisinée par Bridget, mais finit par repousser la tasse de café à moitié pleine, le pain grillé et le bacon.

— Vous devriez manger davantage, madame Temple, fit la jeune fille avec un léger reproche.

Jenny ne put que sourire et secouer la tête, avant de se précipiter au garage. Aucun des deux hommes n'émit le moindre commentaire lorsqu'elle prit place sur la banquette arrière, à côté de Mark qui ne daigna pas même lui accorder un regard.

C'était une de ces journées d'été où l'on se réjouit d'être en vie. Le soleil déjà haut brillait dans un ciel limpide, une brise légère véhiculait les parfums des fleurs et de l'herbe coupée.

Jenny aimait l'hacienda. Elle s'en rendit pleinement compte tandis que la limousine havane filait sur le chemin en direction de la route nationale. Elle en appréciait le moindre détail, depuis l'aspect sauvage des terres, jusqu'aux cow-boys un peu rudes qui vouaient un respect sans bornes à Mark Temple, en passant par les vaches Hereford et les moutons qui paissaient dans les champs. Plus encore, elle nourrissait une profonde affection à l'égard de Grif et de la timide Bridget, et s'attachait chaque jour davantage à la demeure blanche. Et enfin... oui, bien malgré elle, elle aimait par-dessus tout l'impossible maître des lieux.

Il lui faudrait longtemps, sans doute, pour s'en détacher, mais elle était résolue à y parvenir. Dès que possible, elle s'évaderait de cette prison dorée.

Contrairement à son habitude, Grif déposa d'abord Mark à son cabinet, puis conduisit Jenny au centre. Elle était trop préoccupée pour s'en étonner. Mais quand il lui ouvrit la portière, une fois garé, elle scruta l'aire de stationnement avec suffisamment d'intérêt pour relever l'absence de son véhicule.

— Grif ! s'écria-t-elle, alarmée. Ma voiture a disparu ! Je l'avais laissée ici hier soir quand je... quand je suis allée chez Mme Carson. Et elle n'est plus là !

— Je sais, acquiesça-t-il. Le patron l'a fait mettre ailleurs.

— Ailleurs ? Où cela ? s'enquit-elle.

Grif l'étudia avec regret.

— Je ne peux pas vous le révéler, Jenny. Il ne me le pardonnerait pas.

— Mais elle est à moi ! protesta-t-elle. Il ne peut pas se permettre d'agir ainsi ! Je ne possédais pas grand-chose en l'épousant, mais s'il me dépouille de mes maigres biens...

Elle se mordit la lèvre. Il était non seulement inutile mais surtout cruel de déverser son amertume sur Grif. Il était si dévoué à Mark, qu'il ne consentirait jamais à enfreindre un de ses ordres.

Quand il la suivit dans le bâtiment et se posta sur une chaise juste devant la porte de son bureau, elle se demanda si Mark l'avait chargé de la surveiller afin de prévenir toute nouvelle tentative de fuite. De même cette nuit, songea-t-elle, il avait probablement gardé l'entrée pour éviter qu'elle-même ne sorte.

Aussi inconcevable que cela paraisse, elle était bel et bien prisonnière de son mari, du merveilleux Dr Temple ! Elle aurait volontiers passé la matinée à chercher un moyen de le contrer, mais elle avait prévu un entretien qui allait nécessiter toute son attention.

La patiente était domiciliée dans le comté voisin, et sollicitait une hospitalisation. Elle avait d'abord pris rendez-vous quelques semaines auparavant avec le Dr Temple, et en consultation avait demandé un tranquillisant mineur mais qui provoquait facilement une accoutumance nocive. Elle avait autrefois obtenu ce médicament de plusieurs médecins, qui refusaient à présent de le lui prescrire, car elle en abusait. Mark s'était opposé sans ambages à lui en donner, et lui avait fermement recommandé une cure de désintoxication en milieu hospitalier. Furieuse, elle était sortie en claquant la porte et en maudissant l'insensibilité du psychiatre.

Elle revenait aujourd'hui, accompagnée de sa sœur. Manifestement, elle commençait à souffrir des symptômes du manque engendrés par l'interruption brutale de la drogue. Plus personne n'acceptait de lui en procurer et elle souhaitait désespérément de l'aide.

— Je veux bien aller à l'hôpital, marmonna-t-elle à plusieurs reprises. Mais je vous en prie, donnez-moi quelques comprimés en attendant.

Fébrile, elle arpentait nerveusement la pièce, incapable de rester en place.

Jenny expliqua patiemment qu'elle n'était pas habilitée à lui fournir un quelconque médicament. En revanche, elle téléphona pour arranger l'admission immédiate de la jeune femme dans le programme de désintoxication de l'état du Texas. Quand la sœur emmena finalement la patiente, Jenny exhala un profond soupir de soulagement, avant de s'adonner à nouveau à ses sombres réflexions. Si seulement elle pouvait confier à quelqu'un son besoin de s'échapper !

Patty lui rendit visite en milieu de matinée, et demanda dans un murmure pourquoi son amie avait à présent un garde du corps attitré. Impossible de s'expliquer, avec Grif devant la porte ; Jenny dut se contenter de hausser les épaules en levant les yeux au ciel. Lorsqu'elle s'aventura jusqu'au bureau des secrétaires, le chauffeur lui emboîta le pas. Découragée, elle renonça bientôt et regagna sa place.

Depuis qu'elle était mariée, Walter Drummond avait perdu l'habitude de venir bavarder régulièrement avec elle. Quand il passa, exceptionnellement, ce matin-là, elle saisit l'occasion.

— Ne m'avais-tu pas promis que nous prendrions l'apéritif ensemble, la semaine dernière ? lança-t-elle d'un air désinvolte. Si nous allions le prendre au café d'en face ?

Il parut quelque peu déconcerté par son stratagème, mais acquiesça tout de même.

— Excellente idée. Nous avons à discuter les modifications budgétaires pour l'année prochaine.

En les voyant déboucher dans le couloir, Grif se leva.

— Walter et moi devons parler en privé. Cela ne vous dérange pas, n'est-ce pas ? s'enquit-elle avec un sourire persuasif. Je vous rapporterai des croissants.

Il fit un signe de dénégation, et déclara d'une voix bourrue :

— Désolé. Pas question de vous laisser seule. Ordre du patron.

— Voyons, Grif ! plaida-t-elle. Walter est *mon* patron. Mark doit comprendre la nécessité de garder certains débats confidentiels.

— Le Dr Temple m'a ordonné de ne vous perdre de vue sous aucun prétexte.

Ainsi donc, Mark ne comptait pas lui fournir une seconde chance d'évasion !

— Je vous croyais chargé de veiller sur sa sécurité à lui, grommela-t-elle.

— C'est exact. Mais je ne puis être dans deux endroits à la fois.

A en juger par son expression soucieuse, il regrettait amèrement de ne pas être doué d'ubiquité.

— Jenny serait donc en danger, selon Mark ? intervint Walter.

— Bien sûr que non ! s'exclama-t-elle avec emphase.

— Grif ? insista Walter.

Le garde du corps riposta d'un air indéchiffrable que le Dr Temple ne voulait laisser courir aucun risque à son épouse.

Elle dut se retenir de s'indigner, mais Walter, de toute évidence, crut Grif sur parole. Ce fut donc à trois qu'ils traversèrent la rue pour se rendre au café. Frustrée et impuissante, Jenny ne put obtenir un seul instant en tête à tête avec son directeur, ni solliciter son aide pour s'enfuir.

Elle comptait encore sur une dizaine de minutes de liberté, lorsque Grif quitterait le centre pour aller chercher son employeur, à l'heure du déjeuner. Hélas ! Peu avant midi, Mark entra sans frapper dans son bureau. Pourtant, elle aurait juré que le chauffeur n'avait pas quitté un seul instant son poste d'observation, devant la porte.

— Comment es-tu arrivé ici ? s'enquit-elle, irritée.

— Walter m'a conduit.

— Walter !

Le traître ! N'était-il pas censé être un de ses alliés, à elle ?

— Mais oui, Walter. Il voulait me parler.

— Je vois...

Elle ne lui adressa plus la parole, jusqu'à leur arrivée à la cafétéria. Une fois qu'ils furent assis avec leurs plateaux, Mark reprit :

— N'es-tu pas curieuse de savoir ce que m'a dit Walter ?

Elle haussa les épaules et fixa le contenu de son assiette avec une intense fascination.

— Discussion de travail, je suppose.

Il marqua une hésitation.

— Nous avions en effet à régler quelques problèmes concernant une procédure d'internement d'office en cours. Mais c'est surtout toi qui le préoccupes. Il t'a trouvée angoissée, ce matin, comme si tu voulais lui communiquer quelque chose sans oser aborder franchement le sujet.

— J'avais simplement envie d'une conversation seule avec lui.

Mark eut alors un geste d'une douceur inattendue : il effleura son menton, caressa lentement sa joue et écarta les cheveux qui barraient son front. Hypnotisée, elle leva les yeux et rencontra les siens. Comme il paraissait las !

— Tu n'auras plus besoin de me fuir, Jenny, déclara-t-il tranquillement. Walter souhaitait que tu prennes des vacances, par exemple chez tes parents, à Amarillo. Cela me paraît être une excellente idée. Qu'en penses-tu ?

Elle inspira à fond ; il la libérait enfin !

— Je crois... Oui, c'est une bonne idée.

Pourquoi n'était-elle pas plus heureuse d'avoir obtenu ce qu'elle désirait ? Pourquoi son cœur se serrait-il lorsqu'elle étudiait le pli amer que prenait la bouche de Mark, son bras droit, inanimé ? Il hocha la tête.

— Très bien. Je m'en occupe.

Il paraissait étrangement soulagé, comme si un poids lui était ôté des épaules. Des larmes affluèrent à ses yeux, tandis qu'elle mangeait sans plaisir son repas fade.

Durant l'après-midi, elle remarqua que Walter avait propagé très efficacement la nouvelle de son congé. Ses amis semblaient ravis pour elle, et venaient lui proposer leurs services durant son absence ; Patty promit d'arroser le lierre qui s'épanouissait sur sa bibliothèque, et Phil l'assura pouvoir animer seul le groupe pendant plusieurs semaines, le cas échéant. Tous conspiraient à l'éloigner de la ville, de Mark. Ce n'était guère surprenant de la part de Joanna, mais Phil et Patty ?

Quand Walter passa la voir en fin de journée, elle le fusilla du regard.

— Je me sens parfaitement bien, pour ta gouverne, déclara-t-elle avec agressivité. Du moins me trouvais-je normale jusqu'à ce que Mark et toi lanciez cette campagne sur ma prétendue fatigue nerveuse.

Le directeur administratif referma la porte et s'assit en face d'elle.

— Tu as réellement l'air épuisée, ces temps-ci. Cela m'a frappé ce matin, au café. Je suis inquiet pour toi.

— Suffisamment pour te passer de mes services ? J'ai toujours été chargée des placements d'office, jusqu'à présent. Et aujourd'hui, j'apprends que Mark et toi êtes en train d'en négocier un sans ma participation !

Elle jugea de mauvais augure son air coupable.

— Ecoute, Walter. Si je ne dois plus retrouver mon poste en rentrant d'Amarillo, j'aime autant le savoir dès maintenant.

« Si je rentre », faillit-elle ajouter.

— Ton poste ! s'exclama-t-il, offusqué. Tant que je serai le directeur de ce centre, tu y auras toujours ta place, assura-t-il. Tu as ma parole.

Songeur, il étudia ses mains posées sur ses genoux.

— A moins, évidemment, que tu ne changes toi-même d'avis. Que tu ne préfères te consacrer à autre chose.

— Par exemple ?

— Eh bien, t'occuper de ton foyer. Devenir mère.

Elle ferma les paupières pour cacher le chagrin que lui infligeaient ces paroles.

— Walter, tu ne peux être aveugle à ce point ! Tu as bien dû remarquer l'état de nos relations, à Mark et moi.

— A savoir ?

— Epouvantable ! Il regrette de m'avoir épousée.

Walter la considéra avec attention, sans porter de jugement.

— Et toi ?

— Moi ? Je suis d'une naïveté impardonnable... Je suis tombée amoureuse de lui, ironisa-t-elle avec un sourire triste.

— C'est normal, la rassura-t-il gentiment. Tu t'es mariée avec lui, après tout.

Elle secoua la tête et expliqua :

— L'amour ne faisait pas partie du contrat. Nous étions simplement censés nous être mutuellement bénéfiques.

Cette fois, Walter parut dérouté.

— Et quand as-tu compris que tu l'aimais ?

— Le premier été que j'ai passé chez oncle Bob et tante Ginny, avoua-t-elle, il y a dix-sept ans de cela.

Mark était venu travailler un mois avec mon oncle... Nous n'avons jamais évoqué cette époque, tous les deux. Cela doit lui rappeler sa jeunesse malheureuse.

— Tu dois avoir raison, commenta Walter.

— Je ne sais pas si je supporterais de le perdre, murmura-t-elle. Je l'avais enfin retrouvé, après tant d'années ! Malheureusement, je n'ai guère le choix...

Walter n'avait rien à répondre.

A cinq heures, Jenny s'assit à côté de Mark à l'arrière de la limousine. Elle ne fut pas surprise lorsque Grif prit la direction de Brownwood, au lieu de rentrer au ranch.

— Bridget t'a préparé une valise, annonça Mark. Jeff Brandon l'a apportée en ville cet après-midi. Nous devrions arriver à l'aéroport de Dallas-Fort Worth juste à temps pour le dernier vol à destination d'Amarillo.

Elle n'allait donc même pas revoir l'hacienda avant d'être expédiée au loin !

— Et si mes parents ne sont pas chez eux ?

— Ton père t'attendra à l'arrivée, je l'ai appelé tout à l'heure. Ta mère et lui sont ravis de ta visite impromptue.

— Tu as tout prévu, décidément ! Mais tu n'avais pas besoin de m'accompagner. J'aurais pu conduire moi-même, ou prendre le bus...

— Ne sois pas ridicule, coupa-t-il. Tu as besoin de te détendre dès maintenant, sans soucis.

— Ta sollicitude est tout à fait superflue. Je me prenais très bien en charge avant de te connaître, et je m'y adapterai vraisemblablement encore lorsque je serai de nouveau seule.

— Je n'en doute pas, Jenny. Je n'ai aucune intention de me quereller avec toi jusqu'à Fort Worth. Si nous faisions une trêve ?

— Cela nous changerait agréablement, n'est-ce pas ? railla-t-elle.

Elle scruta avec un feint intérêt le paysage de prairies bordées de cèdres, et crut son compagnon endormi, d'après son silence. Mais quand elle se tourna pour l'étudier, elle surprit ses yeux bleus fixés sur elle avec intensité. Vaguement gêné, il se redressa, s'étira et bâilla ostensiblement en consultant sa montre.

— Nous atteindrons bientôt Stephenville. Grif s'arrêtera devant un restaurant, où nous pourrons aller chercher du café et des sandwichs.

— Non, merci. Je préférerais en finir le plus tôt possible.

Quel mensonge ! Au contraire, elle souhaitait tant prolonger indéfiniment le trajet, s'isoler à jamais avec Mark dans la voiture.

— Comme tu voudras, rétorqua-t-il sèchement.

Il ne la regarda plus en face avant d'arriver à la porte d'embarquement. Alors, d'un air de défi, il l'entoura du bras et l'attira tout près de lui pour scruter ses yeux agrandis de désespoir. Malgré la foule dense qui se pressait autour d'eux, ils restèrent ainsi un long moment. Jenny avait l'impression d'être exilée au fin fond de la Sibérie.

Mark déposa un baiser léger sur son front, puis sur chacune de ses paupières. Jenny se rappela brusquement son soulagement, à l'idée qu'elle allait partir. Elle s'écarta.

— Je dois partir. L'hôtesse a signalé mon départ.

Il hocha la tête et la relâcha.

— Bon voyage, Jennifer Caroline. Téléphone-moi ce soir.

Sans répondre, elle se détourna pour dissimuler ses larmes, et tendit la main à Grif. Ce simple geste dut émouvoir profondément le chauffeur, qui la serra brièvement avant de la repousser doucement.

— Au revoir, Jenny, grommela-t-il.

Tandis qu'elle franchissait la barrière pour pénétrer

dans la zone réservée aux voyageurs, les gens qui l'entouraient se fondirent en une masse colorée et mouvante. Elle se retourna une fois, et crut discerner les formes de Mark et Grif à travers le brouillard de ses pleurs. Mais elle n'en fut pas certaine.

21

Jenny traversa en courant la zone de débarquement de l'aéroport et se jeta dans les bras du petit homme rond et dégarni qui lui souriait.

— Papa !

— Bienvenue, ma chérie, déclara-t-il chaleureusement en regardant derrière elle. J'espérais que ton mari aurait changé d'avis et t'accompagnerait…

— Pas cette fois, papa.

Tout au long du vol, elle s'était demandé s'il convenait de révéler à ses parents sa rupture. Mieux valait attendre, avait-elle conclu.

— Dommage. Il travaille beaucoup, je présume ? Trop pour prendre quelques jours de vacances ?

— Exactement. Il n'est associé au centre que depuis deux mois environ, et doit en outre consacrer du temps à sa clientèle privée.

— Je comprends… Prenons vite tes valises et rentrons à la maison. Ta mère sera furieuse si je ne lui ramène pas sa fille assez vite.

Comme dans le passé, M. Dahlgren bavarda gaiement tout en conduisant. Il raconta avec humour une de ses récentes recherches pour une compagnie pétrolière, en qualité de géologue consultant. Mais son activité récente d'animateur d'un « club de jeunes explorateurs » semblait le passionner davantage encore.

— Le mois dernier, je les ai emmenés camper au Nouveau-Mexique, expliqua-t-il avec enthousiasme. Nous avons marché environ quatre-vingts kilomètres au total, et dormi à la belle étoile. Tout cela fut très exaltant, jusqu'au troisième soir, quand il s'est mis à pleuvoir. Un vrai déluge !

Il toucha sa tête presque chauve et Jenny éclata de rire en l'imaginant blotti dans son sac de couchage, s'évertuant à garder sa tête au sec.

— Vous n'avez pas trouvé de grotte pour vous abriter ? Pour des géologues, c'est tout de même un comble.

— Nous en avions découvert de belles, la veille. Mais nous étions trop loin, à ce moment-là.

Jenny lui tapota affectueusement le bras.

— Tu n'as pas eu de chance : pas un seul garçon, sur trois enfants ! Teresa, Mary et moi n'étions pas très adeptes des sorties au grand air… à ton grand désespoir.

Il lui sourit avec tendresse.

— Ne va pas croire cela ! Je n'aurais échangé mes filles contre rien ni personne au monde. Tout de même…

Une ombre passa sur son visage épanoui.

— Parfois, la vie me semble injuste, quand je pense à Danny Green, par exemple. C'est un adolescent de quatorze ans, il participe fidèlement à toutes nos sorties depuis plusieurs mois. Son père est en prison à Huntsville pour vol à main armée, et sa mère passe d'un amant à l'autre, lesquels finissent inévitablement par battre Danny. Le service de protection de l'enfance est intervenu pour le placer dans une famille nourricière, et le juge pour enfants m'a demandé de passer du temps avec lui.

— Oh, papa ! Quelle lamentable histoire !

— J'en suis bouleversé chaque fois que je le vois. Il s'abrite derrière une attitude arrogante, et seuls ses grands yeux tristes trahissent sa souffrance. Malgré mon âge, je l'adopterais volontiers si sa mère l'autorisait.

Emue, Jenny se pencha et déposa un baiser sur la joue de son père.

— Tu l'aiderais merveilleusement, j'en suis sûre.

En quatre mois, depuis la dernière visite de sa fille, Catherine Dahlgren semblait avoir rajeuni. Elle mesurait environ dix centimètres de plus que son mari, et son peignoir de satin blanc soulignait sa taille élancée. Après avoir chaleureusement embrassé sa fille cadette, elle l'emmena tout droit dans la cuisine où l'attendait son dîner.

Ses parents se relayèrent avec animation pour lui faire part des dernières nouvelles, tandis qu'elle mangeait sans appétit les délicieuses lasagne.

— Mary a téléphoné, annonça Mme Dahlgren. Elle viendra vendredi soir. Tu passes le week-end avec nous, n'est-ce pas ?

— Naturellement, intervint Paul Dahlgren. Nous ne t'avons pas vue depuis si longtemps ! Mark pensait que tu resterais à peu près une semaine. Ta sœur sera aussi déçue que nous de ne pas rencontrer son beau-frère mais...

— A propos, comment vont les études de Mary ? coupa précipitamment Jenny. Ne doit-elle pas être diplômée cet été ?

— Oui, si elle a pu améliorer ses notes d'anglais. A mon avis, confia Catherine Dahlgren, elle feint d'avoir des problèmes, afin d'être reçue en privé par son professeur. D'après le ton de ses descriptions, elle est follement amoureuse de cet homme, comme la moitié des étudiantes de son université, du reste.

— Il est célibataire ? s'enquit le géologue.

— Hélas, non ! Mary a plusieurs fois fait allusion avec mépris à « l'horrible femme du professeur d'anglais ».

Jenny songea à Joanna, et ressentit une compassion sans bornes pour la malheureuse épouse. Elle changea à nouveau de sujet.

— Comment se portent Teresa et Greg ?

Les parents se regardèrent, aussi impatients l'un que l'autre de parler. Paul Dahlgren laissa la parole à sa compagne d'un hochement de tête.

— A merveille, déclara Mme Dahlgren avec une mine de conspiratrice. Nous devrions laisser Teresa te l'annoncer elle-même, demain, mais je ne peux pas résister : elle attend un bébé !

De joie, Jenny oublia temporairement ses propres problèmes. Son père et sa mère avaient envie depuis si longtemps d'être grands-parents ! Mais Teresa et son mari, pilote de ligne, avaient d'abord voulu profiter au maximum de leur vie de voyages.

Elle parvint à avaler encore quelques bouchées de nourriture, tout en écoutant les projets concernant l'enfant à venir. Puis elle étouffa un bâillement.

— Oh, ma chérie, nous bavardons sans arrêt alors que tu es épuisée ! Mark a prévenu Paul que tu avais eu une journée éprouvante.

Elle se tourna vers M. Dahlgren.

— Au fait, n'avais-tu pas promis de le rappeler dès l'arrivée de Jenny ?

— Si, confirma-t-il en se levant. Mais il préférerait sans doute parler à sa femme plutôt qu'à son beau-père.

— Non, papa !

Tous deux parurent surpris par son exclamation.

— Je… Je suis trop fatiguée. S'il te plaît, fais-le pour moi.

Elle avait toujours su obtenir ce qu'elle voulait de son père, et cette fois encore il céda à sa prière. Il composa le numéro qu'elle lui dicta, et s'adressa amicalement à Mark, quand celui-ci répondit. Jenny suivit la conversation avec appréhension ; quel prétexte inventerait Paul Dahlgren si Mark la demandait ? Mais apparemment, le cas ne se présenta pas, car après un bref échange de politesses, M. Dahlgren salua son interlocuteur et raccrocha.

Le lendemain matin, Teresa arriva à temps pour le petit déjeuner. Tenant sa sœur aînée à bout de bras, Jenny inspecta d'un œil critique sa silhouette encore plus petite et menue que la sienne. Ses yeux gris comme ceux de son père pétillaient de malice.

— Je te croyais enceinte ! s'exclama Jenny avec une feinte réprobation. Tu as l'air de peser à peine quarante-trois kilos !

— Quarante-cinq, affirma fièrement Teresa. J'en ai pris deux depuis que le médecin a confirmé la grossesse.

— Attention, ma chérie, gémit Catherine. N'en profite pas pour dévorer n'importe quoi ! Je ne voudrais pas t'effrayer, mais je crains que vous n'ayez hérité toutes les deux du tempérament de votre père, plutôt que du mien. Dieu sait si j'aime mon mari, mais il lui suffit de contempler un chocolat liégeois pour grossir de trois kilos !

Jenny rit en voyant Teresa reposer deux tranches de pain grillé et un morceau de bacon.

— Oui, maman, soupira-t-elle.

Au cours des journées suivantes, les trois femmes s'attelèrent à la préparation de la chambre du bébé. Catherine, la décoratrice reconnue de la famille, fit faire un mélange de peinture dans les tons jaunes dans un magasin de bricolage. En quelques heures, elles peignirent la pièce. Elles sélectionnèrent ensuite du tissu Liberty à délicats motifs verts, blancs, et paille, pour orner les larges fenêtres.

Le vendredi soir, comme prévu, Mary arriva de Lubbock, la ville universitaire où elle étudiait. Elle apportait une broderie au point de croix montée sur un cadre de bois, destinée à l'enfant. Le lendemain matin, la famille au grand complet se rendit chez les jeunes époux pour l'accrocher, ainsi qu'un tableau peint par Catherine représentant une scène de cirque colorée.

Mary, plus grande que ses sœurs, rejeta en arrière ses longs cheveux blonds et posa sur sa mère ses yeux noisette en amande.

— J'ai réussi à exécuter mon petit cadeau en trois jours, mais le tien a dû nécessiter beaucoup plus de temps, non ? Cette toile est superbe !

— Ce fut long, en effet, reconnut Catherine. Je l'avais rangée au grenier en attendant une occasion comme celle-ci. Je commençais du reste à me demander si mes filles en auraient jamais l'usage !

— Oh, maman ! s'exclama Teresa d'un air de reproche. Je t'avais prévenue que Greg et moi voulions attendre un peu, mais que nous nous y mettrions éventuellement.

Elle rougit, et sa répartie fut saluée par un éclat de rire général. Mary prit chacune de ses sœurs par la taille, et ajouta :

— Bientôt tu te plaindras de surabondance. A mon avis, Jenny ne tardera pas tant, maintenant qu'elle est mariée. N'est-ce pas, « petite mère » ?

Jenny s'efforça de paraître amusée, mais sa gorge se noua. Elle s'était efforcée de ne plus penser à Mark, depuis quelques jours, et détournait habilement la conversation chaque fois qu'il était question de lui.

— Qu'as-tu à répondre à cela, Jenny ? insista Greg, taquin.

Elle parvint à sourire encore et bredouilla quelques phrases évasives, et bientôt le moment difficile fut passé.

Le dimanche, Paul Dahlgren invita son protégé, Danny Green, à partager leur déjeuner familial. Au premier coup d'œil, Jenny fut frappée de sa ressemblance avec Mark, dix-sept ans auparavant. Il était plutôt petit et n'atteindrait jamais la taille du médecin, mais il possédait des yeux bleus et des cheveux noirs identiques, et se comportait avec le même orgueil. Constamment sur ses gardes, il se tenait très droit, et s'exprimait d'un ton agressif.

Paul n'hésitait pas à adopter une attitude analogue avec lui, le bousculant sans ménagement, tandis que Catherine lui prodiguait tendresse et douceur. Pour faire plaisir à M. Dahlgren, Mary, Teresa et Greg firent quelques timides avances au jeune homme, mais essuyèrent des rebuffades immédiates. Ils échangèrent des regards perplexes et renoncèrent rapidement.

Jenny, fascinée, observa Danny tout l'après-midi durant. Elle avait l'impression de contempler son propre mari, à l'orée de l'adolescence. Quelque chose l'attirait chez ce garçon, et forçait sa sympathie. Elle ignorait quasiment tout de l'enfance de Mark mais elle la devinait très semblable à celle de Danny.

Elle releva un détail qui échappa aux autres, grâce à sa discrète mais constante attention : une certaine publicité télévisée avait suscité un intérêt relatif chez l'adolescent. On y voyait un cow-boy endurci descendant de cheval pour embrasser la femme qui l'attendait, avant d'allumer une cigarette réservée aux « vrais hommes ». Ce ne semblait pas être la compagne du cavalier qui l'intriguait ; ce devait donc être sa monture.

Une occasion de vérifier son hypothèse se présenta

quand Danny alla s'asseoir seul sur la terrasse. Jenny le suivit et s'installa à une certaine distance, soucieuse de ne pas l'intimider.

— Tu es déjà monté à cheval ? questionna-t-elle de but en blanc.

Il leva brusquement la tête, les sourcils froncés.

— Comme tout le monde, riposta-t-il, laconique.

— Nombre de gens n'en ont jamais même vu de près, répliqua-t-elle d'un ton égal. Où as-tu eu cette occasion ?

Il répugnait visiblement à répondre.

— A la foire, maugréa-t-il enfin avant de lui tourner le dos.

Sans doute avait-il fait quelques tours de manège sur les poneys Shetland fréquemment exhibés dans les fêtes foraines.

— As-tu jamais fait une vraie promenade dans un ranch ? persista-t-elle.

Il secoua la tête, fixant obstinément le sol.

— Cela te plairait ?

Il pivota pour la dévisager avec hargne, et elle s'affola : que ferait-elle s'il répondait par l'affirmative ? Elle pouvait difficilement l'inviter dans la propriété de Mark où elle n'avait plus sa place, désormais.

Mais Danny émit un grognement de mépris, et se détourna de nouveau.

— Non, cela ne me dit rien.

« Allez offrir votre charité à d'autres naïfs », semblait-il penser.

Souffrant pour Danny, pour Mark et pour elle-même, Jenny resta silencieuse jusqu'à l'arrivée de son père. Il avait promis de ramener le garçon chez ses parents adoptifs avant quatre heures, expliqua-t-il. Ils devaient donc partir.

22

MARY repartit en fin d'après-midi à Lubbock, car ses cours reprenaient le lendemain matin. Teresa et Greg, se sentant pleins d'énergie après le copieux repas, rentrèrent effectuer leur jogging quotidien. Aussi, quand Catherine Dahlgren monta se reposer, Jenny se retrouva-t-elle seule avec son père. Ils s'installèrent côte à côte sur la balancelle de la terrasse.

— Qu'as-tu pensé de Danny ? s'enquit Paul.

— Je te comprends. J'avais envie de l'adopter. Sa souffrance est presque tangible.

— Oui. Et il n'autorise personne à se rapprocher suffisamment pour la partager. Il me rappelle Mark, ou du moins la description qu'en donnait l'Oncle Bob, il y a une vingtaine d'années de cela.

Son cœur se mit à battre à tout rompre, comme chaque fois qu'elle entendait prononcer le nom de son mari. Ainsi donc, cette ressemblance n'était pas que le fruit de son imagination !

— Mais Mark adorait l'Oncle Bob. Si tu l'entendais en parler ! Il n'a pas pu être à ce point réservé avec lui. Quand je l'ai connu, à onze ans, il l'idôlatrait.

Paul Dahlgren émit un rire grave.

— Ma chérie, tu voyais le résultat d'années d'efforts,

de la part de Bob. Mark avait déjà passé une dizaine d'étés chez lui. C'est mon frère qui lui a inspiré l'amour de la médecine, tu sais. Il disait que le garçon le tolérait uniquement parce qu'il était docteur, au début. Leur relation ne s'est vraiment épanouie que bien plus tard.

Il exhala un soupir.

— Depuis des mois, j'essaie de trouver une activité qui séduise vraiment Danny. J'avais espéré l'intéresser avec nos explorations géologiques, mais je vois bien qu'il ne nous accompagne que faute de mieux.

— Je crois deviner ce qui pourrait le passionner, remarqua-t-elle prudemment. Les chevaux.

Elle lui fit part de ses observations, et il hocha la tête en souriant.

— Tu dois avoir raison. Il avait effectivement paru fasciné par un troupeau de Mustangs que nous avons croisés lors de notre dernière équipée. Voyons... Comment pourrions-nous développer ce goût de façon gratifiante pour lui ?

— Connais-tu un propriétaire de ranch qui lui permettrait de se familiariser avec ses bêtes ?

— Mmmm... ce doit être faisable... En revanche, il serait moins facile de trouver quelqu'un qui accepte de l'initier à l'équitation et de lui consacrer temps et affection. Car là est la véritable clé du problème.

— Pourquoi pas toi, papa ? Ta générosité est sans bornes, et tu disposes même de quelques loisirs.

— Oui, mais je ne suis pas monté à cheval depuis des années.

Il baissa les yeux sur son ventre rebondi.

— J'ignore même si j'en serais encore capable.

Apparemment, saisi d'une soudaine inspiration, il adressa à sa fille son sourire le plus persuasif.

— Mais toi, ma chérie, tu as un ranch ! Seriez-vous prêts, Mark et toi, à accueillir un pensionnaire pendant un mois ?

Oubliant qu'elle avait résolument éliminé cette éventualité la première fois qu'elle y avait songé, elle étudia l'idée de son père. Mark semblait enclin à recueillir les sans-foyer, comme en témoignait la présence de Grif et de Bridget. Elle connaissait sa gratitude envers l'Oncle Bob, qui avait tenu auprès de lui un rôle analogue. Oui, Mark ne verrait sûrement aucun inconvénient à héberger Danny… s'il ne l'avait déjà renvoyée, elle. Luttant pour refouler ses larmes, elle articula d'une voix rauque :

— Je ne sais pas, papa. Le moment n'est peut-être pas bien choisi pour inviter qui que ce soit au ranch.

Paul Dahlgren resta quelques minutes silencieux, puis l'encouragea doucement :

— Si tu confiais ton chagrin à ton vieux père ?

Elle sursauta, surprise.

— M… Moi, du chagrin ?

— Que veux-tu ma chérie, je te connais trop bien. Depuis ton arrivée, j'attends que tu te décides à m'en parler. Serais-tu fâchée avec Mark, par hasard ?

— Je… Je ne sais pas.

— Tu ne sais pas ? s'étonna-t-il.

Elle soupira.

— Je ne voulais pas vous inquiéter. Mais tout ne va pas au mieux entre nous depuis notre mariage.

Il respecta son mutisme, et étudia le chèvrefeuille accroché à la rambarde de la terrasse.

— Tu ne vas pas m'interroger ? demanda-t-elle, déçue.

Il secoua la tête.

— Tout ce qui te touche m'intéresse, tu en es consciente Si tu as envie de tout me raconter, tu le feras sans que j'aie à t'y pousser.

— Oh, papa !

Comme ses larmes affluaient de nouveau, elle se blottit entre ses bras accueillants et pleura un long moment. Son père tira un grand mouchoir à carreaux de sa poche et le lui tendit.

— Merci, balbutia-t-elle en s'essuyant les yeux. J'en avais bien besoin, je crois.

— Cela nous soulage tous, de nous laisser aller.

— Ah, tu es vraiment un vieux sage !

— Si seulement je pouvais effacer ta peine d'un baiser, comme avant, ce serait vraiment merveilleux.

— Ce serait bien, en effet...

Ils se turent tandis que la nuit les enveloppait, apportant avec elle les chants des grillons et les senteurs du jardin.

— Il ne m'aime pas, tu sais, murmura enfin Jenny. Il m'avait prévenue, avant de m'épouser, mais cela ne m'importait pas autant. Je pensais pouvoir être heureuse quand même.

Son père l'écoutait avec attention, mais n'émit aucun commentaire.

— Je l'aimais pour deux, enchaîna-t-elle encore plus bas. Du moins, je le pensais. J'étais si naïve ! Ç'aurait même pu être supportable, si... s'il ne tenait plus à l'autre femme. Je me contenterais d'un peu de son affection s'il pouvait l'oublier, elle !

— T'a-t-il... trompée ?

— Je ne pense pas... Pas encore.

Mais un doute affreux prit forme dans son esprit : et s'il l'avait éloignée afin de retrouver Celeste sans entraves ?

— Bah, qui sait ? jeta-t-elle en haussant les épaules. Peut-être est-il avec elle à cette minute même ? Il doit être difficile de lui résister. Si tu la voyais ! Elle est grande, superbe, capiteuse... tout ce que je ne suis pas. Et elle est folle de lui. Une véritable obsession ! Qui pourrait le blâmer de succomber à Celeste Grant ?

— Tu la connais donc ? s'enquit-il tristement.

— Nous ne sommes pas précisément amies, expliqua-t-elle avec un petit rire sec. Elle l'a suivi depuis Los Angeles où ils s'étaient rencontrés. A mon avis, ils devaient être fort liés, là-bas...

— Lequel des deux a rompu ?

— Je n'en suis pas sûre. Mark refuse de parler d'elle. Elle a dû le blesser, d'une façon ou d'une autre, et il ne parvient pas à oublier cet affront, ni à l'effacer, elle, de sa mémoire.

— Comment sais-tu qu'elle lui a fait du mal ?

— Cela se voit dans ses yeux... dans son visage, tenta-t-elle d'expliquer. La première fois qu'elle a surgi dans ce restaurant, à Brownwood, j'étais avec lui et il a semblé littéralement bouleversé. Mark n'est pas un lâche, papa. Mais il était absolument terrifié. J'ai compris immédiatement qu'elle détenait sur lui un pouvoir redoutable.

Paul Dahlgren lui entoura les épaules d'un bras.

— Ma petite fille... N'as-tu pas envisagé qu'elle pouvait être la personne qui lui avait tiré dessus, l'an dernier ?

— Que... Comment s'est passé l'accident ? questionna-t-elle, livide.

Surpris de son ignorance, son père l'étudia quelques secondes, puis se leva brusquement.

— Viens avec moi, déclara-t-il en la prenant par la main.

Il l'entraîna jusqu'à son bureau. D'un tiroir du secrétaire envahi de papiers, il tira une coupure de journal jaunie.

— J'avais conservé ce document parce que Mark avait été le protégé de Bob. J'ai pensé te l'envoyer, mais je craignais que ton mari ne revive de mauvais moments, s'il l'apercevait.

Elle lut le titre en caractères gras :

UN PSYCHIATRE RENOMME ATTAQUE PAR UNE FEMME JALOUSE.

— Mon Dieu ! souffla-t-elle.

Une photo de l'éminent Dr Marcus Bradford Temple s'étalait en pleine page. Avec appréhension, Jenny lut les quelques paragraphes consacrés à l'événement, puis les relut. Enfin elle regarda Paul Dahlgren.

— Il a donc été victime d'une femme qu'il connaissait à peine, et qui fut prise d'une obsession à son égard, récapitula-t-elle à haute voix, comme pour mieux enregistrer les faits. Il aurait tenté de la décourager mais elle refusait de comprendre. On la décrit comme très belle, mais psychotique, totalement hors de contact avec la réalité.

— Excellent résumé, remarqua son père, essayant de la faire sourire. Dis-moi, ton mari est-il le type d'homme capable d'inspirer malgré lui de telles passions ?

— Je le pense, marmonna-t-elle, en étudiant à nouveau l'article. D'après le journaliste, cette personne a été estimée incapable de comparaître au tribunal, et envoyée six mois en hôpital psychiatrique. A la suite de quoi, elle devait faire l'objet d'une nouvelle évaluation. Mais même si elle était alors jugée, elle ne serait vraisemblablement pas considérée responsable de ses actes au moment du crime et le jury l'acquitterait sans doute…

— Mais si elle est dangereuse ?

— La législation est très complexe. Si on trouvait cette femme irresponsable au moment de l'agression, elle serait juridiquement absoute et ne pourrait être astreinte qu'à un traitement de durée limitée en milieu hospitalier. Elle serait nécessairement relâchée quand sa psychose serait contrôlée par les médicaments. Le système veille avec vigilance aux droits constitutionnels de l'accusé, souvent au détriment de la victime.

— Si je comprends bien, la coupable doit être actuellement en liberté, maugréa-t-il.

— Exactement. De nos jours, on n'hospitalise pratiquement jamais au-delà d'une durée d'un an.

Songeuse, elle tapota d'un doigt la coupure de journal.

— Je me demande si tu as raison, fit-elle d'une voix rêveuse. Il pourrait s'agir de Celeste Grant. Je n'avais pas imaginé un seul instant...

Elle se rappela comme Mark avait tremblé de tout son corps, dans la voiture, quand Celeste Grant avait retrouvé sa trace, à Santa Anna. Puis, le lendemain, il avait déclaré : « Je regrette sincèrement d'avoir jamais croisé le chemin de cette personne. » Et en la demandant en mariage, il avait argué : « Il est essentiel que Celeste renonce à me poursuivre de ses assiduités. »

L'attitude hostile de Grif face à Celeste s'expliquerait. Voilà pourquoi il ne permettrait jamais à cette « diablesse » de l'approcher...

Et puis, les menaces proférées par la belle créature dans le bureau de Mark prendraient un autre sens.

Jenny s'aperçut qu'elle frissonnait, les bras crispés sur sa poitrine comme pour s'abriter de l'affreuse vérité : Celeste Grant avait attenté à la vie de Mark !

Comment avait-elle pu être aveugle à ce point ? Avec sa stupide jalousie, elle avait tourmenté son mari en le questionnant obstinément au sujet d'une femme dont le seul nom devait lui être odieux. Et ses ridicules soupçons, quand elle le croyait épris d'elle ! Son insistance pour connaître les circonstances de l'accident !

— Mais oui, tu as vu juste ! s'écria-t-elle soudain en se tournant vers son père. C'est la seule hypothèse logique. Celeste est bien responsable de la mutilation de Mark. Je rentre tout de suite. Il est encore en danger.

Emu par sa détresse, Paul Dahlgren, posa sa main sur son épaule et murmura d'un ton apaisant :

— Allons, ma chérie, calme-toi...

— Je rentre ! répéta-t-elle. Elle peut avoir à nouveau essayé de le blesser. Elle l'a menacé, j'étais là, et elle jurait que Grif ne pourrait l'empêcher...

— Qui est Grif ? intervint Paul Dahlgren avec calme.

— Le chauffeur de Mark. Non, son garde du corps. Ou son ami. Papa, je dois partir.

— Mais s'il est protégé, tu n'as rien à craindre...

En proie à la panique, Jenny se rua vers la porte. Mais son père lui bloqua la sortie avec une agilité surprenante, malgré son poids.

— Je dois le rejoindre, insista-t-elle. Même s'il avait une armée pour veiller sur lui, je veux être auprès de lui.

— Attends, ma chérie. Mark m'a recommandé de te garder ici jusqu'à ce qu'il téléphone pour annoncer que tu pouvais rentrer en toute sécurité. Il ne voulait t'exposer à aucun danger au cours du placement d'office dont il s'occupe actuellement.

— Que... Quel placement ? bredouilla-t-elle.

— Je l'ignore. Il a seulement mentionné un cas difficile, dont il tenait à te préserver. C'est pourquoi il t'a confiée à nous pendant une semaine. Tu vois ? Cela prouve son amour pour toi.

— Ce doit être *elle,* papa ! Il essaie de faire hospitaliser Celeste pour traitement, c'est évident ! Je pourrais lui être utile ! J'étais témoin quand elle l'a menacé. Il est capital de faire jouer toutes les preuves disponibles. S'il n'arrive pas à la faire interner, elle sera plus dangereuse que jamais.

Le visage de M. Dahlgren arbora une expression perplexe.

— Jenny, Mark m'a chargé de veiller sur toi. Je ne puis te laisser repartir seule.

— Alors, viens avec moi ! Emmène-moi, je t'en supplie !

Son regard implorant eut raison une fois de plus de la résistance de son père. Il émit un long soupir, et consentit à la reconduire à Santa Anna dès l'aube. Mais comment réagirait son gendre ?

23

A minuit, incapable de trouver le sommeil, Jenny alluma la lampe et étudia à nouveau la coupure de journal. La photo jaunie de Mark ne constituait qu'un piètre substitut à l'homme vibrant de vitalité qu'elle aimait tant. A trois heures du matin, elle s'était déjà vêtue d'une robe d'été bleu et blanc, avait enfilé ses sandales et brossé énergiquement ses cheveux jusqu'à ce qu'ils brillent.

Quarante minutes plus tard, son père et elle quittaient les faubourgs déserts d'Amarillo et s'engageaient sur l'autoroute en direction du sud. A l'aube, ils arrivaient à hauteur de Lubbock.

— Ma chérie, je me sens un peu coupable à propos de notre conversation au sujet de Danny, avoua Paul Dahlgren.

— Coupable ? répéta-t-elle. Pourquoi ?

— Parce que je n'ai pas été d'une entière franchise, avec toi. J'avais invité Danny pour te permettre de le voir, dans l'espoir de t'intéresser à son sort.

— Tu veux dire… que tu comptais déjà sur moi pour l'inviter au ranch ?

Il hocha la tête, penaud.

— Je connais depuis longtemps sa passion des chevaux. Oh, il ne me l'a pas confiée, à moi non plus. Je l'ai découverte comme toi, en l'observant. J'ai aussitôt pensé que Mark serait l'homme idéal pour servir de modèle à cet adolescent aigri.

— Mais pourquoi ne pas l'avoir dit, tout simplement ?

— J'en ai parlé sans détour à Mark. Quand il a téléphoné la semaine dernière pour nous prévenir de ton arrivée, je l'ai consulté au sujet de Danny. Je n'ai même pas eu à lui demander de l'accueillir quelque temps chez vous ; il l'a proposé spontanément. Mais il n'était pas sûr de ta réaction. Il m'a instamment demandé d'obtenir d'abord ton consentement, sans mentionner son propre accord, pour éviter de t'influencer. Voilà pourquoi j'ai ainsi manigancé votre rencontre, conclut-il avec un sourrire irrésistible.

— En me faisant croire qu'il te rappelait Mark ?

— Non, ce rapprochement était sincère. Il ressemble étonnamment au garçon qu'Oncle Bob avait pris sous sa garde.

— C'est-à-dire ?

— Dur en apparence, mais effrayé, au fond. Trop jeune pour lutter, mais contraint de le faire. Seul.

Jenny hocha la tête, les poings serrés. Elle fixa aveuglément la chaussée, incapable de discuter encore.

Ils continuèrent le trajet en silence. Bientôt il faisait grand jour et ils se rapprochèrent d'Abilence, puis de Coleman, pour atteindre enfin Santa Anna.

— Où allons-nous ? s'enquit M. Dahlgren en entrant dans la ville.

Jenny étira ses jambes ankylosées, et consulta sa montre : déjà dix heures et demie ! Mark devait se trouver à son cabinet. Elle en indiqua le chemin à son père.

Mais la réceptionniste qui s'occupait de la clientèle de Mark, en plus de celle de Thurston Reed, lui sourit d'un air surpris.

— J'ignorais que vous rentriez aujourd'hui, madame Temple ! Le Dr Temple n'est pas là.

Jenny s'efforça de paraître naturelle.

— Ah, non ?

— Non, il était convoqué au tribunal, ce matin.

Elle ne put masquer son désarroi et s'exclama :

— Au tribunal !

— Oui, à Coleman. Pour ce placement d'office qui lui donnait tant de tracas.

— Celeste Grant ? s'enquit Jenny, d'une voix mal assurée.

— En effet. Quelle femme étrange, n'est-ce pas ? On a peine à croire qu'une créature aussi ravissante puisse être dangereuse.

— Quand l'avez-vous vue ?

— Elle a été conduite ici ce matin, pour l'évaluation mentale.

— C'est *Mark* qui l'a évaluée ? fit Jenny en s'étranglant.

— Non, mais le juge d'instruction a fait venir ici deux éminents psychiatres pour l'examiner. C'est pourquoi l'affaire a été si longue à organiser. Le Dr Temple voulait les meilleurs experts et ils n'ont guère de temps libre. J'aurais aimé les entendre témoigner ; leurs références sont vraiment impressionnantes.

L'audience était déjà en cours quand Paul Dahlgren et sa fille pénétrèrent sans bruit dans la salle et s'installèrent au dernier rang du public. Les curieux étaient plus nombreux que d'habitude, une bonne trentaine, au total. Généralement, dans des cas de ce genre, on ne comptait que trois ou quatre spectacteurs, généralement parents du malade présumé.

Jenny aperçut immédiatement Mark de dos. Il siégeait à l'avant, Walter Drummond et Thurston Reed à sa gauche, Grif à sa droite. Quelques places plus loin, une femme d'âge indéterminé, élégamment coiffée et vêtue d'un tailleur bleu marine et blanc, tranchait parmi ses voisins. Jenny reconnut également d'autres visages familiers de Santa Anna et Coleman : un directeur d'hôtel, un épicier, Jeff Brandon accompagné de quelques collègues mal à l'aise, Phil Randall et Patty Stokes.

Assise derrière une table, à droite, Celeste Grant contemplait la scène avec mépris. L'avocat de la défense était à côté d'elle, et plusieurs adjoints du sherrif se tenaient derrière, les bras croisés.

Sherman Conrad, l'aimable juge du comté, présidait la séance. L'air faussement détendu dans son fauteuil, il scrutait avec intensité à travers ses épaisses lunettes à double foyer, l'homme grisonnant qui déposait à la barre.

— Un cas passionnant, Votre Honneur, expliquait ce dernier. Un exemple rare de schizophrénie paranoïde. Lors de l'entretien, ce matin, la patiente était clairement délirante.

— Veuillez préciser ce que vous entendez par ce terme, docteur Elsworth, demanda le procureur.

— Elle me prenait pour un agent de la C.I.A., participant à un complot visant à la faire déporter. Elle m'a déclaré recevoir des messages divins par l'intermédiaire du plafonnier.

— A-t-elle précisé la teneur de ces communications ?

— Certes. Miss Grant est convaincue d'être une émissaire du Ciel. Dieu serait très mécontent du mépris manifesté par le Dr Temple, à l'égard de son envoyée. Il ne serait pas digne de vivre dans le même monde qu'elle. Par conséquent, Dieu aurait ordonné à Miss Grant de débarrasser la terre du Dr Temple.

Un murmure passa dans le public. Les regards se braquèrent sur Mark, et Jenny frissonna. Son père lui prit la main.

— A-t-elle envisagé les moyens d'exécuter sa... « mission » ?

— Je lui ai posé cette question, répliqua le psychiatre, mais sa réponse était extrêmement confuse. Une histoire incohérente de sorcières, de malédictions et d'explosifs. Elle a également mentionné un revolver, mais je n'ai pu donner un sens à son discours.

— Docteur Elsworth, en votre âme et conscience, considérez-vous Miss Grant dangereuse, envers elle-même ou les autres ?

— Envers elle-même ?

Le médecin s'accorda quelques instants de réflexion.

— Eventuellement. Envers les autres ? Absolument. Je la crois capable de s'en prendre au Dr Temple si elle n'est pas placée immédiatement sous contrôle psychiatrique. D'après notre entretien, elle semble également déterminée à s'attaquer à un proche du Dr Temple.

— Mme Temple, par exemple ?

— Elle n'a cité aucun nom, mais j'estime cette hypothèse la plus probable.

« Moi », songea Jenny, distraite. Mais elle ne ressentit aucune crainte à cette idée. Elle ne pensait qu'à Mark.

— Je vous remercie, docteur. L'accusation n'a plus de questions.

La défense n'en posa aucune. Le Dr Elsworth regagna sa place, et la doctoresse Whitney fut appelée à témoigner. Jenny vit l'élégante femme au tailleur bleu marine et blanc s'avancer sereinement vers la barre.

— Veuillez lever la main droite...

Elle s'exécuta et le juge lui fit prêter serment avec son habituel ton dramatique.

Après avoir cité ses références médicales et psychiatriques, elle fournit un avis analogue au précédent. Le Dr Whitney estimait que Miss Grant représentait une grave menace pour quiconque la contrarierait, et était totalement hors de contact avec la réalité.

Cette fois, l'avocat de Celeste prit la parole.

— Docteur Whitney, vous dites avoir effectué vos études de médecine à l'université de Tulane. Est-il exact que vous ayez alors connu le Dr Temple ? Plus précisément, que vous étiez de proches amis ?

Elle haussa les sourcils.

— C'est juste, en effet.

— Et vous nous demandez de croire que vous avez évalué ma cliente en toute impartialité ? Alors que votre vieux camarade, Mark Temple, vous a fait venir dans le seul but de faire enfermer Miss Grant ?

Elle se redressa et, avec un regard empreint du plus profond mépris pour celui qui l'avait accusée, elle riposta :

— J'ai été convoquée pour aider à déterminer si Miss Grant avait besoin d'un traitement psychiatrique, maître. Non pour la « faire enfermer », comme vous dites. Je suis experte dans le domaine de la santé mentale. Je vous ai fait part de mon opinion, basée sur ma formation et mon expérience, mais également étayée par le bon sens de tous ces gens…

D'un geste large elle désigna le public, parmi lequel nombre de témoins l'avaient précédée à la barre.

— Au cours de ma carrière, poursuivit-elle, j'ai eu affaire à nombre de patients aussi psychotiques que Miss Grant. Mais rarement à des individus aussi manifestement dangereux. Je crois sincèrement que, pour la sauvegarde de la société et dans son propre intérêt, cette jeune femme doit être contrainte à recevoir un traitement.

— La défense n'a pas d'autres questions, maugréa l'avocat.

— Marcus Bradford Temple à la barre ! appela le procureur.

Un silence tomba sur la salle quand Mark se leva. Jenny revoyait son visage pour la première fois depuis une semaine et elle sentit son cœur battre à tout rompre. Il paraissait las et solennel, un peu vieilli, depuis leur séparation à l'aéroport de Dallas.

— Jurez-vous, commença le juge, de dire à la Cour la vérité, toute la vérité, et rien que la vérité ?

— Je le jure.

Au cours des témoignages précédents, Celeste avait gardé les yeux dans le vague. Mais à présent, ils se rivèrent sur Mark avec une intensité brûlante.

— Afin d'éviter un interrogatoire fastidieux, docteur Temple, pourriez-vous récapituler brièvement votre relation avec Miss Grant ?

Mark n'avait pas accordé un seul regard à Celeste. Il répondit de sa belle voix grave :

— J'ai fait la connaissance de Celeste Grant lors d'une soirée à Los Angeles, il y a environ dix-huit mois. Je la considérais alors comme une femme très belle, quoique excentrique. Je l'ai raccompagnée chez elle en voiture, cette nuit-là, et invitée à dîner, quelques semaines plus tard. Nous nous sommes ainsi vus à plusieurs reprises. En l'écoutant parler, j'ai très vite compris qu'elle était gravement perturbée sur le plan mental. Je lui ai suggéré de consulter un de mes confrères mais elle n'estimait pas en avoir besoin. A partir de ce moment, j'ai évité de la rencontrer. En revanche, j'ai continué à l'encourager à se faire traiter, chaque fois qu'elle-même me contactait.

— Elle a donc tenté d'entretenir des rapports qui, de toute évidence, ne vous intéressaient plus ? s'enquit le procureur.

— En effet. Elle surgissait à mon cabinet, parfois même à l'hôpital, où de telles visites étaient totalement inappropriées. Mon numéro de téléphone privé n'étant pas dans l'annuaire, elle ne m'a pas importuné à mon domicile. Je l'ai priée instamment, et souvent, de cesser de me rechercher. Je lui ai expliqué en termes clairs que je n'envisageais aucune relation d'ordre personnel avec elle et que je n'étais pas désigné pour l'aider professionnellement, mais que nombre de mes collègues pourraient lui être utiles. Elle n'était visiblement pas en mesure de saisir le sens de mes propos. J'ai fini par la menacer de porter plainte si elle ne me laissait pas en paix.

— Cette mesure fut-elle efficace ?

— Pendant quelques mois, oui. Puis elle a découvert mon adresse, peut-être en me suivant chez moi depuis mon lieu de travail. Un soir elle a frappé en insistant pour que je lui ouvre. Je l'ai de nouveau dirigée sur d'autres psychiatres. Le lendemain, quand elle est revenue, mon chauffeur a refusé de la laisser entrer. Trois jours plus tard, je l'ai remarquée en train de m'épier depuis un véhicule garé dans ma rue. Mais puisqu'elle ne m'avait plus importuné, je ne m'en suis pas préoccupé outre mesure.

— Vous ne l'estimiez pas dangereuse ?

Mark hésita pendant une fraction de seconde, et riposta d'un ton ironique :

— Il est parfois difficile d'imaginer qu'un être d'une telle beauté puisse commettre le mal. J'avoue avoir relâché mon jugement clinique en me fondant sur les apparences. J'espérais que Miss Grant se lasserait de me poursuivre et reporterait son attention sur un homme plus complaisant.

— Fut-ce le cas ?

Répugnant visiblement à répondre, Mark se tut quelques instants, puis reprit d'une voix si basse que le public eut peine à saisir ses paroles :

— Non. Une semaine après qu'elle eut commencé à m'espionner de sa voiture, elle s'est rendue encore une fois à l'hôpital. J'avais donné des consignes aux gardiens qui devaient la reconduire dehors si cela se produisait. Mais Miss Grant ne s'est pas laissée faire. Je me trouvais au bout du couloir avec un patient, et, entendant ses éclats de voix, je suis venu vers elle dans l'intention de la calmer afin d'éviter un esclandre dans l'institution. En me voyant approcher, elle a ouvert son sac à main. Je n'ai compris que trop tard qu'elle y prenait un revolver.

Les yeux de Celeste brûlaient comme des braises, mais elle conservait une expression énigmatique, détachée. Jenny serra les dents pour retenir ses sanglots.

— Docteur Temple, Miss Grant a-t-elle fait usage de cette arme ?

— En effet. La balle m'a frappé au bras droit, sectionnant net le nerf moteur.

Celeste se mit à balancer la tête de droite à gauche, mais Mark ne la remarqua pas.

— D'après ce qu'on m'a rapporté, elle fut aussitôt désarmée, puis arrêtée dès que la police arriva sur les lieux. Je ne puis en témoigner directement, toutefois, car ma blessure m'avait fait perdre connaissance.

— C'est compréhensible. Etes-vous au courant des conséquences qu'encourut Miss Grant pour cet acte ?

— Elle fut placée d'office en hôpital psychiatrique, afin d'y recevoir un traitement.

— Qu'advint-il de la plainte déposée contre elle ?

— L'instruction la déclara irresponsable. Quand les médicaments eurent contrôlé sa psychose, elle fut libérée de l'institution.

Conscient des complications juridiques que constituait ce cas, Mark adressa au procureur un sourire teinté d'amertume.

Ce dernier parcourut brièvement les documents posés devant lui sur la table puis considéra à nouveau le témoin.

— Docteur Temple, veuillez révéler à la Cour qui a

financé les soins reçus par Miss Grant dans la clinique privée où elle séjourna durant six mois de l'année passée.

Cette demande était manifestement inattendue. Mark, interdit, se tourna vers le magistrat.

— Cette question est-elle vraiment pertinente, Votre Honneur ?

Le juge Conrad jeta un coup d'œil interrogateur au procureur, qui enchaîna :

— Est-il exact, docteur Temple, que vous ayez dépensé des milliers de dollars pour une femme dont la vie n'avait avec la vôtre qu'un rapport fortuit ?

Mark baissa les yeux sur son poing crispé.

— Il ne me semble pas nécessaire de débattre de ce sujet.

— A moi, si. La défense a insinué que vous aviez des motifs intéressés pour vouloir faire enfermer Miss Grant. Je tiens à ce que les jurés sachent que vous l'avez aidée à un point peu commun, alors même qu'elle vous avait porté un grave préjudice. Je souhaite d'autre part, déclarer publiquement que M. Grant, le père de l'acusée, n'a pu assister à cette audience, faute de moyens financiers. Car M. Grant est un homme de revenus modestes, incapable de subvenir aux besoins médicaux de sa fille. Il m'a prié d'informer la Cour de sa gratitude envers le docteur Temple, pour avoir prêté assistance à une femme qu'il était en droit de haïr.

— J'ai fait ce que j'avais à faire, maugréa Mark.

— Pourquoi ? Pourquoi avoir consacré de telles sommes au traitement d'une personne qui niait même en avoir besoin ?

Mark exhala un soupir las.

— Parce qu'à dix ans, j'étais un futur délinquant qui refusait toute aide. Je volais, je faisais l'école buissonnière, je fuguais à la moindre occasion, pour échapper à ma mère alcoolique. Si un juge compréhensif et un vieux médecin généreux ne m'avaient pris en main, à l'heure actuelle je serais probablement en prison.

Jenny ne put étouffer un sanglot dans le silence de la salle d'audience. Son mari tourna la tête et parcourut les rangs du public, mais il ne put discerner la mince silhouette, tout au fond, blottie contre l'épaule de son père.

Jenny se domina suffisamment pour entendre le procureur questionner :

— Pensez-vous encore que Miss Grant puisse tirer profit d'un traitement psychiatrique ?

— Il reste toujours un espoir. Les médicaments avaient remarquablement amélioré son état lors de la précédente hospitalisation. Malheureusement, elle a cessé de les prendre à sa sortie. J'espère qu'elle ne commettra pas la même erreur à l'avenir.

— Quelle est votre principale raison de vous trouver ici aujourd'hui, docteur Temple ?

Il hésita, scruta à nouveau la foule mais Jenny était dissimulée par les gens devant elle.

— Je veux pouvoir mener une vie normale, sans crainte.

— Crainte pour votre propre sécurité ?

Mark secoua la tête.

— Je mentirais en affirmant ne pas me soucier d'être à nouveau la cible d'une balle. Mais Celeste Grant m'atteint surtout par le danger qu'elle représente pour mon épouse. Je voudrais, sans peur, garder ma femme auprès de moi.

Jenny fixait Mark, sans oser croire à ses paroles. Celeste se remit à se balancer en gémissant :

— Non, non, non, non…

Brusquement elle jaillit de son siège et renversa son avocat, se jeta sur le gardien le plus proche et, avec une force surprenante, tenta de s'emparer de son arme.

Mais les agents firent preuve d'une égale promptitude, ainsi que Grif qui avait bondi instantanément. Ils entraînèrent dehors la jeune femme qui se débattait furieusement en hurlant des imprécations.

24

L'AUDIENCE était terminée. Jenny resta affaissée sur le banc, tandis que les spectateurs se pressaient autour de Mark. M. Dahlgren, inquiet, étudiait la figure blême de sa fille, et lui tapotait la main avec sollicitude.

Après l'éclat final de Celeste, le juge Conrad avait annoncé qu'elle passerait quatre-vingt-dix jours dans un hôpital psychiatrique de l'Etat, autre que celui où le Dr et Mme Temple avaient coutume d'envoyer leurs patients, afin d'éviter toute accusation de brimade. Puis il avait conclu, en toisant sévèrement l'avocat de la défense encore secoué :

— Si jamais le cas de Miss Grant revient sous ma juridiction et si elle a le malheur d'adresser un seul coup d'œil menaçant au Dr Temple ou à son épouse, je la ferai placer dans une institution médico-pénale immédiatement !

Une fois la séance levée, les participants, soulagés, semblèrent parler tous à la fois. Avocat, collègues, et employés de Mark tenaient tous à l'assurer de leur soutien. Mais ce dernier se frayait un chemin parmi eux, l'air absent, pour gagner le fond de la salle. Debout devant Jenny, il considéra sans mot dire son visage bouleversé levé vers lui.

— Tu savais que j'étais là ? murmura-t-elle, incapable de bouger.

— Thurston m'a prévenu dès ton entrée.

— Je... Tu ne voulais pas de ma présence, bredouilla-t-elle.

— Non, convint-il calmement.

La salle s'était vidée comme par enchantement. Même M. Dahlgren avait disparu, mais Jenny chuchotait tout de même.

— Tu m'as éloignée pour m'éviter d'entendre ton histoire, je suppose.

— Charmant tableau, n'est-ce pas ? Père inconnu. Une mère inapte à tenir un emploi, ivre en permanence et parfaitement indifférente à mon sort. Sais-tu qu'à neuf ans j'avais fait un premier séjour en maison de redressement ?

Son cœur se serra. Il allait à présent lui annoncer qu'il l'avait épousée dans le seul but de décourager Celeste et que cette comédie ne s'imposait plus, dorénavant. Il proposerait le divorce.

— Voyons, Mark ! commença-t-elle pour retarder l'échéance. Penses-tu vraiment que je n'aie jamais été confrontée à d'autres cas de ce genre ? Ta vie a été triste, indéniablement. J'aurais voulu te rencontrer, enfant, t'offrir mon amitié. Mais tu m'aurais repoussée, je parie. Tu étais sans doute très dur, présentant au monde une façade insensible ; tout comme Danny, le protégé de papa que tu as accepté d'aider. Dès que je l'ai vu, j'ai su que tu aurais envie de le prendre avec toi. Tu sembles croire que tu as une dette impayée envers l'Oncle Bob et le juge Ferguson, parce qu'ils se sont donné la peine de fouiller ton âme d'enfant pour y découvrir tes trésors cachés.

Elle marqua une pause, puis enchaîna, consciente de son souffle irrégulier :

— Bien sûr, ce fut épouvantable de perdre l'usage de

ton bras droit ! En n'importe quelles circonstances, ç'eût été terrible. Je possède suffisamment de connaissances médicales et psychologiques pour comprendre le traumatisme physique et émotionnel que représente une telle mutilation ! Tu aurais dû me connaître assez, pour deviner que je ne m'effondrerais pas en apprenant comment…

Malgré elle, elle succomba aux sanglots qui lui serraient la gorge depuis un moment.

— Jenny ! gémit Mark, qui s'assit auprès d'elle et lui étreignit les épaules. C'est pour moi que tu pleures ?

— Oui ! Pour toi, et pour nous.

— Pourquoi, pour nous ?

— Parce que tu vas m'exiler de nouveau et que je ne veux pas !

— Tu ne veux pas ?

Qu'était devenue la fierté de Jenny ? Elle s'agrippa à lui avec l'énergie du désespoir, grisée par sa senteur masculine et sa proximité.

— Non ! s'écria-t-elle. Mais toi… Tu es trop aveugle pour savoir ce que tu perdras en te débarrassant de moi.

Jenny renifla contre sa chemise, et crut l'entendre rire doucement. Elle s'écarta et se leva, outrée.

— C'est comique, n'est-ce pas ? Figure-toi que je t'aime, avec tes airs romantiques, bien que tu méprises toute sentimentalité ! Bien que tu ignores le sens du mot « amour ». Veux-tu entendre quelque chose d'encore plus drôle ? Je t'aimais déjà, enfant, et j'ai gâché les meilleures années de ma vie à chercher un homme qui te ressemble. C'est amusant, non ? Alors, quand tu me mettras à la porte, tu répudieras la personne qui t'aimait le plus au monde. Davantage même que Grif, et pourtant, je connais son histoire et sa gratitude infinie envers toi. Je vais te manquer, docteur Temple. Un jour, tu me regretteras.

Haletante, elle s'interrompit, et Mark profita de l'intervalle pour déclarer tranquillement :

— Je ferais peut-être mieux de te garder, dans ce cas.

Soupçonneuse, elle étudia son visage sérieux.

— Quoi ?

— Idiote, murmura-t-il. Petite idiote ! Où es-tu allée chercher que je voulais me défaire de toi ? Je ne t'ai envoyée à Amarillo que pour te mettre à l'abri de Celeste ! Ne m'as-tu pas entendu l'annoncer publiquement à la cour ?

— J'ai pensé que tu disais cela pour faire bon effet.

Il pinça les lèvres.

— Tu n'as pas une très haute opinion de moi, semble-t-il.

— Ce n'est pas vrai ! nia-t-elle. Simplement... Je me méfie de mes illusions à ton sujet. Tu m'as toujours affirmé ne pas m'aimer. Je n'ai aucune raison de croire que j'occupe une place importante dans ta vie.

Ses yeux bleus soudain voilés, il leva la main en un geste de frustration.

— Je ne suis pas doué pour manifester mon amour aux gens. Ceux auxquels je tiens ont tendance à m'abandonner. Je craignais sans doute que tu ne reproduises l'attitude de mes parents, si je reconnaissais avoir besoin de toi, tu finirais par me rejeter.

Le cœur battant à tout rompre, Jenny scruta intensément ses traits douloureux.

— Cela signifie-t-il que tu m'aimes ?

— Ce que j'ai avoué au cours de l'audience équivalait à cela.

— Mais dis-moi les mots, je t'en conjure !

Il se passa les doigts dans les cheveux, puis se massa la nuque, crispa le poing et l'enfonça dans sa poche. Enfin il toussa pour s'éclaircir la gorge.

— Je vous aime, madame Temple, énonça-t-il à voix

basse, hésitante. Quand j'avais dix-neuf ans, tu m'as montré ce qui manquait dans ma vie : l'innocence, la sécurité, la tendresse. Je n'osais pas croire vraiment à un monde peuplé d'êtres comme ton oncle, ta tante, et toi. Tu sais ce que j'ai pensé quand tu m'as embrassé pour me dire au revoir ? J'ai souhaité t'avoir comme sœur, et ne pas devoir quitter la maison des Dahlgren. C'était le seul endroit où je m'étais senti accepté et apprécié. Pendant des années, par la suite, je m'autorisais parfois à imaginer mon retour dans la seule famille que j'aie jamais eue. C'est pour cela que je suis revenu à Santa Anna.

Sa sœur. Elle représentait pour Mark une gentille petite sœur. Jenny tenta de ravaler sa déception. C'était mieux que rien…

Il continuait de l'étudier, un demi-sourire aux lèvres.

— Rends-toi compte de ce que j'ai éprouvé en retrouvant Jenny Dahlgren adulte, au lieu de la fillette attachante de mes souvenirs !

La jeune femme secoua la tête, muette de douleur. Elle avait tant espéré obtenir de lui l'amour qu'un homme éprouve pour une femme.

— Jamais personne ne m'avait séduit à ce point. Ma *petite sœur,* Jenny ! Cela fusait l'inceste !

Elle cilla plusieurs fois et le dévisagea.

— Mais alors… Tu ne te considères plus comme mon frère ?

Une expression horrifiée se peignit sur le visage de Mark.

— Mon Dieu, non ! J'ai révisé mes fantasmes en l'espace de quelques heures.

— Mais… tu m'aimes ? persista-t-elle, incertaine.

Ses yeux bleus s'assombrirent.

— J'étais sûr que tu l'avais compris. Quand tu as d'abord refusé de m'épouser, quand j'ai su que tu ne serais jamais mienne, mon bras paralysé m'a paru négligeable, en comparaison. Si j'avais à choisir entre toi et le reste du monde, tu l'emporterais haut la main.

Il semblait attendre quelque chose et fit d'une voix rauque :

— Voilà... A présent, comptes-tu toujours partir ?

— Essaie donc de m'y forcer !

Ils se rapprochèrent, comme magnétisés. Mark s'empara de la bouche de Jenny avec une passion possessive tandis qu'il la serrait contre lui de toutes ses forces. Elle sentit ses jambes se dérober sous elle et s'accrocha à lui, regrettant la chambre de l'hacienda et le grand lit où ils avaient connu tant de joies et de frustrations.

— Mmm, soupira-t-elle quand il s'écarta. Comme tu m'as manqué !

— Et réciproquement...

Il l'embrassa à nouveau, légèrement, cette fois. Il semblait ne pouvoir jamais se rassasier du goût de ses lèvres.

— Mais tu n'as plus dormi auprès de moi, Mark, insista encore Jenny. Tu avais un comportement tellement inexplicable, chaque fois que tu voyais Celeste. Cela paraît fou, à présent, mais j'étais persuadée que tu l'aimais.

— L'aimer, elle ! s'indigna-t-il. Je n'ai quasiment plus trouvé le sommeil, après qu'elle t'eut menacée à mots couverts, dans mon cabinet. Je veillais nuit après nuit dans la crainte qu'elle ne trompe la surveillance des gardes et s'introduise dans le ranch. J'ai passé des heures à imaginer par quel moyen elle risquait d'attaquer ; j'étais terrifié à l'idée que Grif ne suffise pas à te protéger. Ce fut un enfer, Jenny !

Il referma les doigts sur son épaule, et la secoua inconsciemment, en proie à d'horribles souvenirs.

— Quand tu t'es enfuie, une nuit, j'ai redouté que Celeste t'ait...

Incapable de poursuivre, les traits altérés, il secoua la tête.

— En te retrouvant, j'ai voulu te faire payer la peur que tu m'avais infligée. Je n'ai pas dû être très aimable pour te ramener à la maison. J'étais déchiré à l'idée que tu aies à ce point envie de me quitter.

— Oh, Mark ! murmura-t-elle d'un ton de reproche en posant sa joue contre sa poitrine. Cette séparation me coûtait terriblement. Mais je t'avais entendu dire à Grif que je devais être expédiée « loin, très loin de Santa Anna »...

— Pour ta propre sécurité uniquement ! Je me trouvais face à un choix impossible : t'éloigner de moi, ou risquer ta vie en te gardant. Dans les deux cas, il ne me restait guère de raison de vivre.

— Tu... à ce point-là ?

— Absolument, avoua-t-il, comme à regret.

Elle aurait voulu le rassurer, l'assurer de son amour pour lui, éveiller son désir. Mais il n'eut besoin d'aucun encouragement. Il se serra contre elle avec une fièvre égale à celle qu'éprouvait Jenny.

La passion étouffée au plus profond d'elle-même, mais non éteinte, depuis tant de semaines, s'embrasa brusquement. Ils se fondirent en un seul être, leurs cœurs battant à l'unisson. Il mordilla doucement le lobe de son oreille, sa nuque, provoquant un gémissement de la part de Jenny. Elle avait soif de lui et laissa ses mains le lui prouver en le caressant inlassablement.

Ils ne remarquèrent pas l'huissier qui entrebâilla la porte, sourit, et la referma sans bruit. Isolés dans leur paradis, ils auraient pu rester ainsi indéfiniment. Mais Jenny avait hâte de retrouver leur chambre.

Chaque fois, au cours de leurs élans passionnés, la joie de Jenny avait été ternie par l'absence de sentiments profonds entre eux. A présent, elle atteindrait de nouveaux sommets de bonheur, car cela ne faisait plus de doute : Mark l'aimait, elle, Jenny Dahlgren... Mme Marcus Bradford Temple. Aujourd'hui, leurs vœux de mariage allaient prendre leur vrai sens.

— Exceptionnellement, murmura-t-elle, ne pourrais-tu annuler ta consultation au centre ? Les autres comprendraient sûrement que nous rentrions à la maison, un jour pareil...

— Ils seraient surtout surpris si nous agissions autrement. J'ai déplacé tous mes rendez-vous de cet après-midi, car je comptais conduire jusqu'à Amarillo. J'espérais y convaincre ma femme de revenir chez nous. Le ranch a été bien vide, sans elle...

— Elle y sera, affirma-t-elle avec emphase.

Il étudia son visage radieux.

— Une question d'abord, petite sorcière. Maintenant que tu as percé ma façade... que tu sais à quel point je suis vulnérable... es-tu certaine de vouloir finir tes jours auprès de moi ?

Elle resserra sur lui ses bras, lui interdisant de penser qu'aucune force au monde puisse jamais les séparer.

— Oh, mon amour, comment peux-tu en douter ?

Achevé d'imprimer en janvier 1984
sur les presses de l'imprimerie Elsnerdruck
à Berlin – RFA

– N° d'éditeur: 133 –
Dépôt légal: mars 1984.

Imprimé en RFA